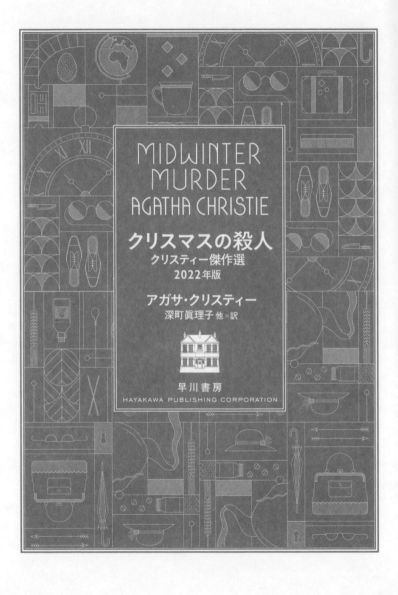

MIDWINTER MURDER

AGATHA CHRISTIE

クリスマスの殺人

クリスティー傑作選
2022年版

アガサ・クリスティー
深町眞理子 他＝訳

早川書房
HAYAKAWA PUBLISHING CORPORATION

クリスマスの殺人　クリスティー傑作選

２０２２年版

日本語版翻訳権独占
早　川　書　房

MIDWINTER MURDER

by

Agatha Christie

Translated by
Mariko Fukamachi and others
Published 2022 in Japan by
Hayakawa Publishing, Inc.
This book is published in Japan by
arrangement with
Agatha Christie Limited
through Timo Associates, Inc.

日本語版デザイン／早川書房デザイン室

アガサ・クリスティー

1890年、保養地として有名なイギリスのデヴォン州トーキーに生まれる。中産階級の家庭に育つが、のちに一家の経済状況は悪化してしまい、やがてお金のかからない読書に熱中するようになる。特にコナン・ドイルのシャーロック・ホームズものを読んでミステリに夢中になる。

1914年に24歳でイギリス航空隊のアーチボルド・クリスティーと結婚し、1920年には長篇『スタイルズ荘の怪事件』で作家デビュー。1926年には謎の失踪を遂げる。様々な臆測が飛び交うが、10日後に発見された。

1928年にアーチボルドと離婚し、1930年に考古学者のマックス・マローワンに出会い、嵐のようなロマンスののち結婚した。

1976年に亡くなるまで、長篇、短篇、戯曲など、その作品群は100以上にのぼる。現在も全世界の読者に愛読されており、その功績をたたえて大英帝国勲章が授与されている。

目次

序

クリスマスは、チェシャのワッツ一家のところでよく過ごした。ジミーは毎年の休暇をそのころに取って、マッジと一緒に三週間サン・モリッツへ行くのがならわしだった。ジミーはとてもスケートが上手だったので、これが彼のいちばん好きな休暇だった。母とわたしはよくチードルへ行ったが、新しい〝メーナー・ロッジ〟はまだ出来上がっていなかったので、わたしたちはアブニー邸で老ワッツ夫妻とその四人の子供やジャックたちと一緒にクリスマスを過ごした。子供だったらこんな家でクリスマスを過ごすぐらいすばらしいことはなかったと思う。ヴィクトリア朝風の巨大なゴシック建築で、多数の部屋、廊下、思いがけない出入口、裏口階段、表階段、入り込んだ壁、壁のくぼみ、など子供のおもしろがりそうなものがあるばかりでなく、ちゃんと演奏できるピアノが三台にオルガンも一台あった。欠けているものといえば昼間の日光だった――ひどく暗くて、例外は大きな窓があり、サテンのような光沢のある緑色の壁紙で張った大応接室だけだった。

ナン・ワッツとわたしはもうそのころには親友になっていた。友だちというだけではなしに、飲み物仲間であった――わたしたちは同じ飲み物、ふつうのあっさりしたクリームが好きだった。デヴォンシャーに住むようになって以来、わたしはたいへんな量のクリームを飲んでいるのだけれど、ただの生クリームはやはりそれにも増してご馳走なのである。ナンがトーキイのわたしの家に泊まっているときには、よく町の乳製品製造所へ行って、ミルクとクリームを半分ずつにして何杯も飲んだものだった。わたしがナンのうちに泊まっているときには、よくわたしたちは自家農場へ出かけていって半パイントのクリームを飲んだ。わたしたちはこの飲みくらべを生涯つづけた。わたしは今でも覚えているが、サニングデールで一カートンのクリームを買い込むと、ゴルフ・コースへやってきて、クラブハウスの外で、各自の夫がゴルフのラウンドを終わるのを待ちながら一パイントのクリームを飲んだものだった。

アブニー邸はまさに大食家の天国だった。ワッツ夫人は館の外に貯蔵室といわれているものを持っていた。祖母の貯蔵室なんかとはちがって、固く錠のかかった宝物貯蔵庫みたいなもので、そこからいろんな物が取りだされた。そこへは自由な出入口があって、四方の壁いっぱいに棚があり、あらゆるおいしい物で満杯になっていた。一方の側は全部チョコレートばかり――箱入りのがたくさん、みな種類のちがうチョコレート、チョコレート・クリームはラベルのついた箱にはいっていた。ビスケットもあれば、ジンジャーブレッドもあり、保存用の果物、ジャムなどなど。

クリスマスは最高のお祭りで、忘れられないものだった。朝起きると、枕元にクリスマス・ストッキング。朝食のときには、それぞれみんなに、山のようにプレゼントが載った椅子が一つずつ。それから教会へとんでいって、帰ってきてまたプレゼント開きをつづける。二時にはクリスマス・ディナー――ブラインドがおろされ、飾りつけや灯火が光り輝く。最初に、カキのスープ（わたしはあまり賞味できない）、ヒラメ、ゆで七面鳥、七面鳥のロースト、そして大きなサーロインのロースト。これにつづいて、プラム・プディング、ひき肉パイ、そして六ペンス銀貨の指輪やいろんな形のビスケットその他いろいろを埋め込んだトライフル菓子。その後にまた、数々の種類のデザート。わたしは

「クリスマス・プディングの冒険」という短篇の中でちょうどこれとそっくりのご馳走のことを書いている。こんなご馳走は今日ではお目にかかれないものの一つだとわたしは確信しているし、また今の人たちがこのご馳走の消化に立ちむかえるかどうか疑問に思う。ところが、当時のわたしたちの消化力はりっぱにこれに立ちむかうだけの力があった。

わたしはいつもハンフリー・ワッツと食べくらべの腕前を競ったものだった――彼はワッツ家でジェームズにつぐ年齢の息子だった。そのころ彼は二十一か二、わたしが十二か十三であったろう。すてきにハンサムな青年というだけでなく、りっぱな俳優だったし、すばらしい芸人で、また話し上手だった。わたしはすぐ人に恋する性質《たち》なのだが、彼には恋心を持たなかったと思う。これはなぜなのか、われながらふしぎである。たぶんわたしはまだロマンチックで不可能な恋愛を夢みる段階にあったのであろうと思う――公人、つまりロンドン司教とかスペインのアルフォンソ国王とか、もちろんいろんな俳優などに関心を持っていた。わたしは〈奴隷〉の舞台を見てからというもの、俳優のヘンリー・エインリーにひどく恋してしまっていたし、きっとそのころどんな女の子も熱をあげていた〈ムッシュ・ボーケール〉のルイス・ウォーラーのファンに成熟中ぐらいのところであったのだろう。

ハンフリーとわたしはクリスマス・ディナーをがっちりたくましく食べた。彼はカキのスープではわたしより上手《うわて》だったが、その他では肩を並べていた。わたしたちは、ともにまず七面鳥のローストを食べ、それからゆで七面鳥を、そしてしまいにサーロインのローストの大きな片を四つ五つ食べた。年上の人たちはこのコースではただ一種類の七面鳥料理で満足していたようだったが、老ワッツ氏だけは七面鳥も牛肉もともに平らげていたことをわたしは覚えている。それからわたしたちはプラム・プディング、ひき肉パイやトライフルを食べたが、トライフルはわたしとしては控え目にいただいた、というのはわたしはワインの味が好きでない。その後はクラッカーが出て、ブドウ、オレンジ、エルヴァス・プラムにカールスバッド・プラム、それに貯蔵果物類。最後に、午後中わたしたちそれぞれの好みに応じたチョコレート類が例の貯蔵室から持ち出されて手にいっぱい配られた。翌日吐き気をおぼえたりしなかったか？　おなかをこわさなかったか？　いえ、全然。わたしが腹下しを覚えているのはただ一度だけ、九月にまだ熟していないリンゴを食べた後ぐらいのものであった。わたしはまだ熟していないリンゴを毎日のように食べていたものだが、ときにはちょっと食べすぎたのかもしれない。

わたしがはっきり覚えているのは、六歳か七歳ごろキノコを食べたときのこと。夜の十一時ごろ痛みをおぼえて目がさめ、父と母がお客様をもてなしていた応接室へ駆けおりてきて、芝居がかりでいった、「わたし死んじゃう！　わたしキノコの毒にやられた！」母はすぐわたしを押しなだめて、イペカクアナ酒（吐剤・下剤として用いる）を飲ませ――当時はかならず薬剤戸棚に備えられていた――大丈夫、死なないわと安心させてくれた。

ともかくわたしはクリスマスに病気になったことなど覚えがない。ナン・ワッツもわたし同様、なかなかすばらしい胃袋を持っていた。そのころを思いおこしてみると、実際みんなが本当にりっぱな胃袋を持っていたと思う。胃潰瘍や十二指腸潰瘍の人もあったであろうが、誰も魚とミルクだけの食餌療法などやっていた人を知らない。粗野で大食いの時代？　そう、でも風趣と享楽の時代でもあった。若いころ食べた量のことを考えてみると（わたしはいつも腹を減らしていた）どうしてあんなにやせていたのかわからない――本当に、〝骨ばったやせヒヨコ〟だった。

クリスマスの午後の気持ちのいいけだるさのあとは――といっても年上の人たちにとってのことで、若い者たちは本を読んだり、自分のプレゼントを見たり、もっとチョコレートを食べたり――すばらしいお茶の時間になった。すごく大きな冷たいクリスマス・ケーキ、その他いろんなケーキ、そしてしまいに、七面鳥の冷肉と温かいひき肉パイの夕食。九時ごろになると、さらにプレゼントを吊るしたクリスマス・ツリーが披露される。すばらしい一日、次の年またクリスマスが来るまで忘れられない一日だった。

（乾信一郎訳）

Christmas at Abney Hall

チョコレートの箱
The Chocolate Box
真崎義博訳

ひどい夜だった。外では風が吹き荒れ、時折すさまじい勢いで雨が窓を打っていた。

ポアロと私は暖炉のまえに坐り、赤々と燃える火のほうへ脚を伸ばしていた。二人のあいだには小さなテーブルがある。私の横にはお湯で割ったトディが、ポアロの横には百ポンドもらっても飲む気になれないようなこってりしたチョコレートが置いてある。ポアロは、ピンクのカップに入った茶色い代物を口にしては満足そうに溜息をついていた。

「なんて素晴らしい人生だろう！」彼が呟いた。

「ああ、むかしながらのいい世の中だし、ぼくには仕事、それもいい仕事がある！　おまけに、ここにはかの有名なきみもいるし――」

「おいおい！」ポアロが言った。

「そうだよ。まちがいなくそうさ！　これまでのきみの成功を振り返ると感心しちまうよ。きみは、失敗がどんなものか知らないんだ！」

「そんなことを言うやつは、よほどの道化者だよ！」

「そんなことはないさ。真面目に訊くが、きみは失敗したことがあるのかい？」

「数え切れないほどね。だって、そうだろう？　いつも幸運が味方してくれるとはかぎらないんだから。依頼されるのが遅すぎて、相手のほうが先にゴールすることだってよくあるしね。もう一歩というところで病気にやられたことも二度あるし。人間には浮き沈みがつきものなのさ」

「ぼくが言っているのはそういうことじゃないんだ。自分のミスで完敗を喫したことがあるか、ということなんだ」

「なんだ、そういうことか！　ぼくがとんでもなく馬鹿な真似をして笑いものになったことがあるか、ということなんだな？　一度あるよ――」彼の顔に考え深げな笑みが浮かんだ。「ああ、一度だけ大恥をかいたことがある」

　ポアロがきちんと坐りなおした。

「なあ、ヘイスティングズ、きみはぼくが解決した事件の記録を取っているだろ？　その記録にひとつ付け加えてくれないか？　失敗談をね！」

　彼は前かがみになって暖炉に薪をくべた。そして、暖炉脇の釘に掛かった小さな雑巾で丹念に手を拭くと、上体をゆったりと背もたれにあずけて話をはじめた。

「これから話すことは、何年も前にベルギーであったことなんだ。フランスで教会と政府が大揉めに揉めていた時期だよ。当時、ムッシュ・ポール・デルラールはフランスの有力な代議士で、いずれ大臣の椅子に就くだろうことは公然の秘密だった。彼は反カソリック派のなかでも強硬な人物だったから、権力を持てば猛烈な敵対心を向けられることは確実だった。彼はさまざまな点で風変わりな人物でね。酒もタバコもやらないが、ほかの点ではさほど堅物ではなかった。わかるだろ、ヘイスティングズ？　女だよ――とにもかくにも女なんだ！

　その何年か前にブリュッセルの若い女性と結婚したんだが、彼女はかなりの持参金を持ってきた。

もちろん、その金は彼の出世に役立ったにちがいない。その気になれば男爵を名乗る資格はあったんだが、もともと彼の一族は裕福ではなかったからね。二人のあいだには子どももなく、二年後には彼女も亡くなってしまった——階段から落ちたんだ。彼女が遺した財産のなかには、ブリュッセルのアヴニュ・ルイーズにある屋敷もあった。

彼が急死したのもこの家でだった。ちょうど、彼が後任になるはずの大臣が辞職したときだ。どの新聞も彼の経歴について長い記事を載せた。彼は夕食後に急死したんだが、死因は心臓麻痺とされた。きみも知ってのとおり、当時ぼくはベルギー警察の刑事課にいた。ムッシュ・ポール・デルラールが死んでも、ぼくは興味も惹かれなかった。これも知ってのとおり、ぼくは敬虔なカソリック信者だから、彼が死んだことを幸運だとさえ思った。

それから三日ほどして、休暇がはじまったばかりのときに、ぼくのアパートメントを訪ねてきた人物がいた——ヴェールを深くかぶった女性だが、明らかに若そうだった。ひと目で、教養のある若い女性だということがわかった。

〝あなたがムッシュ・エルキュール・ポアロですか？〟彼女は低く美しい声で訊いた。

ぼくは頷いた。

〝捜査課の？〟

もう一度頷いた。〝どうぞお掛けください、マドモワゼル〟

彼女は椅子に坐ってヴェールを横へ寄せた。涙のあとがついていたが、チャーミングな顔をしていたよ。でも、不安に苛まれている様子だった。

〝ムッシュ、あなたが休暇中だということを聞きました。ですから、個人的なことも調べていただけるかと思いまして。警察には話したくないのです〟

ぼくは首を振った。〝申し訳ないが、マドモワゼル、それはできません。休暇中とはいえ、やはり私は警察の人間ですから〟

彼女は身を乗り出した。〝聞いてください、ムッシュ。調べていただければ、それだけでいいんです。調査結果を警察に報告されても、一向にかまいません。私の考えが正しければ、どうしても警察の力が必要になりますから〟

そういうことであれば事情はちがってくるからね。つべこべ言わずに引き受けることにしたんだ。彼女の頰に赤味がさした。〝ありがとうございます、ムッシュ。調べてほしいのは、ムッシュ・ポール・デルラールの死についてなのです〟

〝何ですって？〟びっくりして思わず大声を出してしまったよ。

〝証拠があるわけではなく――女の勘なのです。ですが、私は信じています――確信しています――ムッシュ・デルラールの死は、自然死ではないのです！〟

〝しかし、ドクタたちが――〟

〝見落としているのです。彼は、それは頑健な人だったのですから。ムッシュ・ポアロ、お願いですから力を貸してください――〟

かわいそうに、彼女はほとんど我を忘れていたよ。いまにもひざまずきそうだった。ぼくは一所懸命になだめようとした。

〝お力になりますよ、マドモワゼル。取り越し苦労だとは思いますが、とにかく調べてみましょう。まず、同居されている方々のことを聞かせてください〟

〝もちろん、使用人たちがおります、ジャネット、フェリス、料理人のデニーズ。彼女はもう何年も前からいます。ほかは、どうということもない田舎の娘たちです。それとフランソワがいますが、彼も古くからの使用人です。次はムッシュ・デルラールのお母様ですが、息子のムッシュ・ポールや私といっしょに住んでいます。遅くなりましたが、私はヴィルジニー・メスナールと申します。ムッシュ・ポールの妻、つまり亡くなったマダム・デルラールの従妹になります。あの家には、もう三年以上おります。家の者はこれだけですが、あのときお客様が二人、お泊まりでした〟

〝それはどなたですか？〟

〝ムッシュ・デルラールがフランスにいらした頃、隣にお住まいだったムッシュ・ド・サンタラールと、イギリス人のお友だちのミスタ・ジョン・ウィルソンです〟

〝お二人はまだお宅に？〟

〝ミスタ・ウィルソンはまだいらっしゃいますが、ムッシュ・ド・サンタラールは昨日、お帰りになりました〟

〝で、マドモワゼル・メスナール、私にどうしろと？〟

〝三十分後に屋敷にいらしていただければ、あなたがいらっしゃる理由を説明しておきますが。ジャーナリズム関係の方、ということにしたほうがよろしいでしょうね。ムッシュ・ド・サンタラールの紹介状を持ってパリからいらした、そう言っておきます。マダム・デルラールは健康を害していらっしゃるので、細かいことには気をお遣いになりません〟

彼女のうまい口実で屋敷の中に案内され、死んだ代議士の母親に面会した。彼女は堂々とした感じの貴族的な女性だが、見るからに健康を害している様子だった。少し話をしたあと、敷地内を自由に見て回った。

きみに、ぼくの仕事のむずかしさがわかるかな？　とにかく、ここにひとりの男がいて、三日前に死んだ。もしそれが犯罪だとすれば、考えられる可能性はひとつしかない——毒殺だ！　ぼくには死体を見る機会もなかったし、毒物を混入させたものを検査したり分析できる可能性もなかった。手がかりになるようなものは何一つないんだからね。彼は毒殺されたのか？　それとも自然死だったのか？　エルキュール・ポアロは、手がかりもなしに判定しなければならなかったんだよ。

まず最初に、使用人たちから話を聞き、彼らに手伝ってもらって事件当夜のことをまとめてみた。ぼくは夕食の料理とその給仕の仕方に注目した。スープは、ムッシュ・デルラールが自分で深鉢からよそった。次は子牛肉のカツレツとチキン料理で、最後が果物だ。すべてがテーブルに置かれていて、ムッシュ・デルラール自身が取り分けた。コーヒーは、大きなポットに入れてディナーテーブルに運ばれた。不審な点はひとつもないだろ？　毒を入れれば全員が口にすることになるんだからね！

夕食後、マダム・デルラールはマドモワゼル・ヴィルジニーに付き添われて自室に戻った。男三人はムッシュ・デルラールの書斎に移った。しばらく談笑していると、なんの前兆もなく、突然、代議士が床に倒れ込んだんだ。ムッシュ・ド・サンタラールが部屋から飛び出して、フランソワに医者を呼ぶように言った。フランソワには卒中にまちがいないと言ったんだが、医者が来たときにはもう手の施しようがなかった。

マドモワゼル・ヴィルジニーに紹介されてミスタ・ジョン・ウィルソンに会ったんだが、中年のがっしりした男で、当時の典型的なイギリス人《ジョンブル》というタイプだった。彼が英語訛りの強いフランス語で説明してくれた話は、ほかの人から聞いた話とほとんど同じだった。

〝デルラールは、顔をまっ赤にして倒れたのです〟

倒れたときの様子に関しては、それ以上のことは何もなかった。次に、ぼくは悲劇の現場となった書斎へ行って、ひとりにさせてもらった。それまでのところ、マドモワゼル・メスナールの説を裏付けるものは何一つなかった。彼女の思いちがいだと考えるしかなかったんだ。きっと、彼女が故人に対してロマンティックな感情を抱いていたせいで、彼の死を客観的に見ることができなかったにちがいないと思った。それでも、ぼくは念入りに書斎を調べた。たとえば注射針にしても、故人の椅子にうまく仕込めば毒物を注入することだってできるんだからね。からだについた小さな針の痕など、たいていは見過ごされてしまうだろ？　だが、そういう見方を裏付けるものもなかった。ぼくはがっかりして椅子に坐り込んでしまったよ。

〝断念せざるを得ないのか？〟ぼくは独り言を言った。〝手がかりなんかどこにもないじゃないか！不審な点は何一つないし〟

こう口にしていると、そばのテーブルに載っている大きなチョコレートの箱が目に留まったんだ。心臓がドキドキしたよ。ムッシュ・デルラールの死の手がかりにはならないかもしれないが、どう見てもおかしな点があったんだ。それで、ふたをあけてみた。箱にはチョコレートが詰まっていて、手つかずだった。ひとかけらもなくなっていない――だが、そのせいでぼくの目に留まったおかしな点が際立ったんだ。というのもね、ヘイスティングズ、箱自体はピンクなのに、ふたはブルーだったんだよ。ピンクの箱にブルーのリボンをかけるとか、その逆というのはよく目にするが、箱とふたの色がちがうということは――ぜったいにない。ぼくは見たことがないよ！

この小さな事実が役に立つかどうかはわからないが、とにかくふつうとはちがっていたので調べてみることにしたんだ。ベルを鳴らしてフランソワを呼び、亡くなったご主人は甘党だったのか、と訊いた。彼の口元にかすかにもの悲しげな笑みが浮かんだ。

〝ええ、たいへん好んでおいででした。家の中にはいつもチョコレートの箱がございましたから。ワインもお酒も一滴もお飲みになりませんでしたし〟

〝しかし、この箱には手がつけられていないね？〟こう言って、ぼくは彼にふたをあけて見せた。

〝おことばですが、ムッシュ、前のものがなくなりかけていたので、お亡くなりになった日に買ったばかりのものなのです〟

〝ということは、前の箱は彼が亡くなった日に空になったということだね？〟ぼくはおもむろにこう訊いた。

〝さようでございます。朝、見ますと、空になっていたので私が捨てました〟

〝ムッシュ・デルラールは、一日じゅう、甘いものを食べていたのかい？〟

〝たいていは、夕食のあとでした〟

これで、ぼくにも光が見えてきた。

〝フランソワ、きみは秘密が守れるか？〟

〝必要とあらば〟

〝よし！　実は、私は警察の者なんだ。その前の箱を探し出してくれないか？〟

〝承知いたしました。ごみ箱に入っているはずです〟

二、三分後、彼が埃をかぶったものを持って戻ってきた。それはぼくが手にしているのと同じ箱だったが、今度は箱がブルーでふたがピンクだった。フランソワに礼を言い、このことは口外しないように念押しをした。それ以上はすることもなかったので、ぼくはアヴニュ・ルイーズの屋敷をあとにした。

次に、ムッシュ・デルラールの検死をしたドクタを訪ねた。彼にはぼくもてこずったよ。専門用語を並べ立てるんだ。だがそれは、この件に関して彼が自分で望むほどの確信がないせいだ、とぼくは思った。

〝ああした奇妙な出来事はよくあることなのです〟ぼくが何とか警戒心を解いてやると、彼は言い出した。〝怒りを爆発させたり、ひどく感情的になったりすると――満腹になったあとは特に――頭に血が上ってそれっきり、ということになってしまいます〟

〝しかし、ムッシュ・デルラールは気持ちを昂ぶらせていたということはありませんでしたよ〟

〝そうですか？　私は、彼がムッシュ・ド・サンタラールと激しい口論をしていたと聞きましたが〟

〝それはまた、なぜ？〟

〝わかりきったことですよ！〟ドクタは肩をすくめた。〝ムッシュ・ド・サンタラールは熱狂的なカソリック信者ではありませんでしたか？　この教会と政府の問題が元で、二人の友情が駄目になりかかっていたのです。口論のない日はありませんでした。ムッシュ・ド・サンタラールにしてみれば、デルラールはキリストの敵に映ったことでしょうよ〟

これは予想外のことで、考えるべきことができたと思ったよ。

〝もうひとつ聞かせてください、ドクタ。チョコレートに致死量の毒物を混入させることは可能でしょうか？〟

〝それは可能でしょうね〟ドクタはおもむろに答えた。〝たとえば、気化さえしなければ高純度の青酸などがぴったりでしょう。それに、何にせよ小さな錠剤なら気づかぬうちに飲んでしまうこともあります。ですが、あまり現実味のない仮定ですね。モルヒネやストリキニーネが大量に混入したチョコレートなど――〟こう言うと、彼は顔をしかめた。〝おわかりとは思いますが、ムッシュ・ポアロ、ひと嚙みでわかりますからね！　どんなに不注意な者でも、平気ではいられないでしょう〟

〝どうもありがとう、ムッシュ・ル・ドクトール〟

それから、アヴニュ・ルイーズを中心に薬局を訪ねてまわった。刑事だというのは便利だね。おかげで、必要な情報を楽に集めることができたんだから。結局、デルラール家に毒物を売った店は一軒しかなかった。それは、マダム・デルラールが使う硫酸アトロピンの点眼薬だった。アトロピンは強力な毒物だから、そのときはしめたと思ったんだが、アトロピンの中毒症状は食中毒の症状と似ているから、ぼくが調べていた中毒症状とは類似点がない。それに、その処方箋も古いものだった。マダム・デルラールは何年も両目に白内障を患っていたんだ。

がっかりして店を出ようとしたら、薬剤師に呼び止められた。

〝ちょっと待ってください、ムッシュ・ポアロ。いま思い出したんですが、その薬を買いに来た女の子が、これからイギリス人の薬局へ行くのだと言っていました。そこを当たってみたらどうですか？〟

行ってみたよ。そこでも、刑事だということを言って必要な情報を聞き出した。ムッシュ・デルラールが死ぬ前日、その店ではミスタ・ジョン・ウィルソンに薬を売っていたんだ。その薬局で調合したものではなく、ニトログリセリンの小さな錠剤だ。ぼくは、その薬を見せてほしいと頼んだ。それを見たとたん、心臓の鼓動が速くなったよ――というのも、その小さな錠剤がチョコレート色をしていたんだ。

〝これは毒薬なのか？〟ぼくは訊いた。

〝いいえ、ムッシュ〟

〝効能を教えてくれないか？〟

〝血圧を下げます。いくつかの心臓病にも投与されます――たとえば狭心症とか。動脈の緊張を緩和しますし、動脈硬化では――〟

ここで、ぼくは口をはさんだ。〝なるほどね！　だが、細々とした話を聞いても私にはさっぱりわからない。これを飲むと顔が赤くなるかね？〟

〝ええ、なりますよ〟

〝たとえば十錠――いや、二十錠を飲んだら、どうなる？〟

〝そんなことをしてはいけませんよ〟彼は素っ気なく答えた。

〝だが、毒薬ではないんだろ？〟

〝過剰に飲めば死ぬものでも、毒薬とは呼ばれていない薬はたくさんありますからね〟

ぼくはしめたと思って店を出た。やっと事が動き出したんだ！

これで、ジョン・ウィルソンは殺害手段を手にしていたことがわかった――だが、動機はどうだろう？　彼は仕事でベルギーへやって来て、ちょっと知っているだけのムッシュ・デルラールに泊めてほしいと頼んだ。つまり、デルラールが死んでも彼には何の得にもならないということさ。それに、イギリスに照会してわかったんだが、彼は何年か前から狭心症を患っていた。つまりは、その錠剤を持つ正当な理由があるわけだ。だがぼくは、誰かがチョコレートの箱のところへ行って、最初にまちがえて手をつけてないほうの箱を開け、次に古いほうの箱を開けて残っていたチョコレートを取り出し、そこへニトログリセリンの錠剤を詰め込んだにちがいない、そう思った。チョコレートは大きいものだったから、二、三十錠は入っただろうな。問題は、誰がやったかだ。

屋敷には二人の客がいた。ジョン・ウィルソンは手段を持っていた。サンタラールには動機がある。思い出してくれ、彼は狂信的な男で、宗教的な狂信者ほど過激な者はいない。彼が、ジョン・ウィルソンのニトログリセリンを盗んだのだろうか？

ここで、また別な考えが浮かんだ。おいおい、ヘイスティングズ、また妙なことを考えてると思って笑っているな？　なぜウィルソンはニトログリセリンを買い足したか、だ。イギリスを出るときには必要な量を持って出たはずだろ？　そこで、もう一度アヴニュ・ルイーズの屋敷へ行ってみた。ウィルソンは出かけていたが、彼の部屋を掃除しているメイドのフェリスに会った。それで、洗面台に置いてあったムッシュ・ウィルソンの薬瓶が少し前になくなったというのは本当か、と訊いてみた。彼女、興奮気味に答えたよ。たしかにそのとおりで、おかげで叱られたそうだ。ウィルソンは、彼女がその瓶を割ってしまってそのことを隠そうとしている、そう思ったんだ。だが、彼女は瓶には手を触れたこともない。だからやったのはジャネットにちがいない、と言うんだよ――ジャネットはいつも、用もないのにあちこちを覗いてまわっていたから――

ぼくはフェリスをなだめて屋敷を出た。知りたいことはすべてわかった。あとは推理の裏付けをするだけだが、そう簡単にはいくまいと思ったよ。サンタラールがジョン・ウィルソンの洗面台からトリニトリンの瓶を持ち去ったにちがいないという確信はあったが、他の人々を納得させるには証拠を示さなければならない。ところが、証拠など何もなかったんだ！

しかし、心配は無用だ！ ぼくにはわかっていた――これが難事件だということはね。スタイルズ荘事件で苦労したことを覚えているだろう、ヘイスティングズ？ あのときも、ぼくにはわかっていたんだ――証拠の鎖を完璧なものにする最後のひとつの輪を見つけるには長い時間がかかる、ということがね。

ぼくは、マドモワゼル・メスナールに話を聞かせてくれと頼んだ。彼女はすぐに会ってくれたよ。それで、ムッシュ・ド・サンタラールの住所を教えてくれと言った。彼女、困ったような顔をしたんだ。

〝なぜ知りたいのですか、ムッシュ？〟

〝必要なんです〟

彼女は疑うような――困ったような様子だった。

〝彼にお訊きになっても無駄ですよ。この世のことには興味のない方ですから。自分のまわりで起きていることにさえ気づかないのです〟

〝そうかもしれませんね、マドモワゼル。でも、彼はムッシュ・デルラールの古い友人でしたから、何か聞けるかもしれません――過去のことや――古い怨み言や――むかしの恋愛沙汰などをね〟

彼女は顔を赤らめて唇を嚙んだ。〝どうぞお好きに――でも――私、まちがったことをしたと思っているのです。あなたが私の依頼を引き受けてくださったことには感謝していますが、あのときの私は気が動転していたのです――すっかり頭が混乱していて。いま思うと、解決しなければならない謎など、何もなかったのです。ですから、どうか放っておいてください、ムッシュ〟

ぼくはまじまじと彼女を見つめたよ。

〝マドモワゼル、犬にも臭いを嗅ぎつけることがむずかしい場合がありますが、いったん嗅ぎつけてしまうと、もう止めることはできないのですよ！　優秀な犬であればなおさらです。私、エルキュール・ポアロはその優秀な犬でしてね〟

彼女は何も言わずにどこかへ行ってしまったが、すぐに住所を書いた紙を持って戻ってきた。ぼくがそれを受け取って屋敷を出ると、外でフランソワがぼくを待っていた。とても心配そうな顔をしていた。

〝何かわかりましたか？〟

〝まだ何も〟

〝本当に！　お気の毒なムッシュ・デルラール！　私も同じ考えでした。司祭など大嫌いですから。でも、そんなことを家の中では言いませんが。女性たちはみんな信心深いので――それはそれでよいことなのでしょう。マダムはとても信心深い方ですし――マドモワゼル・ヴィルジニーもそうですから〟

　マドモワゼル・ヴィルジニーも？　彼女がとても信心深い？　初めて会ったあの日の、彼女の涙にくれた顔を思い出してぼくは不思議に思った。

　ムッシュ・ド・サンタラールの住所を手に入れていたので、ぼくは時間を無駄にはしなかった。フランスとの国境近く、フランス側のアルデンにある彼の大邸宅まで行ったが、中に入れてもらう口実が見つかるまでに何日かかかってしまった。どういう口実だと思う？　配管工になって入り込んだんだよ！　彼のベッドルームのわずかなガス漏れを修理するというわけだ。道具を取りに出て、自由に歩きまわれる時間を見計らって戻った。だが、何を探したらいいのか、自分でもよくわからなかった。どうしても欲しいものはひとつあったが、見つけられるとは思わなかった。彼が、それを置いておくなどという危険を冒すとは思えなかったからだ。

　そうは言っても、洗面台の上の小さな棚に鍵がかかっているのがわかったときには、中を見たいという誘惑には勝てなかったね。鍵は単純なもので、すぐに開いた。古い瓶がたくさん並んでいたよ。震える手で、ひとつひとつ調べていった。ある瓶を手にしたとき、思わず声を上げてしまった。その小瓶にはイギリス人の薬局のラベルが貼ってあったんだ。そこには、〈ニトログリセリン錠剤。必要に応じて一錠ずつ服用のこと。ミスタ・ジョン・ウィルソン〉と書かれていた。

　はやる気持ちを抑えて戸棚を閉めると、瓶をポケットに入れてガス漏れの修理をつづけた。そういうことは抜かりなくやらなければならないからね。修理を終えて邸宅を出ると、すぐに列車に飛び乗ってベルギーへ戻った。ブリュッセルにはその晩遅く着いた。翌朝、警視総監に報告書を書いていると、メモが届いた。マダム・デルラールからで、すぐにアヴニュ・ルイーズの屋敷へ来てくれとあった。

ぼくを迎えたのはフランソワだった。

〝マダムがお待ちです〟

彼に案内されてマダムの部屋へ行った。彼女は大きなアームチェアにゆったりと坐っていた。マドモワゼル・ヴィルジニーの姿は見えなかった。

〝ムッシュ・ポアロ〟マダムが言った。〝さっき知ったのですが、あなたは警察の方だったのですね？〟

〝ええ、そのとおりです、マダム〟

〝息子の死について調べにいらしたのですね？〟

ぼくは同じ答えをした。〝ええ、そのとおりです、マダム〟

〝どこまで調べが進んだか、話していただけるとありがたいのですが〟

ぼくはためらった。

〝その前に、どうやってそのことをお知りになったかを話していただけませんか、マダム？〟

〝すでにこの世にはいない者から聞いたのです〟

そのことばと陰鬱な口調に、ぼくはゾッとしたよ。ものも言えなかったくらいさ。

〝ですから、ムッシュ、捜査の進展具合を正直にお聞かせください〟

〝マダム、私の捜査は終わりました〟

〝すると、私の息子は？〟

〝謀殺です〟

〝犯人はわかったのですか？〟

〝ええ、マダム〟

〝誰ですか？〟

〝ムッシュ・ド・サンタラールです〟

〝それはちがいます。ムッシュ・ド・サンタラールはそのようなことのできる方ではありません〟

〝証拠があります〟

〝もう一度、お願いします。すべてを聞かせてください〟

今度は訊かれたことに答えて、ここまでの経緯をひとつずつ話した。彼女は熱心に聴いていた。話し終えると、彼女は頷いた。

〝ええ、ひとつのことを除けば、あなたのおっしゃるとおりです。息子を殺したのはムッシュ・ド・サンタラールではなく、母親のこの私なのです〟

ぼくは彼女を見つめた。彼女はゆっくりと、何度も頷いていた。

〝あなたをお呼びしてよかったと思います。ヴィルジニーが修道院へ行く前に自分のしたことを話してくれたのも、神様の思し召しでしょう。聞いてください、ムッシュ・ポアロ！　息子は邪悪な男でした。教会を迫害したのです。地獄に堕ちるような大罪を犯して生きていました。自分ばかりか、他人の魂をも堕落させてしまったのです。それだけではありません。ある朝、私が自分の部屋から出ますと、義理の娘が階段の上に立っておりました。手紙を読んでいたのです。その背後から息子が忍び寄って、彼女の背中を突き飛ばしたのです。彼女は転げ落ちて、大理石の階段に頭を打ちつけました。みんなが抱き起こしたときには、もう死んでいました。息子は人を殺したのです。しかも、そのことは母親の私しか知りませんでした〟

彼女はしばらく目を閉じていた。〝あなたには、私の苦しみや絶望などおわかりにならないでしょうね。私はどうすればよかったのでしょう？　警察に訴えればよかったのでしょうか？　私にはとてもできませんでした。そうするのが義務だったのですが、私は弱い人間でした。それに、そうしたところで警察は私の話を信じたでしょうか？　しばらく前から私の視力は落ちていましたから――きっと見まちがいだと言われていたことでしょう。そういうわけで他言はせずにおりましたが、私は良心の呵責に苦しみました。黙っていることによって、私も共犯者なのですからね。息子は彼女の財産を相続しました。そして出世の階段を駆け上がり、今度は大臣の椅子にさえ坐ることになっていました。そうなれば、教会への迫害もいよいよひどくなることでしょう。それに、ヴィルジニーのこともありました。美しくて信心深かったのに、息子に心を惹かれてしまったのです。息子は、女性を惹きつける不思議な恐ろしい力をもっていました。いずれそうなることはわかっていましたが、私には防ぎようもありませんでした。息子には彼女と結婚する気などさらさらなかったのです。いよいよ彼女が息子に身も心も任せてしまいそうになりました。

そのとき、私には取るべき道がはっきりとわかったのです。息子を産んだのはこの私です。息子の責任は私にあります。息子は女性をひとり殺し、またもうひとりの魂まで殺そうとしているのです！私はミスタ・ウィルソンの部屋へ行き、あの薬瓶を持ち出しました。以前、彼が笑いながら、これで人がひとり殺せるのだと言っていたからです。私は書斎へ行き、いつもテーブルに置いてある大きなチョコレートの箱をあけました。最初はまちがえて新しい箱をあけてしまいました。テーブルには古い箱もありました。その箱にはチョコレートはひとつしか残っていませんでした。それは好都合でした。チョコレートを食べるのは息子とヴィルジニーだけなので、その晩は彼女を私の部屋に引き止めておくつもりでした。事は計画どおりに進んで――〟

マダムはことばを切り、しばらく目を閉じていた。やがて目をあけると話をつづけた。

〝ムッシュ・ポアロ、私のことはどのようにでもなさってください。余命いくばくもないことはわかっています。私は、神のまえで自分の行ないを申し上げるつもりですが、現世でもそうしなければなりませんでしょうか？〟

ぼくはためらった。〝しかし、マダム、あの空瓶ですが〟ぼくは時間稼ぎにこう言った。〝どうしてムッシュ・ド・サンタラールのところにあったのでしょう？〟

〝帰るというので彼が挨拶に来たときに、私がこっそり彼のポケットに入れたのです。瓶をどう処分したらいいかわからなかったものですから。すっかりからだが弱ってしまって、手助けがないとあまり動けないのです。それに、もしあの空瓶が私の部屋で見つかったら疑われるでしょうからね。でも、わかってくださいね――〟こう言うと、マダムは上体をまっすぐ起こした――〝ムッシュ・ド・サンタラールに疑いの目が向くように、などという考えはまったくなかったのですよ。そんなことは夢にも思いませんでした。きっと彼の執事か誰かが空瓶を見つけて捨ててしまうだろう、そう思ったのです〟

ぼくは頭をさげて言った。〝わかりました、マダム〟

〝それで、どうなさるおつもり？〟

彼女は口ごもることもなく、声もしっかりしていて、頭を高く上げつづけていた。

ぼくは立ち上がった。

〝マダム、これで失礼いたします。私は捜査を終えました――捜査は失敗でした。事件は解決したのです〟」

ポアロはしばらく黙り込んでいたが、やがて穏やかに言った。「マダムは、その一週間後に亡くなったよ。マドモワゼル・ヴィルジニーは修練期間を終えて正式に修道女になった。これがぼくの失敗談さ。まったく、ぼくも形無しだったよ」

「だが、失敗ではないだろう」私は言った。「そういう事情では、ほかに考えようがないだろう？」

「いや、とんでもないよ！」急に元気になったポアロが大きな声を出した。「まだわからないのか？　ぼくは三十六倍も愚かだったけどね。ぼくの灰色の脳細胞はちっとも働いていなかったんだ。最初からずっと、手がかりはつかんでいたのに」

「手がかり？」

「チョコレートの箱だよ！　わからないか？　ちゃんと目の見える者があんなまちがいをするわけがないだろ？　ぼくは、マダム・デルラールが白内障だということを知っていた――アトロピンの点眼薬でそれがわかるじゃないか。あの家で、ふたがどっちの箱のものかわからないほど目の悪い者はひとりしかいなかったんだ。ぼくがはじめて手がかりをつかんだのはあの箱だったのに、最後までその本当の意味が見抜けなかったわけだ。

それに、ぼくの心理分析もまちがっていた。ムッシュ・ド・サンタラールが犯人なら、証拠になる瓶を置いておくわけがないからね。あの瓶を見つけたということが、彼の無実の証拠だったんだ。マドモワゼル・ヴィルジニーから聞いて、彼がぼうっとした人間だということはわかっていた。そんなこんなで、いまきみに話した事件は冷や汗ものだったよ。このことは、いままで誰にも話したことがないんだ。聞いてのとおり、見る影もないからな。老夫人の犯行があまりにも単純で見事なものだから、エルキュール・ポアロもすっかり騙されてしまったのさ。まったく！　考えるだにおぞましいよ。もう忘れてくれ。いやいや――覚えていてくれ。もしぼくが自惚れだしたな、と思ったらいつでも――そんなことはあるまいが、ないとも限らないし」

私は笑みを抑えつけた。

「そう思ったら、〝チョコレートの箱〟と言ってくれ。いいな？」

「了解！」

「とにかく」ポアロは思い返すように言った。「あれはいい経験だったよ。いまのヨーロッパではまちがいなく随一の頭脳の持ち主たるぼくだ、これくらいは大目に見てもらってもかまうまい！」

「チョコレートの箱」私は小声で呟いた。

「何だって？」

私はポアロの無邪気な顔を見つめたが、もう一度言ってくれというように身を乗り出されると、つい言えなくなってしまった。彼のせいで何度となく嫌な思いをさせられてきたが、ヨーロッパ随一の頭脳を持ち合わせていない私でも、大目に見ることはできるのだ！

「別になんでもないよ」私はこう答えてパイプに火をつけ、心の中でにんまりした。

クリスマスの悲劇

A Christmas Tragedy

中村妙子訳

「わたしは一つ抗議したいのですがね」とサー・ヘンリー・クリザリングが言った。

一座を見わたした彼の目はおだやかながらいたずらっぽく光っていた。バントリー大佐はグッと足を前にのばし、マントルピースを、まるで査閲中に不都合な兵隊を見つけたときのようなきびしい目で見すえていた。ミセス・バントリーは、今しがた郵便で届いた球根のカタログをこっそり見ていた。ドクター・ロイドはジェーン・ヘリアを惚れぼれと見つめていた。見つめられている当の美貌の若い女優は、桃色にみがきあげた自分の爪をつくづくと眺めていた。ただ一人、あのミス・マープルだけがシャンとした姿勢で坐っていた。そのうす青い目は今しもサー・ヘンリーのまなざしを受けとめて、キラリと光った。

「抗議ですって？」とミス・マープルはつぶやいた。

「重大きわまる抗議ですよ。われわれ六人がここにこうして集っている、両性の代表者が三人ずつ。そこでわたしは虐げられた男性群を代表して抗議したいのですがね。今晩は三つ、話を聞きましたな――ところが語り手はもっぱら男性にかぎられていたのですよ。わたしは女性のみなさんが正当な義務を果たしておられないということについて抗議したいのです！」

「まあ！」とミセス・バントリーが憤然といった。「義務はそれなりにりっぱに果たしたと思いますわ。みなさんのお話を傾聴したじゃありませんか？　女らしいつつましやかな態度で——しゃしゃり出て脚光をあびようなどとは思わずに」

「ごりっぱな言い分ですがね。しかし、いけませんよ。アラビアン・ナイトというお手本もありますからね、いざ、語りたまえ、シェーラザード姫！」

「あら、わたしのこと？」とミセス・バントリーが言った。「でも何をお話したらいいのか、わかりませんわ。わたしなんて血なまぐさいこととか、怪事件とは、およそ縁のない生活をしてまいりましたもの」

「何も血なまぐさい話とかぎらなくたっていいんですよ。しかしね、ご婦人がたのなかにもお一人ぐらいは、取っておきの怪事件というのをお持ちあわせの方がおいでになるんじゃありませんかな？さあ、いかがですか、マープルさん——〈日雇い女のふしぎなめぐりあわせ〉とか、〈母の会の怪事件〉とかいった事件でもありませんか？　このセント・メアリ・ミードで私を失望させないでいただきたいものですな」

ミス・マープルは首をふった。

「あなたが興味をおもちになるような事件なんて、何一つございませんよ、サー・ヘンリー。それはもちろん、この村にだってちょっとした妙な事件はありますわ——むきエビが、そら、雲隠れした話がありましたしね。でもね、結局のところ、みんな、日常のつまらない出来事ですし、あなたのような方が興味をお持ちになるような事件ではございませんわ——そりゃ、人間性というものをずいぶんはっきり見せつけてくれますけれど」

「あなたのおかげで私なども、人間性に対してすこぶる興味をおぼえるようになってきましたがね」

とサー・ヘンリーがまじめに言った。

「あなたはいかがですか、ミス・ヘリア？」とバントリー大佐が聞いた。「あなたのような方はずいぶん面白い経験をなさったんでしょうね？」

「そう、まったくな」とドクター・ロイドが言った。

「あたくし？　あたくしに――あたくしの身に起こったことを何か話せとおっしゃいますの？」

「でなければ、ご友人のどなたかにね」とサー・ヘンリーが言いそえた。

「あらまあ！」とジェーンは言葉をにごした。「あたくしになんか、出来事らしい出来事なんて、何一つ起こらなかったように思いますのよ――そういった種類のことはね。花に妙なことづてがついていたり、そういうことでしたら――でも男の人ってもともとみんなそういうふうなんですもの。そうじゃありません？　あたくし、ついぞ――」と言いかけて、なにかぼんやり考えこんでしまったらしい。

「さて、それでは、そのエビのお話でもうかがうほかなさそうですな」とサー・ヘンリーが言った。

「お願いしますよ、マープルさん」

「あなたというかたはよくよくご冗談がお好きですのね、サー・ヘンリー。エビの話なんてほんのお笑いぐさですわ。でも、そう言えば――一つございますよ――出来事などというなまやさしいものではなくて――もっとずっと深刻な――まあ、悲劇ですわね。それにわたしも、ある意味ではかかりあいになっておりますし。わたしのしたことについては後悔はしておりません――後悔どころですか。もっともセント・メアリ・ミードで起こった事件ではございませんがね」

「それは残念ですな、しかし、まあ、我慢するといたしましょう。あなただったら、きっと興味ぶかい話を聞かせてくださるでしょうからね」

サー・ヘンリーはさあ、伺いましょうという姿勢をとった。ミス・マープルはかすかに顔を赤らめて、

「じょうずにお話できると、いいんですけれどね」と心配そうに言った。「どうかすると、すぐ横道にそれてしまいますから。知らないうちについつい脱線しましてね。事実を順を追って思い出すってこと、これがなかなかむずかしうございますのね。話がへたでもかんべんしていただかなくては。ずいぶん前のことなんですよ。

前にも申しあげたように、この事件はセント・メアリ・ミードとはなんのかかわりもございません。じつはね、ある水療院《ハイドロ》に――」

「水上飛行機のことですの？」とジェーンが目を見はった。

「おわかりにならないでしょうね、あなたには」とミセス・バントリーが言いかけると、バントリー大佐が口ぞえした。

「とんでもないところですよ、水療院《ハイドロ》というのはまったく！　まず早起きをしなけりゃならない、いやみったらしい味の水を飲まされる。ばあさんたちがあちこちにすわって意地の悪い井戸端会議。いや、まったくうんざりしますよ」

「まあ、アーサー」とミセス・バントリーがおだやかに言った。「あなただって、あそこに行ったおかげで体調がよくなったんじゃありませんか？」

「ばあさん連中があれこれとスキャンダルを交換して日を送っているんです」とバントリー大佐は嘆かわしげに言った。

「それがどうやらほんとのところらしうございますね」とミス・マープルが言った。「わたしにいたしましても――」

「いやいや、マープルさん」と大佐がとんでもないというような口調で言いかけた。「私は何も――」

頬を上気させ、片手をかるくふってミス・マープルがそれをおしとどめた。

「でもおっしゃるとおりでございますもの、バントリーさん。ただ申しあげておきたいと思いますのはね――ちょっと考えをまとめさせてくださいましよ――ええ、そうですわ。スキャンダルを交換するということについてでございますがね――確かにずいぶんさかんなようですわ。よく非難されますわ。ことに若い人たちが手きびしうございますね。わたしの甥にもの書きがいますけれど――なかなか気のきいた本を書くんでございますよ――この甥がなんの証拠もなしにひとさまのことを悪しざまに言うことについて、たいへん耳の痛いことを申しておりましてね。ですけどわたしはね、そういうことを非難する若い人たちはまず考えてからものを言うようにしてほしいと申したいんですの。事実にじかに当たって調べてみようとしないんですから。かんじんなのはね、いわゆるおしゃべりが真相を語っている例がいかに多いかということですわ。だいたいそういうことを頭からけなす人たちにしても、わたしの言うように真相にあたって調べてみれば、十中九までは噂どおりだということがわかるんじゃないかと思いますの。それだからかえって、気をわるくするんですわ」

「インスピレーションが働くというわけですか?」とサー・ヘンリーが言った。

「いえ、まあ、とんでもない! 場数をふみ、実際の経験からわり出すんですのよ。たとえば、エジプト学者は、あの奇妙な小さな甲虫の印形を、一目見ただけ、さわっただけで、紀元前どのぐらいのものか、それともバーミンガム製の模造品か、すぐに言いあてるそうでございますね。どうしてわかるのかと聞かれても、はっきりした目安のようなものをあげるわけにいかない場合があるとか。いわば直感的にわかるんでしょうね。一生のあいだそうしたものを扱ってきたからなんでしょうねえ。

それがわたしの言いたいことなんですの（思うようにじょうずに申しあげられませんでねえ）。甥のいわゆる〝無用の長物のばあさん連中〟はいったいに時間をもてあましています。興味の対象といえば主として人間なんですのね。ですから、まあね、その道にかけてはいっぱしの専門家ですわ。近ごろの若い人たちといえば――わたしなどの若い時分には口に出さなかったようなことを、おかまいなしに話したりしますけど、おなかの中はむじゃきなもので、なんでも額面どおりに信じこんでしまいます。誰かがそっと警告しようとすると、『あなたは一時代前に流行したような、品のいい道徳主義をふりまわすんですね――しかし、そういう見かたは、台所の流しのようなもので――』と」

「流しのどこがいけないんです？」

「そうですとも」とミス・マープルが力をこめて言った。「どこの家にもなくてはならないものですからねえ。でもむろん、ロマンティックでないということはたしかですわね、流しなんて。打ち明けて申しますとね、わたしにも感情というものがございますから、ひとのなにげない言葉のはしばしにむごたらしく心を傷つけられることもございますよ。さて、殿がたは家事むきのことなどにはいっこうに興味がおありにならないでしょうけど、うちにいたお手伝いのエセルのことはちょっと申しあげておかなければと思いますの。なかなか器量のいい娘でして、骨身を惜しまない子だったんですが、わたしには一目で、アニー・ウェブや、気の毒なミセス・ブルイットのところの娘さんと同じタイプだということがわかりました。きっかけさえあれば、自分のものと人さまのものとの見さかいがつかなくなるたちだということがね。ですから、わたしはひと月で暇を出し、正直でまじめだという保証状を書いてやりましたが、エドワーズさんのご隠居には内々で、あの娘はお雇いにならない方がいいと思うと申しあげておきましたの。甥のレイモンドはひどく立腹しましてね。そんな意地の悪い話は聞いたことがないといきまきましたよ――ええ、意地が悪いと非難しましたっけ。さて、エセルは結局レディー・アシュトンにお仕えしました。わたしとしてもおつきあいもないあの方にまでとやかく申しあげる筋合はございませんしね――ところがまあ、どうでしょう？　奥さまの下着のレースはすっかり切り取ってしまう。ダイヤモンドのブローチを二つ盗む――本人は夜中に行方をくらましてそれっきりなんだそうでございますよ」ミス・マープルは一息ついて、またつづけた。「この話は、これから申しあげるケストン鉱泉水療院でおこった事件となんのかかわりもないじゃないかとみなさんはお思いになるかもしれませんけれど――ある意味ではたしかに関係がございますんですよ。サンダーズ夫妻がいっしょにいるところを一目見た瞬間、どうしてわたしが、この男は奥さんを殺す気でいるという確信をいだいたか、それをいまの話がはっきり説明してくれるわけでございますからね」

「なんですと？」とサー・ヘンリーが身をのり出した。

ミス・マープルはおだやかな顔をサー・ヘンリーのほうにむけて言った。

「そうなんですの、サー・ヘンリー、わたし、疑う余地のないくらい、はっきり確信を持ってしまいましたんです。サンダーズ氏というのは大柄な男ぶりのよい赤ら顔の男でして、磊落《らいらく》で人好きのするたちでした。奥さんに対してもこのうえなく愛想のよい態度をとっていましてね。でも、わたしにはすぐにピンときたのです！　この男は奥さんを殺す気でいるって」

「しかし、どうもそれは、マープルさん――」

「ええ、わかっておりますわ。甥のレイモンド・ウェストでもやはりそう申しますでしょうよ。証拠などひとかけらもないくせにってね。でもわたし、ウォルター・ホーンズをおぼえておりますの。グリーン・マン館を経営していた男ですけれど。ある晩、つれだって帰る途中で、奥さんのほうが川にころげ落ちて死んでしまったんですの――ホーンズはその結果、たいへんな額の保険金をものにしましてね！　あの人ばかりじゃありませんわ。大手をふってそのへんを歩きまわっているような連中にいくつか、同じようなケースがございますわ――そのうちの一人などはわたしたちと同じ社会層の男ですのよ。この人はある夏の休みに奥さんとスイスに山登りに行きました。わたし、奥さんにやめたほうがいいと言ったんですけれど――さぞ怒ることだろうと思ったのに、怒りはしませんでしたが――まあ、笑いとばされてしまいましたの。わたしみたいな変わり者の年よりが、だいじなハリーのことを悪しざまにいうなんておよそこっけいに思えたのでしょうね。結局、事故がおこって――奥さんは死にました。ハリーは再婚しましたわ。でもわたしに何ができたでしょう？　わたしにはわかっておりました。でも証拠というものがまるでなかったんですから」

「まあ！　マープルさん、あなたはまさか――」とミセス・バントリーが叫んだ。

「奥さま、こうしたことは世間にはずいぶんちょいちょいございますんですよ――ほんとに。それに、殿がたの場合はかくべつ誘惑に負けやすいんでしょうね。女より強いだけに。事故らしく見せかけられさえすればいいんですから。さっきも申しましたようにね、サンダーズ夫妻についてもわたしすぐにそう直感しましたの。いっしょに路面電車に乗っていたときのことですけれど、満員で、三人とも、二階席に坐っていました。ところが、サンダーズ夫妻とわたしが立ちあがっておりようとしたとき、サンダーズ氏が平衡を失って、奥さんのほうにぐっと倒れかかったので、サンダーズ夫人はまっさかさまに階段をころげ落ちてしまいました。さいわいなことに車掌が屈強な青年だったので、うまく抱きとめてくれたのです」

「でも、それはほんのはずみだったんじゃないでしょうか？」

「もちろん、ほんのはずみですわ――いかにもはずみらしく見えましたものね。けれどもサンダーズ氏は一時は商船に乗り組んでいたこともあるそうで。波にもまれている船の上で体の平衡を保つことのできる人間が、わたしのようなおばあさんでもちゃんと立っていられる電車に揺られたぐらいでよろけるわけがないじゃありませんか？　まさかねえ！」

「とにかく、あなたがそういう確信をいだかれたということはわかりましたよ」とサー・ヘンリーが言った。「そのときその場で」

老嬢はうなずいた。

「わたし、そう確信しましたの。それから間もないある日、通りを横切っておりましたときに、またもう一度同じようなことがありましてね。わたしの確信はますます強まったのでした。そこでねえ、サー・ヘンリー、おうかがいしたいのですけれど、わたしにいったい何ができたでしょうか？　ここに一人の人のよい、結婚生活に満足しきっている幸せな奥さんがあります。その人がほどなく殺されようとしているのですよ」

「いや、まったく、あなたには度胆をぬかれますな、マープルさん」

「それは近ごろのたいていの人たちと同じように、あなたが事実を直視しようとなさらないからですわ。そんなことがあるはずはないとお考えになりたいのでしょうね。でも事実は事実ですわ。わたしにはわかっていました。でもどうにも手の打ちようがなくてねえ。警察に行くことなんかできやしませんし。その若い奥さんにそう言ってみたところで、どうにもならないことはわかりきっていました。夫に身も心もささげつくしているのですからね。そこで、わたしは、せいぜいこの夫婦について調べてみることを心がけたのです。編みものをしながら炉ばたにすわっていると、ずいぶんいろいろなことを聞きこむ機会があるものですわ。ミセス・サンダーズ（グラディスという名前でした）は問わず語りに身の上話をしてくれましてね。二人は結婚していくらもたっていない様子でした。夫の方はそのうちにちょっとしたまとまった財産を相続することになっているのだが、さしあたっては夫婦ともお金につまっている。じつを言うと、自分のわずかばかりの収入に頼って暮らしているようなわけだ、といったことを、わたしはやがてミセス・サンダーズから聞きだしたのでした。よくある話ですわね。ミセス・サンダーズは、自分の年金にしても元金に手をつけられないので困っているとこぼしていました。どこかに分別のある人がいて、そう配慮しておいたんでしょうね。でも確かに自分のものにはまちがいはないのだから、自分の意志一つで、相続人を指定できるのだ――こういうことも聞かされました。二人は、結婚するとすぐにめいめい遺言状を作って、まさかのときには相手に遺産をのこすように計らったそうですの。いかにも涙ぐましい美談のように聞こえますわね。もちろん、ジャックの相続問題が思うように解決したら――今のところ、わたしたちはほんとうにお金に困っている――今借りている部屋も最上階の召使部屋に隣りあっているようなありさまだ――火事でもあったら危険だと心配している。窓のすぐ外に非常階段がついてはいるけれどというような話だったのです。わたしはそっと、バルコニーはついているかとたずねてみました――バルコニーなんて、とても危険な場所でございますからね。ひと押しされたら――ねえ、それっきりでございますからねえ！

とにかくわたしはミセス・サンダーズにバルコニーに出て行かないように、約束させました。不吉な夢を見たのだと申しましてね。奥さんもこれは気にしましたわ――時によると、迷信もなかなか便利なものですわね。ミセス・サンダーズは色白であまり冴えない顔色の人でした。大きなまげを、うなじでくしゃくしゃと丸めていましたっけ。人の言うことをすぐ信じこむたちで、わたしの言葉を夫にくりかえして聞かせていましたが、サンダーズ氏は妙な目つきで、わたしの方をちらちらと盗み見していましたわ。サンダーズ氏のほうは、そんなことをやすやすと信じるたちではなかったのですね。わたしがあのとき、いっしょの電車に乗りあわせていたことも知っていましたしね。

とにかくわたしは気がかりでなりませんでした――ただもう心配で。どうやってサンダーズ氏のたくらみの邪魔をしたものか、見当もつかなかったのですからね。水療院《ハイドロ》で起こることなら、防ぐこともできましょう。ほんの二言三言、あやしんでいるということをにおわせるだけで、こと足りるでしょう。けれどもそれでは結局、犯行を先送りさせるだけのことです。思いきった手段をとるほかはあるまい――なんとかうまくわなをしかけるほかない、わたしはだんだんこう考えるようになったのでした。もしもあの男に誘いをかけて、わたしの仕組んだやりかたで、妻の命をねらうように持ちかけることができれば――そうすれば、たちまち化けの皮がはげて、ミセス・サンダーズもいやおうなしに真相を知ることになるだろう。そのためにひどいショックを受けることはまあ、しかたないだろうと」

「いや、まったく、あなたには私もどきどきさせられますな。いったいどんな計画をお立てになったんですか？」とドクター・ロイドがきいた。

「ええ、ほんとにこれならというううまい計画を立てるところだったんですけれどね――」と、ミス・マープルが答えた。「でも相手が悪がしこすぎたのですわ。サンダーズはいたずらに時を待ってはおりませんでした。わたしが疑いをいだいているのではないかと気をまわして、こちらがはっきりした確信をもつ前に、ことを起こしたのです。事故ではあやしまれるだろうと思って、殺人事件を仕立てあげたのですよ」

一座の人々ははっとかすかに息を呑んだ。ミス・マープルはうなずいて、唇をキュッと結んだ。

「わたしの申しあげようが、あまりだしぬけすぎましたでしょうかね？　とにかく、事実を正確におつたえすることにしましょう。この事件を思い出すごとに、わたし、いつもたまらなくやりきれない気持ちにさせられてしまいますの。こんなことが起こらないように、なんとか手を打つべきだったと思われましてね。でも神さまが一番よくご存じでいらっしゃいましょうよ。わたしとしてはできるだけのことはしたつもりですの。

その日はどういうのでしょうか、何か妙に無気味な雰囲気があたりにただよっておりました。みんなの上になにか重苦しいものがのしかかっているような感じがあったのです。とんでもないことが起こるという予感がね。まず、ポーターのジョージですが、なん年もこの水療院《ハイドロ》につとめて、みんなと顔なじみでしたのに、気管支炎から肺炎をおこして、とうとう四日目にぽっくり死んでしまったのです。とても悲しいできごとでした。誰もがびっくりして、めいりこんでしまいましてね。それもクリスマスのつい四日前になって。それからメイドの一人で——とてもいい娘が——指の傷から破傷風のばいきんがはいってまる一昼夜わずらっただけで、やはり死んでしまったのです。

わたしは応接間にミス・トロロプやお年よりのカーペンターさんといっしょに坐っておりました。カーペンターさんは——こうしたことをいい気晴らしのように思って——ひどくうれしそうに言ってなさいましたわ。

『覚えておいでなさいよ。これだけじゃあすみませんからね。よく言いましょう？〝二度あることは三度ある〟って、このことわざにまちがいがないってことは、わたし、自分の経験からよくよくわかっているんですよ。きっとそのうちにもう一人死人が出ますよ。うけあいますとも。それも遠からずね。二度あることはかならず三度あるんですから』

カーペンターさんが頭をふりたてて編み棒をカチカチいわせながらこう言いおわったとき、わたしがひょいと頭をあげると、戸口にサンダーズ氏が立っていました。ほんの一瞬、彼は仮面をぬいだ本来の姿を見せていました。わたしはその表情をはっきりと読みとりました。カーペンターさんの縁起でもない言葉が、彼の頭に殺人のたくらみをつぎこんだにちがいないと、わたしは死ぬまで信じますわ。心の動きまで見てとれるようでしたわ。

やがて彼はいつものように愛嬌をふりまきながら、部屋に入ってまいりました。

『クリスマスのお買物のご用はありませんか？　ケストンに出かけますが』
一、二分ばかりしゃべったり笑ったりしたあげくに、出て行きましたが、わたしは気が気でなくなって、すぐに申しました。
『ミセス・サンダーズはどちらにおいででしょう？　どなたか、ご存じありません？』

ミス・トロロプが、ミセス・サンダーズなら、友人のモーティマー夫妻の所にブリッジをしに行ったと言ったので、わたしの気持ちも一応落ちつきました。でも、まだひどく胸さわぎがして、どうしたらよいかと思い迷っていました。三十分ばかりして、自分の部屋にあがって行く途中で、わたしのかかっているコールズ先生が階段を降りていらっしゃるのに行き合ったのです。リューマチのことでちょうどご相談したいと思っていたところでしたので、わたしはコールズ先生にわたしの部屋に寄っていただきました。そのとき先生が（これはまだ公になっていないがと言って）、メイドのメアリが亡くなったことを話してくださったのです。このことがつたわるのを支配人が好まないので、内聞におねがいしますと言われました。もちろん、わたしはメアリが死んだ直後からついさっきまで、わたしたちがその話で持ちきりだったことなどは、一言も口に出しませんでした——こうした話はいくら隠しても、たちまちのうちに広まってしまいますし、コールズ先生のように経験のある方なら、そんなことは重々ご承知でしょうにね。でもコールズ先生という方は、自分の信じたいと思ったことを信じる、猜疑心というものを持ちあわせない単純なかたでした。そのあと間もなくわたしがハッとしたのも、先生のこの気質を知っていたからだったのです。

先生は立ち去りぎわに、サンダーズ氏からそのうちに家内を一度、診《み》てやってほしいと言われているとおっしゃったのです。近ごろどうも気分がすぐれない——消化不良の気味なんじゃないかと言っていたそうです。

ところが折も折、その日、グラディス・サンダーズはわたしにむかって、自分はもともと胃は丈夫で、それだけはありがたいと思っていると話したばかりだったのでした。

おわかりでしょうね、これを聞いたとたんに、サンダーズ氏に対するわたしの猜疑心が百倍にもふくれあがったのでした。準備工作をしているのだ、しかし、いったい、なんの？　いっそすべてをコールズ先生にうちあけてしまおうかと思い迷っているうちに、先生は行ってしまわれました――もっとも、その気になったところで、どういうふうに話したものか、わたしとしても言葉に苦しんだことでしょうよ。部屋を出ると、当のサンダーズが階段を降りて来るのに行き合いました。外出の服装をして、何か町にご用はありませんかと、もう一度ききました。わたしとしては、いんぎんな調子をくずさずに受けこたえするのがやっとでしたっけ。それからわたし、まっすぐにラウンジに行ってお茶を注文しました。ちょうど五時半でしたわ。

さて、それからあとのことはできるだけ正確にお話ししたいと思うんですの。七時十五分前、まだわたしがラウンジにいるところへサンダーズ氏がはいってきました。二人の紳士といっしょで、三人ともお酒を飲んでこられたようでした。サンダーズ氏はその友人たちと別れると、わたしがミス・トロロプと坐っているところにつかつかやってきました。妻へのクリスマス・プレゼントについて、わたしたちの意見をきかせてほしいと言うのです。夜のパーティーの際などにふさわしいハンドバッグを贈りたいのだと申しました。

『なにしろ、みなさん、こういうがさつな船乗りですから、どんなものがいいのか、さっぱりわからないんですよ。これはどうかと言って店から三つばかり届けてきたのがあるんですがね。目のあるかたがたのご意見をうかがいたいんです』

わたしたちはもちろん、お役に立てばうれしい、よろこんで拝見しようと申しました。すると彼はちょっといっしょに二階に来ていただけないか、下に持ってきてお見せしているところへ家内がいつ帰ってこないともかぎらないからと申しました。そこでわたしたちはいっしょに二階にあがって行きましたの。つぎに起こった出来事をわたしはけっして忘れないでしょう――思い出すと、今でも小指の先までうずくようですわ。

サンダーズ氏は寝室のドアをあけて、スイッチをおしました。その光景を一番先に見たのは誰だったでしょうか――

ミセス・サンダーズは床にうつぶせに倒れて死んでいたのでした。

わたしはまっ先にかけよってひざまずき、すぐ手を取って脈を見ました。なんの反応も感じられません。腕はつめたく硬直していました。頭の脇に砂をつめた靴下がありました――凶器でしょうね――ミス・トロロプは意気地のない人で、戸口のところで呻き声をあげながら、頭をかかえこんでいます。サンダーズは大声で、『家内が、家内が』と言いながら、死体のところにかけよりました。わたしはいそいで彼を押しとどめました。そのときはもうてっきり彼の犯行と思いこんでおりましたから、なにか取るか、隠そうという気なのかもしれないと考えたのでした。

『なにひとつ、おさわりになってはいけませんよ。しっかりなさいまし、サンダーズさん。ミス・トロロプ、あなたは下に行って支配人を呼んできてくださいませんか』

わたしはその場に残って、死体の脇にひざまずきました。サンダーズを死体のそばにひとり残しておくのはどうかと思ったのです。それでも、その愁嘆ぶりが芝居だとしたら、たいした演技だとみとめざるを得ませんでしたわ。茫然として、なにがなんだかわからない様子で、ほとんど気でもおかしくなったように見えましたものね。

支配人はすぐにやってまいりました。部屋をすばやく調べると、わたしたちをみんな追い出して鍵をしめ、自分で保管しました。それから警察に電話をかけたのです。警察がくるまでには、なかなか手間がかかりました（あとからわかったのですが、電話が故障していたのです）。支配人は使いを警察署まで走らせなければなりませんでしたし、水療院《ハイドロ》は町はずれの荒野《ムア》のはてに建っていたものですからね。警察がくるまで、カーペンターさんにはうんざりさせられましたわ。二度あることは三度あるという自分の予言がたちまちにして実現したので、すっかり気をよくしていましてね。サンダーズは頭をかかえて庭に出て、うめきながら、いかにも悲しげな様子であちこちと歩きまわっていたそうです。

さんざん待ちあぐんだ末に、それでも警察がやっときてくれました。支配人とサンダーズ氏はいっしょに二階にあがって行きました。しばらくしてからわたしも呼ばれたのでまいりますと、警部がテーブルにむかってなにか書きとめていました。聡明そうな男で、見るからに好感がもてました。

『ジェーン・マープルさんですね？』

『はい』

『死体が発見された時にちょうど現場においでになったそうですが』

わたしはそのとおりだと言って、起こったことを逐一正確に申しのべました。質問に筋道だった返事のできる人間にはじめて出会って、かわいそうに警部はさぞかしほっとしたにちがいありません。わたしの前に、サンダーズだの、エミリ・トロロプのような人間を相手にしなければならなかったのですからね。ミス・トロロプはすっかり取り乱していたでしょうし——そういったたちの人なんですの、意気地がないったら！　自分ひとりのときならとにかく、人前では感情をおさえなくちゃいけないって、母からよく言われたのを思い出しますけれどね」

「まさに金科玉条ですな」とサー・ヘンリーがおごそかに言った。

「わたしが陳述をおわると、警部はいいました。

『ありがとうございました。ところでもう一度、死体をごらんいただくようにお願いしなくてはと思うんですが、あなたが先ほど部屋にはいられた時にも死体はやはりこういう姿勢だったでしょうか？何かこう、動かしたというようなことは？』

サンダーズ氏がさわろうとしたのをわたしが止めたのだと申しますと、警部はそれはよかったと言うようにうなずきました。

『サンダーズ氏は、たいへん取り乱しておられるようですな？』

『はあ、そのようですわね——ええ』

〝そのよう〟という言葉にかくべつ力をこめたつもりはありませんでしたのに、警部は少々きっとした目つきで、わたしを見つめました。

『とすると、死体は発見当時とそっくりそのままというわけですね？』

『帽子のほかは』

警部はハッと顔をあげました。

『それはどういう意味です。帽子がどうかしましたか？』

そこでわたしは、帽子はあのときにはグラディスの頭にのっていたのに、今見ると体のすぐ脇に置いてある。もちろん警察の方がそうしたのだと思っていたがと申しました。けれども警部は、力をこめてそれを否定しました。まだなに一つ動かしてもさわってもいないのだというのです。彼はうつぶせに倒れているあわれなむくろを、当惑げに眉をよせて眺めていました。グラディスは外出の服装をしていました——大型のえんじ色のツイードのコートで、グレイの毛皮がえりもとについています。赤いフェルトの安っぽい帽子が頭のすぐ脇に置かれていました。

警部はしばらくじっと立ちつくしたまま、しきりに眉をよせて考えていましたが、ふと思いついたように言いました。

『はじめて死体をごらんになったときにイヤリングをしていたかどうか、あるいは故人にふだんからよくイヤリングをつける習慣があったか、ひょっとして覚えていらっしゃいませんかね？』

さて、幸いなことに、わたしはものごとをこまかく観察するたちでございます。わたしは死体の帽子のつばのすぐ下のあたりに真珠がキラリと光っていたのを思い出しました。そのときはべつにとくに気にもとめなかったのですが。そこでわたしは警部の質問をはっきり肯定することができたのでした。

『それでわかりましたよ。被害者の宝石箱が荒らされていたのです――とくに値うちのあるものが入れてあったというふうでもないのですがね――指環も、指からはずされていました。犯人はイヤリングを取るのを忘れて、犯行が発見されてから、もう一度まいもどったのでしょう。大胆きわまるやつですな！　それともひょっとすると』と警部は部屋をぐるりと見まわして、ゆっくり言いました。『この部屋に隠れていたのかもしれませんよ――ずっと』

けれどもわたしはこれを打ち消して、ベッドの下をのぞいてみたけれど、なんの形跡もなかったと説明しました。それに支配人も衣裳戸棚を開けてみましたし。部屋にはそのほかには人ひとり隠れられるような場所はありませんでした。衣裳戸棚の中にしつらえた帽子戸棚には鍵がかかっていましたし、どのみち、棚が幾段にもついた浅いものですから、人間が隠れられるわけはありません。

わたしがこう説明すると警部はゆっくりうなずきました。

『あなたがそうおっしゃるなら、確かでしょう。とすると前にも申しあげたように、犯人は引きかえしてきたんですな。大胆なやつですよ』

『でも、支配人がドアを閉めて、鍵を持って行ったんですよ！』

『そんなことは問題じゃあありませんよ。バルコニーもあるし、非常階段というものもありますからね――夜盗はそこから侵入したんでしょう。おそらくやつの仕事中をあなたがたが邪魔したんでしょうな。それであわてて窓からぬけ出し、みなさんが出て行かれたあとでまたもどってきて、やりかけた仕事をつづけたんですよ』

『警部さんは、たしかに夜盗のしわざだとお考えなんでしょうか？』

警部はそっけない口調で答えました。『そう見えますがねえ』

けれども、その語調は何となくわたしをホッとさせました。この人なら、サンダーズの愁嘆ぶりを額面どおりに受け取りはしないだろうと感じたのでした。

まあね、率直に申しあげるとわたしは、フランスの人たちが固定観念《イデ・フィクセ》とよぶものにすっかり取りつかれていたんですわね。サンダーズという男が妻に対して害意をいだいていたということを、はっきり承知しておりましたのでね。わたしがおよそがまんできないのは、偶然の一致というたわけた考えかたですの。サンダーズ氏についてのわたしの見かたがあくまでも正しいということ――それはもう確かでした。あの男は悪党です。悲嘆にくれている夫の役をサンダーズがいくらもっともらしく演じたって、わたしはかたときも騙されませんでした。でも茫然自失といったその様子はじつにたくみだと感じ入ったのを覚えておりますわ。ほんとうにいかにも自然な悲しみようでしてねえ――おわかりでしょうか？　さて、警部と話をしたあとで、わたしがそれまでとちがって妙にあやふやな気持ちになったことは認めなければなりません。なぜって、もしサンダーズが犯人だとしたら、非常階段のところからこっそりもどって妻のイヤリングをわざわざ取っていくなんてことをするわけがありませんものね。分別のある人間ならそんなことをするはずはありません。サンダーズは実際、とても利口な男でしたし——だからこそ、わたし、警戒していたんですわ」

ミス・マープルはひとわたり聞き手を見わたした。

「わたしがどういうことを申しあげようとしているか、たぶんもうおわかりになったでしょうね。この世の中にはよく意外なことが起こるものですわ。わたしははっきりとした確信をもっておりました。だからかえって真相が見えなかったのでしょうね。結果は、ですから、わたしにとってはたいへんなショックでした。だって、サンダーズ氏が犯人のはずはないということが、どうにも疑う余地のないくらい、はっきりと立証されたのでしたから——」

ミセス・バントリーが驚いたように、ハッと息をのむのが聞こえた。ミス・マープルは彼女の方に向き直った。

「わかりますよ。わたしがお話をはじめたときには、こんなことをお聞きになろうとはお思いにならなかったでしょうからね。わたしも同じでしたの。でも事実は事実です。自分がまちがっていたということがわかったら、はじめから謙虚に考え直さなければね。じっさいに手を下そうと下すまいと、サンダーズ氏は精神的には殺人者同様です——その点では、わたしのかたい信念をくつがえすようなことは何一つ、起こらなかったのでした。

さてみなさんは、事実をそっくりそのままお聞きになりたいとお思いでしょうね。ミセス・サンダーズはさっきも申しあげたように、その午後は友人のモーティマー夫妻といっしょにブリッジをして過ごしました。六時十五分ごろに別れたそうです。友人の家から水療院《ハイドロ》までは、歩いて十五分ばかりの道のりでした。急げばもっと短い時間で帰りつくでしょう。ですから六時半ごろにはもう帰院していたにちがいありません。帰ってきたところを誰も見かけなかったのですから、たぶん横の入口からはいって、まっすぐに自室に急いだのでしょう。そこで着がえをして（ブリッジのパーティーに着ていった薄茶色のコートとスカートが戸棚につるしてありました）、もう一度出かける支度をしていたところを一撃のもとにやられたのでしょう。たぶん誰におそわれたのかということも知らずに死んでいったのではないでしょうか。砂袋って、あれでなかなか効果的な凶器なのですね。それから考えると、犯人はその部屋の、たぶん大きな衣裳戸棚の中にでも隠れていたのではないかと思われました——おそらくミセス・サンダーズが開けなかった戸棚の中にね。

さて、その日のサンダーズ氏の行動ですが。まずさっきも申しあげたように、五時半か——もう少しあとで外出をしました。一、二軒の店で少し買物をして、六時ごろにグランド鉱泉ホテルに行き、そこで二人の友人と出会ったのです——あとからいっしょに水療院《ハイドロ》までついてきたという二人です。三人はビリヤードを少ししてから、ハイボールをだいぶ飲んだようです。この二人は（ヒッチコックにスペンダーといいましたが）六時以後はずっとサンダーズと行動を共にしていたそうです。水療院《ハイドロ》までサンダーズを送ってきたのですからね。サンダーズはこの二人と別れると、まっすぐにわたしとミス・トロロプの坐っているところにやってきました。それが七時十五分前ごろでした。——ところが、そのころにはミセス・サンダーズはもう死んでいたはずです。

わたしがこのサンダーズの友人という二人の男たちと、じかに話をしてみたことも申しあげておきましょうね。人好きのしない、品のよくない男たちでしたが、ただ一つのことだけはわたしとしても確信しました。つまり、サンダーズが二人とずっといっしょにいたというのは、嘘いつわりのないところだということです。

もう一つ、明らかになった事実がありました。ブリッジの最中にミセス・サンダーズに電話がかかってきたらしいのです。リトルウォス氏と名乗っていました。電話からもどって来たミセス・サンダーズは何かよほどうれしいことでもあるらしく、そわそわしていました——そのせいか、一つ二つとんでもないヘマをやりましてね、あげくのはてに思ったよりも早く引きあげたということでした。

サンダーズ氏は奥さんの友人でリトルウォスという名の男を知っているかときかれて、そんな名前は聞いたこともないと答えました。ミセス・サンダーズのとった態度も、それを裏づけているように思われたのです——彼女自身も電話に出るまではリトルウォスなどという名前は、およそ心あたりがないといった様子を見せていたのですからね。けれども電話を終えて帰ってきた彼女は、頰を上気させてにこにこしていました。ですから、電話をかけてきたのが誰であったにしても、リトルウォスというのは本名ではなかったのではないかと思われました。これだって、何だか妙じゃございませんかね。

ともかくも問題はこうして依然として残っていました。およそありそうにない強盗説か——それともミセス・サンダーズが誰かに会うために外出の支度をしていた、そこへその誰かが非常階段から、彼女の部屋に入ってきて、口論でもしたのか？　それとも卑怯にも彼女の不意をおそったのか？」

ミス・マープルは口をつぐんだ。

「それで？」とサー・ヘンリーがきいた。「どうなんです？」

「どなたか、当ててごらんになりませんか？」とミス・マープルはいった。

「わたし、こういうことって、およそ苦手なんですの。でもサンダーズにそんなちゃんとしたアリバイがあるのは残念みたいですわね。あなたが納得なさったのなら、非のうちどころのないアリバイなんでしょうけど」とミセス・バントリーが言った。

ジェーン・ヘリアが形のよい頭をふと動かしてたずねた。

「帽子戸棚に、どうして鍵なんかかかっていましたの？」

「まあ、よくそこに気がおつきになったこと」とミス・マープルが笑顔を向けた。「わたしもちょっと不審に思いましたの。もっとも理由はしごく簡単でした。その戸棚の中には、刺繡をしたスリッパが一足とハンカチーフがはいっていましたの。かわいそうに、グラディスが夫にクリスマス・プレゼントをしようと思ってこっそり刺繡しかけていたのですわ。戸棚の鍵はハンドバッグの中にはいっていました」

「まあ、わかってみれば、そうおもしろいことでもありませんのね」とジェーンが言った。

「いいえ、それどころか」とミス・マープルが答えた。「それこそ、興味しんしんたるところですわ――おかげで犯人の計画がすっかり狂ってしまったんですから」

一座の人々はいっせいにミス・マープルを見つめた。

「わたしにも二日間というものはまったくわかりませんでしたけれどね。さんざん考えたあげくに――ほんとにだしぬけに、何もかもはっきり腑におちたのです。わたしは警部のところに行って、ある実験をしてみてくださいと頼みました。警部はわたしの言うとおりにしてくれました」

「どんなことをお頼みになったのです？」

「グラディスの頭に帽子をかぶせてくださいと頼んだのですわ――もちろん、かぶせられやしませんでしたよ。ぜんぜん合わないんですものね。グラディスの帽子じゃなかったんですから」

ミセス・バントリーが目をまるくした。

「だってはじめに死体が発見されたときには、ちゃんとかぶっていたんでしょう？」

「グラディスの頭にかぶせてあったわけじゃないんですからね――」

ミス・マープルはこの言葉がみんなの胸に深く印象づけられるように、しばらく間を置いてからまたつづけた。

「わたしたちは、死体をグラディスのものと決めてかかりましたけれどね。顔を見たわけではなかったのです。うつぶせになっていましたでしょう？　帽子に隠れて、何も見えなかったのです」

「でもミセス・サンダーズは確かに殺されたのでは……？」

「ええ、もっとあとになってね。わたしたちが警察に電話をかけたりしてさわいでいるころには、グラディス・サンダーズはまだピンピンしていたんですよ」

「すると誰かが彼女の替玉になっていたとおっしゃるんですか？　でもあなたがさわってごらんになったときには――」

「ええ、れっきとした死体でしたけれどね」とミス・マープルは重々しく言うのだった。

「しかし、それじゃあ、なにがなんだか、さっぱりわからんな」とバントリー大佐が言った。

「死体なんてそうたやすく手にはいる代物じゃないですよね？　いったい、その――最初の死体をどう始末したんです？」

「犯人がもとにもどしておいたんですよ。悪どいたくらみですわね、まったく――でもとても頭のいい思いつきですわ。わたしたちが応接間で話しているのを聞いて、ふっと思いついたんでしょうね。女中のメアリの死体がある――どうしてあれを使わないんだって。覚えていらっしゃるでしょう？　サンダーズ夫妻の部屋は召使部屋と同じ階にありましたからね。メアリの部屋は二つ先でした。葬儀屋は暗くなってからでなくてはこないでしょうし、彼はそれを計算に入れたんです。サンダーズはメアリの死体をバルコニーづたいに運んで（その季節には五時といえばもう暗うございますから）、妻の服を一そろいと大きなえんじ色のコートを着せました。ところが帽子戸棚には鍵がかかっていたのです！　しかたがないので、メアリ自身の帽子を一つ取ってきました。誰も、そんなことに気づく者はいないだろうと思ってね。それから砂をつめた靴下を死体のそばに置きました。そのうえでアリバイを仕組むために外出したのですよ。

まず、妻に電話をしました。――リトルウォスと名乗って。どんな話をしたのか、それはわかりませんが、さっきも申しあげたように、グラディスはごく信じやすいたちでしたからね。とにかく、ブリッジの方は早めに引きあげるように、ただし水療院《ハイドロ》にはすぐには入らないようにと言いつけました、そして七時に水療院《ハイドロ》の庭の非常階段の近くで落ちあうように取りきめたのです。何か思いがけないものを見せるとでも言ったのでしょう。

それから友だちとつれだって水療院《ハイドロ》にもどり、ミス・トロロプとわたしが彼といっしょに死体を発見するように取りはからったのです。死体をあおむけにしようというそぶりさえ見せたのですからね――それをまあ、わたしがわざわざ止めたのですよ！ それから警察に使いが走り、サンダーズはよろめくようにして庭に出て行ったのです。

殺人がすでに起こった以上、そのあとのアリバイなど、誰も求める者はありません。彼は庭で妻と落ちあって、非常階段づたいに自室に導き入れました。死体のことについて、いいかげんなことをあらかじめ話しておいたのかもしれませんね。そして彼女が死体を見ようと身をかがめたとたんに、砂をつめた靴下をとりあげて一撃したのです。

ああ、ほんとうに！ 考えるだけでも胸が悪くなってきますわ。いまだに！ それからいそいでコートとスカートをぬがせ、それをつるしてもう一つの死体からぬがせた服を着せたのですね。

でも帽子だけがどうしてもぴったりしなかったのです。メアリは頭を刈りあげていましたし、グラディス・サンダーズのほうは大きなまげをつけていましたから、サンダーズはやむをえず、帽子を死体の脇に置きました。だれも気づかないようにと祈りながら。それから、メアリの死体を彼女の部屋にもどして、もう一度ちゃんともともどおりにしておいたのです」

「およそありえないことのように思えますがねえ」とドクター・ロイドが言った。「一か八かという大きな危険をおかしていたわけですからね。警察が早いとこやってきたかもしれないんですし」

「電話が故障していましたでしょう？　あれも彼の細工だったんですよ。そう早いとこ、警察にこられては困りますからね。でも警官は寝室にあがって行く前に、支配人の部屋にしばらく寄って行きましたし。サンダーズの犯行の弱点といえば、死後二時間をへた死体と、半時間にしかならない死体のちがいに気がつく者があったら、それっきりだということです。ですが犯行を最初に発見する人間には、どうせ専門的な知識はあるまいとたかをくくっていたのでしょう」

ドクター・ロイドがうなずいた。

「犯行は七時十五分前かそこらに行なわれたものと考えられたんでしょうな。実際はせいぜい七時か、七時二、三分というところだったのにね。警察医の検屍は、早くとも七時半ごろだったでしょうし。はっきりしたことは言えなかったと思いますよ」

「わたしこそ、すべてを推理できるはずでしたのにね」とミス・マープルは言うのだった。「グラディスの手を取ったときには、もう氷のように冷えきっていたんですから。その少しあとで警部が、まるでわたしたちが部屋にはいる直前に犯行が行なわれたような言いかたをしていたんですのにねえ――なのにわたしときたら、何一つ気がつかないで！」

「あなたはずいぶんいろいろなことに気づいていらっしゃったと思いますよ、マープルさん」とサー・ヘンリーが言った。「その事件はわたしの就任前のものでしょうな。耳にした覚えがありませんから。それで結局どうなりました？」

「サンダーズは絞首刑になりました」とミス・マープルはきっぱりと言った。「けっこうなことでしたよ、まったく。あの男を法の手にひきわたすにあたって、自分の果たした役割をわたしは少しも後悔しておりません。死刑の是非ということについてとやかく言われますが、人道主義的見地から死刑をためらうなんておよそ我慢なりませんわ」

ミス・マープルのきびしい顔がふと和らいだ。

「かわいそうなグラディスの命を救えなかったってことで、わたし、幾度自分を責めたでしょう。でもねえ、一足とびにとんでもない結論にとびついてしまう、わたしのようなおばあさんの言いぐさに、いったい誰が耳をかたむけてくれるでしょうかね？　まあね、結局はどっちがよかったのか、わかりませんわね。幸せなうちに死ぬ方が、不幸せな生活を送って幻滅の悲哀を感じ、一夜にしておそろしい様相をおびるようになった世界にあくせく生きながらえるより、グラディス自身にはずっとよかったかもしれませんもの。あの人はあの悪党を愛し、信じていました。ついぞその正体を悟ることなく死んだんですからね」

「でしたら、まあ、幸せですわよね。あたくしだって――」と言いかけて、ジェーン・ヘリアはあわてて口をつぐんだ。

ミス・マープルはすべてを手に入れている、この美女を見やって、静かに二、三度うなずいたのだった。

「わかりますよ、わたしには。よくわかりますわ」

クィン氏登場

The Coming of Mr Quin

嵯峨静江訳

大晦日の夜。

ロイストン荘に招待された年配の客たちが、大広間に集まっていた。

若い客たちが寝てしまったのが、サタースウェイト氏には嬉しかった。彼は大勢で騒ぐ若者たちが苦手だった。彼らはつまらないし、無遠慮で、こまやかな気遣いがない。年をとるにつれ、彼はますますこまやかな気遣いというものに惹かれていた。

サタースウェイト氏は、すこし背中が丸まった、六十二歳のしなびた男で、じっと探るような目つきは、どことなくいたずら好きな小妖精を連想させた。彼は他人の生活になみなみならぬ関心を抱いていた。これまで彼は、面前でくりひろげられる、さまざまな人生ドラマを、間近に見物してきた。だが最近は、年をとったせいか、見物するドラマに対し、しだいに見る目が厳しくなった。今の彼は、もうありきたりな芝居には満足できなくなっていた。

彼は、そういうことを嗅ぎつける天性の嗅覚を持っていた。ドラマが起きそうになると、本能的にそれを察知する。軍馬のように、その臭いを嗅ぎ分ける。今日の午後、ロイストン荘に着いたときから、この不思議な第六感が、彼に異常を告げていた。なにか面白いことが起きている、もしくは起こりかけていた。

パーティに招かれた客は、さほど多くはなかった。主人は、温和で気さくなトム・イーヴシャムで、彼の妻は真面目で、政治に関心が強く、結婚前の名前をレディ・ローラ・キーンといった。六、七人いた若い客たちの名前は、サタースウェイト氏は聞いたそばから忘れてしまった。ほかには、軍人で、旅行家で、狩猟好きのリチャード・コンウェイ卿と、ポータル夫妻がいた。

サタースウェイト氏は、ポータル夫妻に興味を持った。

アレックス・ポータルに会ったのは、これが初めてだったが、彼のことはよく知っていたし、父親や祖父とは知り合いだった。アレックス・ポータルは、まさしく一族の典型だった。年齢は四十ちかくで、他のポータル家の人々と同じように、金髪で、青い目をしていて、スポーツ好きで、勝負事に強く、とっさの機転が利かない。ごくありきたりの、善良で健全なイギリス人だった。

だが彼の妻は違っていた。彼女はオーストラリア人だった。ポータルは二年前にオーストラリアに出かけ、そこで彼女と出会って結婚し、彼女をともなってイギリスに帰ってきた。彼女は結婚前にイギリスに来たことはなかった。それでも、サタースウェイト氏がこれまでに会った、どのオーストラリア女性ともまるで異なっていた。

彼はそれとなく彼女を観察した。興味をそそられる女性だ——じつに興味深い。もの静かだが、それでいて生気にあふれている。そう、生き生きとして、生気に満ちあふれている！　顔だちはさほど整ってはいない——いわゆる美人というのではないが、なぜか男の視線を引きつけずにはおかない、不思議な魅力がある。サタースウェイト氏の男性としての一面が、そうしたことを感じ取ったが、同時に、女性的な感性が（彼には女性的な面が多分にあった）べつの疑問を抱いた。なぜミセス・ポータルは髪を染めたのだろう？

ほかの男なら、彼女が髪を染めているのに気づかなかっただろうが、サタースウェイト氏にはわかった。彼はそういうことによく気がついた。だが、彼は首をひねった。黒髪を金髪に染める女性は多いが、金髪を黒く染める女性には、今まで出会ったことがなかった。

彼女のなにもかもが、彼の好奇心をそそった。奇妙な直感で、彼は確信した――彼女はとても幸福か、とても不幸かのどちらかだった。けれど、どちらなのかが、いくら考えても彼にはわからなかった。そのうえ彼女は夫に奇妙な影響をおよぼしていた。

「アレックスは彼女を熱愛している」と、サタースウェイト氏は胸の内でつぶやいた。「だが、ときおり彼は――そうだ、彼女を怖がっている！　じつに面白い。こんな面白いことはめったにない」

ポータルは飲み過ぎていた。それはたしかだった。しかも彼女が見ていないときに、彼は奇妙な目つきで妻を見つめていた。

「神経質になっている」と、サタースウェイト氏は思った。「あの男はすっかり神経質になっている。彼女もそうと知っていながら、なにもしようとしない」

彼はこの夫婦にますます興味を抱いた。彼には見当もつかないなにかが起こりつつあった。

この問題について考えこんでいた彼は、大きな柱時計の荘重なチャイムの音で、はっとわれに返った。

「十二時だ」と、イーヴシャムが言った。「年が明けた。新年おめでとう――みなさん。もっともあの時計は五分進んでいるんだが。子供たちも待っていて、新年を迎えればよかったのに」

「あの子たちが本当に寝てしまったなんて、とても信じられないわ」と、彼の妻がおだやかに言った。「きっとわたしたちのベッドのなかに、ヘアブラシかなにかを入れているにちがいないわ。そういうことをして、喜んでいるのよ。まったく、なにが面白いのかしら。わたしが子供の頃には、そんないたずらはけっして許されなかったでしょうに」

「時代が変われば、習慣も変わるということさ」コンウェイが微笑みながら言った。彼は長身で、いかにも軍人らしい顔つきの男だった。彼もイーヴシャムも似たようなタイプだった——真っ正直で、思いやりがあり、知ったかぶりをしない。

「わたしが若い頃は、みんなで手をつないで輪になって、《懐かしき日々》（《ほたるの光》）を歌ったものだわ」と、レディ・ローラはつづけた。「〝懐かしき日々、古き友を思う〟——本当に心にしみる歌詞ね」

イーヴシャムがそわそわと身じろぎをした。

「おい、よせよ、ローラ」彼が小声で言った。「こんなところで」

彼はみんながすわっている大広間を大またで横切り、余分の明かりをつけた。

「まあ、わたしったら」レディ・ローラは声をひそめた。「気の毒なケープルさんのことを思い出させてしまったのね。ねえ、あなた、暖炉の火が熱すぎません？」

エリナ・ポータルがそっけない身ぶりをした。

「ありがとう。椅子をすこし後ろにやります」

なんと魅力的な声だろう——響きが耳にいつまでも残るような、低いささやき声だ、とサタースウェイト氏は思った。今、彼女の顔は陰になっている。じつに残念だ。

陰になった場所から、彼女がまた口をひらいた。

「ケープル——さん？」

「ええ。この家の元の持ち主よ。銃で自殺したんです——あら！ ごめんなさい、トム、あなたが嫌なら、この話はしないわ。トムにはひどいショックだったの、だってそのときここにいたんですもの。

あなたもいらしたんでしょう、リチャード卿？」

「いましたよ、レディ・ローラ」

部屋のすみにある古い大時計が、喘息のようにゼイゼイあえいでから、十二時を打った。

「新年おめでとう」イーヴシャムがおざなりな口調で言った。

レディ・ローラは編み物をゆっくりとかたづけた。

「さあ、新年を迎えましたね」そうあらためて言うと、彼女はポータル夫人のほうを見た。「あなたのご感想は？」

エリナ・ポータルはさっと立ち上がった。

「もう寝ないと」と、彼女は快活に言った。

「ひどい顔色だ」そう思いながら、サタースウェイト氏も立ち上がり、燭台を用意した。「いつもはあんなに青白くないのに」

彼はろうそくに火をつけ、おどけて古めかしい会釈をしながら、燭台を彼女に手渡した。彼女は礼を言ってそれを受け取り、階段をゆっくり上がっていった。

ふいに、サタースウェイト氏は奇妙な衝動に駆られた。彼女のあとを追いかけ、励ましてやりたかった。なぜか彼女の身に危険が迫っているような気がしてならなかった。やがてその衝動が静まると、彼は自分を恥じた。わたしまで神経過敏になっているようだ。

階段を上がるとき、彼女は夫を見なかったが、今、肩越しにふりかえり、食い入るように鋭い目つきでじっと夫を見つめた。その表情が、サタースウェイト氏の心を揺さぶった。

気がつくと、彼はしどろもどろになって女主人におやすみの挨拶をしていた。

「幸せな新年になってほしいと、心から願っているんですけど」と、レディ・ローラは言っていた。

「でも政治情勢は予断を許さないようですね」

「ええ、まったく」サタースウェイト氏は熱心にうなずいた。「まったくそのとおりです」

「できることなら」レディ・ローラはすこしも態度を変えずにつづけた。「髪の黒い男性に、最初に敷居をまたいでもらいたいわ。あの迷信をご存知でしょう、サタースウェイトさん？　まあ、ご存知ないの？　元日に、黒髪の男性が最初に訪ねてくると、その家に幸運が舞い込むんですって。ああ、ベッドのなかに気持ちの悪いものが入っていなければいいけれど。あの子たちは信用がならないから。本当に腕白なんですもの」

不吉な予感に首を振りながら、レディ・ローラは威厳に満ちた足どりで階段を上がっていった。

女性たちがいなくなると、大きな暖炉で燃えさかる薪のまわりに、椅子が引き寄せられた。

「まあ一杯」ウィスキーのデカンターを持ち上げながら、イーヴシャムが愛想よく言った。

酒がいきわたると、今まで持ち出せなかったことに、話が戻った。

「きみはデリク・ケープルを知っていたんだろう、サタースウェイト？」と、コンウェイがたずねた。

「ああ、すこしだけだが」

「きみは、ポータル？」

「いや、会ったこともない」

その激しい口調と、防御的な響きに、サタースウェイト氏は驚いて顔を上げた。

「ローラがあの話を持ち出すのに、うんざりしてるんだ」と、イーヴシャムがゆっくり言った。「悲劇のあと、大きな工場の経営者がこの家を買い取ったんだが、一年後にそいつはここを引き払った——住み心地がよくないとかいって。この家には幽霊が出るという、とんでもない噂がたっていたので、新たな買い手はつかなかった。わたしはローラの勧めでウェスト・キドルビーから立候補したが、そうなるとこのあたりに住んでいないとまずいのだが、なかなか適当な家が見つからなかった。そんなとき、このロイストン荘が安く売りに出ていたので、それで――結局、買うことにしたんだ。幽霊話はつまらない噂にすぎないが、それでも、友人が銃で自殺した家に、今、自分が住んでいることを思い出させられるのは、あまり気分のいいもんじゃない。デリクのやつ、なんで自殺なんか――なぜ彼がみずから命を絶ったのか、理由は永遠にわからないだろうな」

「これという理由もなく自殺をする人間は、どこにでもいるものだ」アレックス・ポータルが重い口調で言った。

彼は立ち上がると、空《から》になったグラスにウィスキーをなみなみと注いだ。

「彼の様子はどう見ても普通じゃない」と、サタースウェイト氏は心の内でつぶやいた。「ぜったいにおかしい。いったいなにがあったんだろう」

「おい、風の音がすごいな。荒れる夜になりそうだ」と、コンウェイが言った。

「幽霊が出るにはもってこいの夜だな」と言って、ポータルが声をあげて笑った。「今夜は地獄の悪魔たちがいっせいに出てきそうだ」

「レディ・ローラの話だと、いちばん邪悪な悪魔でも幸運をもたらしてくれるらしい」コンウェイは笑って言った。「それにしても、すさまじい風だな」

風はふたたびかん高い悲鳴のような音をたてて吹き荒れた。その勢いが静まったとき、鋲が打ちつけられた大きなドアを、何者かが三度強くノックした。

だれもがはっとした。

「こんな夜遅くに、いったいだれだ?」と、イーヴシャムが叫んだ。

彼らはたがいに顔を見合わせた。

「わたしが行こう」と、イーヴシャムが言った。「召使いたちはもう寝てしまったから」

彼はドアのところに行き、重いかんぬきをはずすのにすこし手間どってから、ドアを勢いよく開けた。氷のように冷たい風が、一気に広間に吹きこんできた。

すらりとした長身の男が一人、戸口に立っていた。奥から眺めていたサタースウェイト氏の目には、ドアの真上のステンドグラスの奇妙な効果で、その男がまるで虹の七色を身にまとっているように見えた。だが、その男が進み出ると、ドライヴ用の服を着た、やせて髪の黒い男だということがわかった。

「こんな夜分に、いきなりお邪魔して申し訳ありません」その見知らぬ男は、おだやかな声で言った。「じつは車が故障してしまいまして。たいしたことはないので、運転手が直していますが、あと三十分ぐらいはかかりそうなんです。外はもう凍えそうに寒くて——」

彼がそこで言いよどんだので、イーヴシャムはあわてて話を合わせた。

「それはさぞつらいでしょう。さあ入って一杯やってください。車のことで、なにか手伝うことはないんですね？」

「ええ、ご心配なく。運転手ひとりで間に合います。自己紹介が遅れましたが、わたしはクィン——ハーリ・クィンといいます」

「まあ、すわってください、クィンさん」と、イーヴシャムが言った。「こちらはリチャード・コンウェイ卿、サタースウェイト氏。わたしはイーヴシャムです」

クィン氏は彼らに挨拶し、イーヴシャムが出した椅子に腰をおろした。彼がすわると、暖炉の火の光が、彼の顔に影をつくり、そのせいで顔がまるで仮面のように見えた。

イーヴシャムはさらに二本の薪を火にくべた。

「一杯どうです？」

「ありがとう」

イーヴシャムは彼にグラスをさしだしながら、たずねた。

「クィンさん、このあたりをよくご存知なんですか？」

「何年か前に、立ち寄ったことがあります」

「ほう」

「当時、この家はケープルというひとのものでした」

「ええ、そのとおりです」イーヴシャムはうなずいた。「気の毒なデリク・ケープル。彼をご存知でしたか？」

「ええ、知っていました」

するとイーヴシャムの態度が、わずかに変わった。それはイギリス人の気性をよく知らないと、まったく気づかぬほどかすかな変化だった。それまでは、初対面の相手への遠慮があったが、今はそれがなくなった。クィン氏はデリク・ケープルと知り合いだった。つまり彼は友人の友人であり、それだけで彼は信用のおける人物として認められたのだった。

「まったく痛ましいできごとでしたね、あれは」彼は打ち解けた口調で言った。「今、ちょうどその話をしていたんです。じつは、この家を買うのは気がすすまなかったんですよ。でもほかに適当な家がなかったものですから。彼が自殺した夜、わたしもコンウェイもこの家にいたんです。あれ以来、いつかかならず彼の幽霊が出てくるんじゃないかと思ってるんですよ」

「まあ、たしかに不可解な事件ではありますね」クィン氏は意味ありげにそう言うと、重要なきっかけの台詞を言った役者のように、わざと言葉を切った。

「不可解なんてものじゃない」コンウェイが勢いこんで言った。「あの事件の真相はぜったいに解けませんよ——永遠にね」

「さあ、それはどうでしょうね」クィン氏は言葉をにごした。「それで、リチャード卿？」

「とにかく驚いて、わが目を疑いましたよ。なにしろ彼は男盛りで、陽気で快活で、心配事などなに一つなかったんですから。当夜は、五、六人の友人が泊まっていました。食事のときの彼は上機嫌で、将来の計画をあれこれ語っていたんです。それなのに、食事のテーブルを離れると、そのまま二階の部屋に行き、引き出しから銃を取り出して、自殺をしてしまった。理由はだれにもわからなかった。この先も、だれにも理由はわからないでしょう」

「その結論はやや性急なのではないですか、リチャード卿？」と言って、クィン氏は微笑んだ。

コンウェイは彼をじっと見つめた。

「どういう意味ですか？　わたしにはわかりませんが」

「ずっと解けなかったからといって、かならずしも解決できない問題とはかぎりませんよ」

「なにをばかなことを。当時、なにも手がかりがなかったのなら、十年後の今になって、新しいことがわかるわけがないじゃないですか」

クィン氏はおだやかに首を振った。

「そうは思いませんね。歴史がそれを証明しています。同時代の歴史家よりも、後世の歴史家のほうが、かえって真実の歴史を書けるものです。要は、正しい物の見方、釣り合いのとれた物の見方ができるかどうかです。何事においても、まず相関性を考えないと」

アレックス・ポータルが、苦しげに顔をひきつらせて身を乗り出した。

「そのとおりです、クィンさん」と、彼は叫んだ。「あなたの言うとおりだ。時間で問題は解決しません――違った形でまた問題が蒸し返されるだけです」

イーヴシャムは鷹揚《おうよう》に微笑んでいた。

「すると、クィンさん、今夜、デリク・ケープルが死んだ状況について、査問会議のようなものを開けば、当時と同様に真実をつかめるというのですね？」

「当時以上にですよ、イーヴシャムさん。個人的な誤差がだいぶなくなっていますから、自分の解釈を加えずに、事実を事実として思い出せるでしょう」

イーヴシャムは疑わしげに眉をひそめた。

「真実を探るためには、まずは出発点が必要です」クィン氏はおだやかな口調でつづけた。「たいていは仮説が出発点になります。どなたかきっと仮説をお持ちでしょう。あなたはどうです、リチャード卿？」

コンウェイは顔をしかめて考えこんだ。

「うむ、それはまあ」彼は言い訳するように言った。「当然、だれもが思いましたよ――この事件には、女がかかわっているにちがいないと。こういう場合、原因はたいがい女か金でしょう。でも金が原因とは考えられない。そっちのほうはなんの問題もありませんでしたから。だとしたら――ほかに考えようがないじゃないですか」

サタースウェイト氏ははっとした。自分も意見を言おうと身を乗り出したとき、彼は二階の廊下の手すりのそばでうずくまっている女の姿に気づいた。その姿は、彼がすわっている位置からしか見えず、彼女はあきらかに階下の会話に耳をそばだてていた。彼女がじっと動かないので、彼は自分が見たものをとても信じられなかった。

だが彼女が着ているドレスの柄に見覚えがあった――古風な趣きのある、サテン地に模様が浮き出た織物。エリナ・ポータルだ。

すると突然、今夜のできごとがすべて、一つの型におさまるように思えた――クィン氏の到来は、けっして偶然ではなく、出番が来た役者が舞台に上がったようなものだった。今夜、ロイストン荘の大広間では、一幕の芝居が演じられていた。役者の一人が死んでいても、芝居の迫力はすこしも損なわれていない。それどころか、デリク・ケープルはたしかにこの芝居に出演している。サタースウェイト氏はそう確信した。

さらにまた、突然、彼はひらめいた。これはクィン氏のしわざだ。彼がこの芝居を演出し、役者たちに出番の合図を出しているのだ。彼がこの謎の中心にいて、糸を引き、人形を操っている。彼はなにもかも知っている――二階の手すりのそばでうずくまっている女がいることさえも。そう、彼はすべて承知していた。

椅子に深々とすわり、見物人の役割に徹したサタースウェイト氏は、目の前でくりひろげられる芝居に見入った。なめらかな手つきで、クィン氏は糸を引き、人形を動かしていた。

「女ですか――」彼は考え深げにつぶやいた。「夕食のときに、女の話は出なかったんですね？」

「いや、もちろん出ましたよ」イーヴシャムは叫んだ。「彼は婚約を発表したんです。だからこそ、彼の死が不可解でならないんです。彼は嬉しくてたまらない様子でした。まだ正式な発表はできないが、長い独身生活についにピリオドを打つ決心をしたと言ってましたよ」

「もちろん、相手がだれかは、だいたい見当がつきましたがね」と、コンウェイが言った。「マージョリー・ディルクですよ。すてきな女性です」

本来なら、そこでクィン氏がなにか言うべきだったが、彼はなにも言わなかった。彼の沈黙は、妙に挑発的な印象をあたえた。まるでコンウェイの考えに不満があるかのようだった。そこでコンウェイはむきになって言った。

「ほかにだれが考えられるというんだ？　ええ、イーヴシャム？」

「さあねえ」トム・イーヴシャムはゆっくり言った。「あのとき彼は、正確にはなんと言ったのかな？　とうとう長い独身生活にピリオドを打つことにしたとか——彼女の許しが出るまでは、相手の女性の名前は言えない——まだ正式な発表をする段階じゃないんだとか。それから、自分は本当に幸せ者だ、と言っていたな。来年の今頃は、自分が結婚して幸せになっていることを、きみたち二人の親友に知っておいてほしいんだとも。それでてっきり、わたしたちは相手がマージョリーだと思いこんだんだ。二人は仲がよくて、よくいっしょに出かけていたから」

「ただ、そうだとしたら——」と言いかけて、コンウェイはやめた。

「なんだい、なにが言いたいんだ、リチャード？」

「いや、もしも相手がマージョリーだとしたら、すぐに婚約を発表できないというのは、ちょっと変じゃないか。なぜ秘密にしておかなくちゃいけないんだ？　まるで相手が結婚している女みたいに聞こえるじゃないか——夫が死んだばかりか、あるいは離婚しかけている女とか」

「なるほど」イーヴシャムはうなずいた。「もしそうだとしたら、すぐに婚約を発表するわけにはいかないな。それに今になって思い返してみると、彼とマージョリーはもうあまり会っていなかったようだ。二人がつき合っていたのは、その前の年だった。二人の仲が冷めてしまったんだなと思ったのを覚えているよ」

「妙ですね」と、クィン氏がつぶやいた。

「そうなんです——まるで二人のあいだに、だれかが割りこんできたかのようでした」

「べつの女がね」コンウェイがぽつりと言った。

「そういえば」と、イーヴシャムが言った。「あの晩のデリクは、異様なほど浮かれていたな。なんだか幸福に酔っているみたいだった。それに――うまく説明できないんだが――妙に挑戦的だった」

「まるで運命に逆らっている男のようにね」アレックス・ポータルが沈んだ声で言った。

今の言葉は、デリク・ケープルのことを言っているのか――それともポータル自身のことを言っているのだろうか？　サタースウェイト氏は彼を見つめ、後者の見解に落ちついた。うん、あれはアレックス・ポータル自身のことにちがいない――運命に逆らっている男。

酒のせいで妄想がふくらんでいたポータルは、イーヴシャムのあのひとことで、自身の秘めた苦悩を思い起こし、突然、あんな台詞を吐いたのだろう。

サタースウェイト氏は二階を見上げた。彼女はまだあそこにいる。息をひそめ、じっと話に聞き入っていて――微動だにしない――まるで死んだ女のように。

「そのとおりだ」と、コンウェイが言った。「たしかにあのときのケープルは興奮していた――興奮を抑えきれない様子だった。妙なたとえだが、大金を賭けて、とほうもない大穴を当ててしまった男みたいだったよ」

「やろうと決めたことに対して、勇気を奮い起こしていたんじゃないかな？」と、ポータルが言った。

連想に突き動かされたのか、彼は立ち上がり、グラスにまた酒を注いだ。

「いいや、そんなんじゃなかった」イーヴシャムがきっぱりと言った。「とてもそんなふうには見えなかった。コンウェイの言うとおりだ。大穴を当てて、自分の幸運が信じられずにいる男、というたとえがぴったりだった」

コンウェイが落胆の身ぶりをした。

「それなのに」と、彼は言った。「十分後には――」

彼らは黙りこんだ。イーヴシャムがテーブルをドンとたたいた。

「その十分間に、なにかが起きたにちがいない！」と、彼は叫んだ。「だが、いったいなにが起きたんだ？　もう一度じっくり思い出してみよう。あのとき、われわれは話をしていた。その最中に、急にケープルが立ち上がり、部屋を出ていった——」

「なぜでしょう？」と、クィン氏が言った。

唐突な質問に、イーヴシャムは面食らった。

「えっ、なんですって？」

「〝なぜ？〟と言っただけです」と、クィン氏は答えた。

イーヴシャムは思い出そうとして顔をしかめた。

「あのときは、たいしたことだとは思わなかったが——そうだ！　郵便が来たんだ。ほら、ドアのベルが鳴って、みんな大喜びしたじゃないか。三日間も雪に閉じこめられていたから。あれは何年ぶりという大吹雪だった。道路はすべて不通で、新聞も手紙も来なかった。ようやく交通が復旧したらしいと、様子を見にいったケープルは、新聞や手紙の束をかかえて部屋に戻ってきた。彼はなにかニュースはないかと新聞を開いてから、手紙を持って二階に上がった。三分後、われわれは銃声を聞いた……わからない——まったくわけがわからない」

「説明ならつくとも」と、ポータルが言った。「手紙になにか思いがけないことが書いてあったんだ。そうに決まってる」

「ばかな！　そんなあきらかなことを、われわれが見逃すはずがないだろう。そのことは、検死官にも最初に質問されたよ。しかしケープルは手紙を一通も開けていなかった。手紙の束は、未開封のままサイドテーブルに置いてあったんだ」

ポータルはがっかりした顔をした。

「一通も開けなかったというのは確かなのか？　読んでから、燃やしてしまったのかもしれないじゃないか」

「確かだとも。きみがそう考えるのはもっともだが、手紙は一通も開封されていなかった。燃やされてもいないし、破り捨てられてもいない。部屋に火の気はなかった」

ポータルは首を振った。

「まるで謎だな」

「あのときのことは、今思い出してもぞっとするよ」イーヴシャムが低い声で言った。「銃声を聞いたコンウェイとわたしは、二階の部屋に行き、彼の変わり果てた姿を目にした——言葉にならないくらいのショックだった」

「電話で警察を呼ぶしかなかったでしょうね」と、クィン氏が言った。

「当時、この家には電話がありませんでした。わたしが引っ越してきてから、電話をつけたんですよ。でも都合よく、そのときたまたまこの村の巡査がキッチンに居合わせたんです。飼い犬が一匹——老いぼれ犬のローヴァーを覚えているだろう、コンウェイ？——前の日に、迷子になってしまって。通りがかりの荷馬車屋が、雪の吹き溜まりに埋まっていたその犬を見つけて、警察署に連れていったんです。それがケープルの犬で、彼がとりわけ可愛がっていたものだとわかって、その巡査が連れてきてくれたんです。銃声が鳴る一分前に来たので、おかげで、こちらから呼びにいく手間がはぶけました」

「まったく、あれはひどい吹雪だった」と、コンウェイが当時をふりかえりながら言った。「ちょうど今頃の時節じゃなかったかな？　一月初めの」

「二月だったと思うよ。たしか、あのあとすぐに、われわれは海外に出かけたんだ」

「いいや、たしかに一月だった。わたしの猟犬のネッドが――ネッドを覚えているだろう？――一月の末に脚を悪くしたんだが、あれはこの事件の直後だった」

「だとしたら、一月の下旬だったにちがいない。おかしなものだ――何年もたってしまうと、日付をなかなか思い出せない」

「いちばん難しいことの一つですよ」と、クィン氏がくだけた調子で言った。「なにか大事件でも目安にしないと――たとえば、王様の暗殺とか、世間を騒がす殺人事件の裁判とか」

「おお、そうだ」コンウェイが大声で言った。「あれはアプルトン事件の直前だった」

「直後じゃなかったかい？」

「いやいや、覚えてないかな――ケープルはアプルトン家の人たちと知り合いだった――彼はあの前の年の春に、あの老人の家に滞在したんだ――老人が亡くなる一週間前だ。いつだったか、彼はあの老人のことを話していたよ――あんなしみったれの、気難しいじいさんはいないとか、アプルトン夫人のように若くて美しい女性が、あんな男に縛られているのは気の毒だとか。そのときは、彼女に老人を殺害した嫌疑はかけられていなかったんだ」

「そう、きみの言うとおりだ。遺体発掘の申請が許可されたという新聞記事を、読んだ覚えがある。たしか、あの同じ日だった――その記事を目にしても、頭のなかは二階で息絶えて横たわっているデリクのことでいっぱいだった」

「よくあることですが、考えてみればとても奇妙な現象ですね、それは」と、クィン氏が言った。「極度のストレスを受けると、その瞬間、ひとはごくささいな事柄に意識が集中し、ずっとあとになっても、そのことをはっきり思い出すんです。おそらく、その瞬間に受けた精神的ストレスによって、その事柄が記憶に刻みこまれるのでしょうね。それは、たとえば壁紙の模様とか、まるで無関係な、取るに足らないことなんですが、でもそれがけっして忘れられないんです」

「あなたがそんなことを言うとは、じつに妙だな、クィンさん」と、コンウェイが言った。「今、あなたが話していたとき、ふっと、デリク・ケープルの部屋に戻ったような気がしたんですよ――あのとき、部屋に入ると、死んだデリクが床に横たわっていて――窓の外にそびえている大木と、雪に覆われた地面に落ちる木の影が、はっきりと見えました。あのときの月の光、雪、木の影――ああ、今でもまざまざと思い出しますよ。絵に描けるくらい、鮮明に覚えています。でもあのときは、そういうものを見ていたという自覚がまったくなかったんです」

「彼の部屋は、ポーチの上にある大きな部屋でしたね？」と、クィン氏がたずねた。

「そうです。そしてあの木はブナの大木で、車道のかどにそびえていました」

クィン氏は満足げにうなずいた。サタースウェイト氏はぞくぞくするほど興奮した。クィン氏が発する言葉、その口調や言いまわしは、すべて周到に練られたものだ。彼はなにかをもくろんでいる――それがなにかは、サタースウェイト氏にはわからなかったが、だれがこの場を仕切っているかは明白だった。

会話がすこし途切れてから、イーヴシャムがさっきの話題に戻った。

「あのアプルトン事件だが、今でもよく覚えているよ。世間で大騒ぎになったからな。結局、彼女は無罪になったんだろう？　美人だったな、金髪の――見事な金髪だった」

見てはいけないと思いつつ、サタースウェイト氏は二階でうずくまる女の姿を目で追った。彼女が一撃を受けたかのように身をすくめたのは、彼の見間違いだろうか？　片手がそっとテーブル・クロスのほうに伸び――そこで止まった。

ガラスが割れる音がした。ウィスキーを注ごうとしたアレックス・ポータルが、手をすべらせてデカンターを落としたのだった。

「いやあ――すまない。つい手がすべって」

イーヴシャムが制した。

「いいんだ、気にしないでくれ。でも、不思議だな――今のガラスが割れる音で思い出した。そのアプルトン夫人も、たしか同じことをしたんだよな？　例のポートワインのデカンターを割ったんじゃなかったかな？」

「そうだ。アプルトン老人は毎晩、一杯だけポートワインを飲んでいた。老人が死んだ翌日、彼女がデカンターをとりだし、わざと割るところを、召使いの一人が目撃した。当然、そのことが召使いのあいだで噂になった。あの老人と結婚した彼女がとても不幸だったことは、だれもが知っていたからな。噂はどんどん大きくなり、ついに、数カ月後、老人の親類の一人が遺体発掘許可を申請したんだ。すると案の定、老人は毒殺されていた。砒素、だったかな？」

「いや――ストリキニーネだったと思うよ。まあ、それはどっちでもいい。とにかく毒殺だったんだ。犯人はどうみても一人しか考えられない。アプルトン夫人は裁判にかけられた。彼女が無罪になったのは、潔白が証明されたからではなく、むしろ有罪にするだけの証拠が足りなかったからにすぎない。ただ運がよかったんだ。あの老人を殺したのは彼女しか考えられない。あのあと、彼女はどうなったのかな？」

「カナダに行ったはずだ。それともオーストラリアだったかな？　むこうに叔父さんかだれかがいて、住まいを提供してくれたんだ。あの状況では、そうするしかなかっただろうな」

サタースウェイト氏は、グラスをつかんでいるアレックス・ポータルの右手に注目した。その手はグラスを固く握りしめていた。

「気をつけないと、グラスを割ってしまうぞ」と、サタースウェイト氏は思った。「さあ、ますます面白くなってきたぞ。これからこの話はどう展開していくんだろう?」

イーヴシャムが立ち上がり、グラスに酒を注いだ。

「ところで、デリク・ケープルが自殺した理由は、あいかわらず解明されないままだな」と、彼は言った。「クィンさん、査問会議は成功しませんでしたね」

すると、クィン氏は笑いだした……

それは嘲るような耳障りな笑い声だったが、それでいてどこか悲しげだった。その声に、だれもがぎょっとした。

「失礼ですが」と、彼は言った。「まだあなたは過去に生きているようですね、イーヴシャムさん。あなたはまだご自分の先入観にまどわされています。でもわたしには——通りすがりの部外者のわたしには——事実だけが見えるんです!」

「事実ですって?」

「そう——事実ですよ」

「どういう意味ですか?」と、イーヴシャムが言った。

「わたしには一連の事実がはっきり見えます。あなたたちは自分たちが語った事実の重大さに気づいていません。さあ、もう一度、十年前のあの日に返って、事実をありのままに見てみましょう——思いこみや感傷を捨てて」

クィン氏は立ち上がっていた。彼はとても長身に見えた。背後で、暖炉の火が気まぐれに踊っていた。彼は思わず引きこまれるような低い声で話しだした。

「あなたたちは夕食のテーブルについている。デリク・ケープルが婚約を発表する。そのときは、あなたたちは相手がマージョリー・ディルクだと考えた。だが今は、あまり確信が持てない。彼は運命に打ち勝った男のように、興奮してはしゃいでいた——あなたがたの言葉を借りるならば、とほうもない大穴を当てた男みたいに。やがてドアのベルが鳴ります。彼は出ていって、三日も遅れて届けられた郵便物を受け取ってくる。彼は手紙を開けませんが、あなたたちが言うところによれば、新聞を開いて、記事に目を通していいます。十年前のことですから、その日の新聞にどんな記事が載っていたかはわかりません——遠い国の地震とか、国内の政治危機でしょうか？　われわれがその新聞の内容について知っているのは、ある小さな記事が載っていたということだけです——三日前に、内務省がアプルトン氏の遺体発掘の許可をあたえたという記事がね」

「なんですって？」

クィン氏はさらにつづけた。

「デリク・ケープルは自分の部屋に上がり、そこで窓からなにかを見る。リチャード・コンウェイ卿の話では、窓にカーテンは引かれていなくて、さらにその窓は車道に面していた。彼はなにを見たのでしょう？　自殺しなければならないほどの、いったいなにを見たというのでしょう？」

「どういうことです？　彼はなにを見たんですか？」

「おそらく」と、クィン氏は言った。「彼は巡査を見たのでしょう。犬を連れてきた巡査です。ですがデリク・ケープルはそのことを知らなかった——彼が見たのはただ——一人の警官でした」

長い沈黙が流れた——まるでその言葉が意味することを全員が理解するまでに、しばしの時間がかかるかのように。

「まさか！」ついにイーヴシャムがつぶやいた。「彼がアプルトンを？　でもアプルトンが死んだとき、彼はその場にいなかったんですよ。あの老人は妻と二人きりで——」

「しかし一週間前には、そこにいたかもしれませんよ。ストリキニーネは塩酸塩の状態になっていないかぎり、あまり溶解しやすいものではありません。ポートワインに入れられたストリキニーネは、大部分が最後の一杯といっしょに飲まれたんでしょう——たぶん、彼が立ち去った一週間後に」

ポータルがさっと身を乗り出した。彼の声はしわがれ、目は血走っていた。

「なぜ彼女はそのワインのデカンターを割ったんです？」彼は叫んだ。「なぜ割ったんです？　わけを教えてください！」

その夜、初めて、クィン氏はサタースウェイト氏に話しかけた。

「サタースウェイトさん、あなたは人生経験が豊富な方です。あなたならその理由がわかるでしょう」

サタースウェイト氏は声がすこし震えた。ようやく彼の出番がまわってきた。これからこの芝居で最も重要な台詞を言わねばならない。今の彼は、スポットライトを浴びた役者だった——もう見物人ではない。

「思うに」彼は遠慮がちに話しはじめた。「彼女はデリク・ケープルが好きだった。だが彼女は貞淑な女性だった——だから彼を遠ざけたんです。でも夫が死んだとき、彼女はその真相に気づいてしまった。そこで、愛する男を救うために、彼にとって不利な証拠を隠滅しようとしたんです。のちに、その疑念は根拠のないものだと彼に説得され、彼女は結婚に同意したのでしょう。だがそれでもまだ、彼女はためらっていた——女というのは、ずいぶん勘が鋭いんですね」

サタースウェイト氏は自分の台詞を言い終えた。

突然、糸を引くように長い吐息が、どこからか聞こえた。

「なんだ？」イーヴシャムが驚いて叫んだ。「今のはなんの音だろう？」

サタースウェイト氏には、それが二階の廊下にいるエリナ・ポータルのため息だとわかっていたが、風雅を好む彼は、あえてなにも言わなかった。

クィン氏は微笑んでいた。

「さて、そろそろわたしの車の修理も終わったころでしょう。おもてなしに感謝します、イーヴシャムさん。これで、すこしはご友人のためになったのならいいですが」

彼らはあっけにとられて、ただぽかんと彼を見つめた。

「この事件を、そうした面から考えてみたことはなかったんですか？　彼はその女性を愛していたんですよ。彼女のために殺人を犯すほどね。やがて、天罰が下った――そう彼は思い違いをして、みずから命を絶ってしまった。ただ意図しなかったとはいえ、そのために彼は彼女を窮地に追いこんでしまったのです」

「彼女は無罪になったじゃないですか」と、イーヴシャムがつぶやいた。

「それは彼女の有罪を立証できなかったからにすぎません。おそらく――これはわたしの想像ですが――彼女は今でもそのことで苦しんでいるんじゃないでしょうか」

ポータルが椅子にすわりこみ、両手に顔をうずめていた。

クィンはサタースウェイトをふりかえった。

「さようなら、サタースウェイトさん。あなたは芝居好きなんですね」

驚きながらも、サタースウェイト氏はうなずいた。

「では道化芝居をお勧めしますよ。今ではもうすたれかかっていますが、それでも一見の価値はあります。あの象徴性を理解するのは難しいですが――しかし、たとえ時代が変わっても、不滅のものはつねに不滅です。ではみなさん、おやすみなさい」

そう言うと、彼は闇のなかに去っていった。来たときと同じように、ステンドグラスの光を浴びた彼は、道化師のまだら服を着ているように見えた……

サタースウェイト氏は二階に上がった。空気が冷たかったので、彼は窓を閉めにいった。車道を歩み去るクィン氏の姿が見えた。わきのドアから女性が出てきて、彼のあとを追いかけた。しばらく二人で話をしてから、彼女は家のほうにひきかえした。彼女が窓の下を通ったとき、サタースウェイト氏は彼女の表情が生き生きとしているのに気づいた。今の彼女は幸福な夢に酔っているかのようだった。

「エリナ！」

アレックス・ポータルが彼女の前にいた。

「エリナ、許してくれ――許してくれ。おまえは本当のことを話してくれたのに――それなのに、おれはおまえを信じきれなかった……」

サタースウェイト氏は他人のことに強い関心があったが、同時に紳士でもあった。これ以上は詮索すべきでないと考え、窓を閉めた。

だが、彼はわざとゆっくり窓を閉めた。

彼女の声が聞こえた――たとえようもなく美しい声だった。

「いいのよ――わかっているわ。さぞ苦しかったでしょうね。かつてのわたしも同じだったわ。愛していながら――信じたり、疑ったり――疑念を振り払ったあとから、また疑念がふつふつと湧いてきたり……あなたの気持ちは痛いほどわかるわ、アレックス……でもね、そんなあなたを見ているのは、もっとつらいことだった。あなたがわたしを疑っていて、わたしを怖がっているのはわかっていたわ……そのためにわたしたちの愛は壊れてしまったのよ。今夜、あのひとが——通りすがりのあのひとが現われなかったら……彼がわたしを救ってくれたわ。もうこれ以上は耐えられない限界にきていたの。今夜——今夜、本当は自殺するつもりだったの……アレックス……ああ、アレックス……」

バグダッドの大櫃の謎

The Mystery of the Baghdad Chest

中村妙子訳

「〝バグダッドの大櫃の謎〟か。こういう見出しには気を惹かれますね」と私は友人のエルキュール・ポアロに言った。「当事者の誰とも面識がないんだし、ぼくの関心はあくまでも傍観者のそれですが」

「そう、この事件にはオリエント風の味わいがある。どこかこう神秘的でね。問題の大櫃はじつはジェームズ二世時代あたりの模造品で、トテナム・コート通りの店で売っていたものかもしれない。しかしこの事件を〝バグダッドの大櫃の謎〟と呼ぶことを思いついた記者は一種のひらめきを感じたんでしょう。〝謎〟という一語でくくったのも気が利いている。もっとも、この事件そのものには謎めいたところはほとんどないようだが」

「まさにね。身の毛のよだつような不気味さはあるが、ミステリーの奥深さはない」

「身の毛のよだつような不気味さねえ」とポアロは考えこんだように繰り返した。

「まったく胸がむかつきますよ」と私は立ち上がって部屋の中を歩きまわった。「殺人者は自分の友人を殺して、その死体を大櫃の中に押しこんだ。しかも半時間後にはその同じ部屋で被害者の妻と踊っていたというんだから。考えてもみてください。その奥さんがふっとそんな事態を想像したとしたら……」

「まったくね」とポアロは思いに沈みながら言った。「世間のもてはやす女性の直感というものも、この場合は効果を発揮しなかったらしい」

「パーティーはきわめて陽気に進行していた」と私はちょっと身震いした。「しかし一同が踊ったり、ポーカーに興じたりしているあいだ、その部屋の中にはずっと死体があったわけですからね。ドラマが書けそうな経緯じゃないですか」

「そういうドラマがありましたっけね、確か。しかしまあ、いいでしょう、ヘイスティングズ、同じテーマが以前に使われたことがあったにしても、再度用いられてわるいわけはない。きみなりに、せいぜい面白いドラマに仕立てたらいいでしょう」

私はポアロの皮肉を聞き流して新聞を取り上げ、少しぼやけた複写写真を眺めながら、「すごい美人のようですね、このミセス・クレイトンという奥さんは」とゆっくりつぶやいた。「かなりぼやけた写真だが、それでもわかる」

写真の下には「被害者の妻、ミセス・クレイトンの近影」と記されていた。

ポアロは私の手から新聞を引き取った。「そう、確かにきわめてうつくしい人のようです。生まれながらにして男の魂を狂わす魅力を持っている女性というべきでしょう」ホッと嘆息して、ポアロは新聞を私に返した。「ありがたいことに《ディユー・メルシー》、この私は情熱的な気質ではない。おかげで具合のわるい羽目に立ちいたらずにすんできたわけで、つくづく感謝していますよ」

私たちはその事件についてそれ以上は話し合わなかったと思う。ポアロにしてもそのときはとくに関心を示しているようでもなかった。事実関係ははっきりしており、あいまいな点もほとんどないようで、事件について議論するまでもないという気がした。

クレイトン夫妻とリッチ少佐はかなり古くからの友人だった。問題の三月十日の夜、クレイトン夫妻はリッチ少佐の家に招かれていた。しかしクレイトンはその日の午後七時半ごろ、カーティス少佐という、べつな友人と酒を飲んでいるときに、スコットランドに行く急用ができて八時の列車に乗らなければならなくなったと告げた。

「ジャックのところに寄って、わけを説明するのがやっとだろう」とクレイトンは言った。「マーガリータはもちろん、行くつもりでいる。ぼくが行けないのは残念だが、ジャックはわかってくれるだろう」

クレイトンはこの言葉どおり、リッチ少佐の家に行った。八時二十分前ごろのことで少佐はちょうど外出していたが従僕はクレイトンをよく知っていたので、入ってお待ちになってはと言った。クレイトンは、時間がないので置き手紙を書かせてもらうと言い、急いで駅に行かなければならないからとつけ加えた。

従僕は彼を居間に案内した。

約五分後にリッチ少佐が居間のドアを開けて従僕を呼び(従僕は主人がいつ帰ってきたのか、まったく気づかなかったという)、タバコを買いに行かせた。従僕がタバコを買ってもどって主人に渡したとき、居間にはほかに人影はなかった。従僕は当然、クレイトンはすでに駅に向かったのだろうと推測した。

その後、間もなく客が到着した。ミセス・クレイトン、カーティス少佐、それにスペンス夫妻という夫婦者が招かれていた。レコードをかけてダンスをしたり、ポーカーに興じたりしたあげく、真夜中過ぎに客は帰って行った。

翌朝、掃除をしようと居間に入った従僕は、リッチ少佐が中東から持ち帰ったバグダッド製の大櫃の下に敷かれている絨緞が汚れているのを見て驚いた。櫃の下から前の部分にかけてどす黒いしみが広がっていた。

従僕は本能的に大櫃の蓋を開けてみて、仰天した。心臓を刺された男の死体が二重に折り曲げられた格好で押しこまれていた。

従僕は恐ろしさに歯の根も合わずにフラットから走り出て、通り合わせた警官を引っ張ってもどった。殺されていたのはクレイトンだった。リッチ少佐が即刻逮捕されたが、終始一貫、すべてを否認した。自分は前夜はクレイトンには会っていないと彼は言った。クレイトンのスコットランド行きについても、ミセス・クレイトンの口から初めて聞いたような次第だ――そうリッチ少佐は釈明した。

新聞に記載されている事実はそんなものだったが、それ以外にさまざまなことがほのめかされ、憶測されていたのは無理のないことだったろう。リッチ少佐とミセス・クレイトンとのあいだに親密な友情が通い合っていたことが強調され、よほどの間抜けでないかぎり、行間の意味を読み取ることはわけもなかった。リッチ少佐の犯行の動機を示唆するような書きっぷりだった。

長年の経験から私自身は根拠もない中傷は割り引いて受け取るようになっていた。暗示されている動機が事実無根ということもある――証拠がいかにそろっているように見えようと、まったく違う理由が引き金になったのかもしれない――私はそう考えた。ただ、リッチ少佐が犯人だということには疑いの余地はなさそうだった。

事件は私たちに関するかぎり、その程度の関心を引いたに過ぎなかったのだが、たまたまポアロと私はその夜、レディー・チャタトンという女性の催したパーティーに招かれていた。

ポアロという男は、口ではパーティーのたぐいに出席するのをおっくうがり、孤独な暮らしを念願としているなどと言っているが、その実、そうした会合に出るのを楽しみにしていた。名士としてちやほやされ、もてはやされるということがこたえられない魅力だったのだ。

　そんなふうにもてはやされると彼は折々、猫のように満足げに喉を鳴らした！　とてつもなくおおげさな賛辞を当然のように、やにさがって受けて、ここに書くのも気がさすような、何ともうぬぼれた受け答えをしていることがよくあった。

　このことをめぐって、彼は私にこんなふうに弁解した。

「しかしね、きみ、私はきみのようなアングロ・サクソンではないんですからね。偽善的に謙遜して見せる必要がどこにあるんですか？　そう《シ》ですとも《シ》、きみたちイギリス人の態度は見えすいたポーズですよ。困難な単独飛行に成功した飛行士、チャンピオンの栄冠を獲得したテニスの選手——彼らはつつましくつぶやきます。〝いや、大したことではありません〟とね。しかし本心はどうなんですかね？　ほかの者の離れ業に感心する人間なら、自分のやりとげたことに感嘆せずにはいられないでしょう。ただイギリス人特有のたしなみから、そう言わないだけで。だが私は違います。自分が持っているような才能を他人のうちに発見すれば、いさぎよく脱帽するでしょう。たまたま私の専門の分野では、私に匹敵する者はいませんからね、残念ながら《セ・ドマージュ》！　というわけで、私は自分が偉大な人間であると、何のてらいもなく、偽善的な謙遜など一切せずに、正面切って認めるんですよ。私は秩序と、メソッドと、人間の心理に関する洞察において、桁はずれなんですから。つまり、私はエルキュール・ポアロなんですから、顔を赤らめて口ごもったり、無知蒙昧だというふりをする必要がどこにあるんですか？　それは事実に反していますよ」

「まったくの話、天下にエルキュール・ポアロはたった一人しかいませんからね」と私は同意した——少々意地のわるい口調で。幸い、ポアロはまるで気にしなかった。

　レディー・チャタトンはポアロの最も熱烈なファンの一人だった。狆《ちん》の奇妙な行動から謎ときを進めて、ポアロは名うての夜盗の逮捕に導いた。以来、彼女はポアロを口をきわめて誉めちぎってきた。パーティーでのポアロは見ものだった。一分の隙もないタキシードに白いタイを結び、髪は左右対称に真ん中からきれいに分けてポマードでこってり固め、入念に手入れした例の口ひげがピンと反りを打ち——という具合で、どこから見ても折り紙つきのダンディーで、まともに扱う気はとてもじゃないがしなかった。

午後十一時半ごろだった。レディー・チャタトンがやってきて、崇拝者に囲まれていたポアロを連れ出した。私が後について行ったことは言うまでもない。「階上《うえ》のあたくしの小さな居間にいらしていただきたいんですの」ほかの客の聞こえないところにきたとき、レディー・チャタトンは少し息をはずませて言った。「あの部屋はご存じですわね、ムシュー・ポアロ？ あなたのお助けを必要としている人がお待ちしていますわ。助けてくださいますわね？ あたくしのとても親しい友だちの一人ですのよ、その人。ですからお願い、おことわりにならないでくださいね」

話しながら彼女はつかつかと先に立って歩き、とあるドアをパッと開けはなって言った。「お連れしたわ、マーガリータ、この方、あなたがしてほしいと思っているとおりのことをしてくださるでしょうよ。ミセス・クレイトンを助けてくださいますわね、ムシュー・ポアロ？」

もちろん、承諾してもらえるものと一人ぎめして、レディー・チャタトンは持ち前のエネルギッシュな足取りで立ち去った。

ミセス・クレイトンは窓ぎわの椅子にすわっていたが、立ち上がって私たちを迎えた。喪服を着ていた。沈んだその黒色が透きとおるように白い肌を引き立てていた。まれに見るうつくしい女性だと私は思った。どこか子どもらしい、飾りけのない率直さが、その魅力をいっそう抗しがたいものにしていた。

「アリス・チャタトンはとても親切で、あたくしがこんな形であなたにお目にかかれるように計らってくれました。あなたなら、ムシュー・ポアロ、きっと助けてくださるだろうと言って。あなたにそんなお気持ちがおありかどうか。でも助けてくださることを願っております」

ミセス・クレイトンのさしのべた手をポアロは取って握りしめ、立ったまま、その顔にじっと目を注いだ。ぶしつけな様子はさらさらなく、令名のあるコンサルタントが、案内されて入ってきた、初対面の患者を見つめるような、やさしい、しかし鋭いまなざしだった。

「私にあなたをお助けする力がある――そうお思いなのですね？」とポアロはようやく言った。

「アリスはそう言っております」

「そう、しかし私はあなたご自身にうかがっているんですよ、マダム」

頰をかすかに染めてミセス・クレイトンは答えた。

「ご質問の意味がよくわかりませんが」

「私に何をしてほしいとお思いなのですか？」

「あたくしがどういう女か、ご存じでしょうか？」

「もちろんです」

「でしたら、あたくしが何をしていただきたいと思っているか、おわかりではないでしょうか、ムシュー・ポアロ、そしてヘイスティングズ大尉」どうやら、私のことも知っているらしい。「リッチ少佐はあたくしの夫を殺してはおられません」

「なぜです？」

「あのう――？」

かすかに困惑した面持ちのミセス・クレイトンを、ポアロは微笑をふくんで見やった。「なぜ、彼がご主人を殺さなかったと言えるんですか？」

「おっしゃる意味がよくわかりませんが？」

「単純明快な質問ですよ。警察――弁護士――誰もが同じ質問をするでしょう――なぜ、リッチ少佐はクレイトン氏を殺したのかと。しかし、私は正反対の質問をします。私は、マダム、あなたにおたずねします。なぜ、リッチ少佐がクレイトン氏を殺さなかったと言えるのか」

「あなたは――つまり、なぜ、あたくしが確信をもってそう言うのかとおききになっているのですね？　ええ、あたくしにはわかっております。リッチ少佐をよく存じあげていますから」

「リッチ少佐をよくご存じだから――？」とポアロは無表情に繰り返した。

ミセス・クレイトンの頬にサッと血が上るのを私は見た。

「ええ――誰でもそう言うでしょうね――言わないまでも考えるでしょう！　あたくしにはわかっています！」

「そのとおり《セ・ヴレ》です。みんなはあなたに、私が今言ったとおりの質問をするでしょう。どの程度よく、少佐のことを知っているのかと。あなたは本当のところをおっしゃるかもしれない。嘘をつくかもしれない。女性はときとしてやむをえず嘘をつくことがあります。嘘は女性にとって強力な武器です。しかし女性が真実を語らなければならない相手が三人います。自分の懺悔聴聞僧と、自分の美容師と、自分が雇った私立探偵と。もちろん、雇った男を信用している場合ですが。あなたは私を信用しておいでしょうか、マダム？」

マーガリータ・クレイトンは深く息を吸いこんだ。「ええ――信用していますわ――というより、あなたを信用するほかないと思っております」とちょっと子どもっぽい口調でつけ加えた。

「ではあらためてうかがいましょう。あなたはどのくらい、リッチ少佐をご存じなんですか？」

マーガリータは一瞬、ポアロの顔を黙って見つめ、それからどう思われても構わないというように顎を上げた。

「お答えしますわ。あたくし、ジャックを二年前に初めて会った瞬間から愛しました。最近では、あの人のほうでも、あたくしを愛するようになったのではないかと思われて。もちろん、口に出してそう言ったことはありませんが」

「これはこれは《エパタン》！　あなたは遠回しでなく、ズバリと肝心なことをおっしゃってくださいました。おかげで十五分はたっぷり、節約できましたよ。あなたはものわかった方です。さて、ご主人のことですが——あなたのお気持ちに気づいておいででしたか？」

「さあ、わかりません」とマーガリータはゆっくり答えた。「最近では——あるいは。態度が以前とは少々違ってきたようにも思いますから。でもあたくしの思いすごしかもしれません」

「ほかには誰も？」

「と思います」

「そして——おゆるしください、マダム——あなたはご主人を愛しておられなかった……？」

そうした質問に彼女のようにあっさり答える女性はまずいないだろう。ほかの女性だったら、自分の気持ちを説明しようとするに違いない。

しかしマーガリータ・クレイトンは一言言った。「はい」

「なるほど《ビヤン》。さて、これで状況がはっきりしました。あなたのお話によると、リッチ少佐はご主人を殺していない。しかしあなたご自身もご承知のように、すべての証拠はリッチ少佐の犯行を示唆しています。それはおわかりですね？　明らかになっている証拠に何か腑に落ちないふしがあるということをひそかにご存じだから、そうお思いなんでしょうか？」

「いいえ、あたくしは何も」

「ご主人はスコットランドに行かなくてはならないということについて、いつ、あなたにお話しになったのですか？」

「昼食の後でした。厄介だが行ってこなければならないと申しました。土地の評価の問題だとか」

「それから？」

「外出いたしました——たぶんクラブに。あたくし、それっきり、二度と主人に会いませんでした」

「さて、リッチ少佐のことですが——その夜、彼の様子はどんなでしたか？　いつもと同じでしたでしょうか？」

「ええ、そう思います」

「確言はなさらないんですね？」

マーガリータはちょっと眉を寄せた。

「少しぎごちない様子だったかもしれません。あたくしにたいして——ほかの人にたいしてはどうということもありませんでしたけれど。でもあたくし、その理由がわかるような気がしていましたし——おわかりと思いますが。リッチ少佐の態度がぎごちなかったとしても、折々ぼんやりしていたとしても、それはエドワードとは関係のない理由からだと思います。エドワードがスコットランドに行ったと言うと、ちょっと意外そうでしたけれど、とくに気にしているようでもありませんでしたし」

「その夜のことに関連して、ほかに何か特別に奇妙だと思われたことはなかったんですね？」

マーガリータはちょっと思いめぐらしてから言った。「ええ、べつに何も」

「例の大櫃には気づいていらっしゃいましたか？」

マーガリータはちょっと身を震わせて、首を振った。

「そうした櫃がおいてあったということからして記憶になくて。どんな外見だったかということも覚えておりません。あたくしたち、ほとんどずっとポーカーをしておりましたから」

「主として勝ったのはどなたでしたか？」

「リッチ少佐でした。あたくしはまるでツイていなくて。カーティス少佐も。スペンスさんご夫妻は少しはお勝ちになりましたけど」

「パーティーがお開きになったのは——何時ごろでしたか？」

「十二時半ごろだったと思います。みんな、いっしょに失礼しました」

「そう」

ポアロは思いに沈んでいるように、ちょっと黙っていた。

「もっといろいろ申し上げられるといいんですけど」とマーガリータは言った。「ほとんど何も申し上げることがないようで」

「現在のことについてはね。しかし過去についてはいかがでしょう？」

「過去についてですって？」

「そうです。ご身辺に何か事件が起こったことはありませんでしたか？」

マーガリータは頬を染めた。「あの非常識な小柄な男の方のことをおっしゃっていますの？　自殺なさった？　でもあたくしのせいではありませんでしたのよ、ムシュー・ポアロ、ぜんぜん」

「とくにその事件のことを念頭に置いているわけではないのですが」

「では、あのばかげた決闘さわぎのことでしょうか？　イタリアの方は血の気が多くて。怪我をなさった方が命を取り止めたのは何よりでしたわ」

「確かにホッとなさったでしょうね」とポアロは重々しい口調で言った。

どういう意味か、よくわからない様子で、ミセス・クレイトンはポアロの顔を黙って見上げた。ポアロは立ち上がって彼女の手を取った。

「私はあなたのために決闘こそ、いたしませんが、ご依頼のように行動しようと思っています。私は真相をつきとめるつもりです。あなたの直感が当たったとして——真相があなたを助けるものであって害をおよぼすことがないように、ご同様に願っております」

私たちはまずカーティス少佐に会った。四十がらみの軍人タイプ、漆黒の髪、日焼けした顔の男だった。クレイトン氏とは数年来の友人で、リッチ少佐とも親しい間柄だと彼は言った。彼の話は新聞の報道を裏づけるものだった。

クレイトンと彼は七時半のちょっと前にクラブで一杯やった。クレイトンは、ユーストン駅に行く途中でリッチ少佐のフラットに寄って行くつもりだと言った。

「そのとき、クレイトン氏の態度はどうでしたか？　沈んでいましたか、威勢がよかったですか？」

ポアロの質問にたいして、カーティス少佐はちょっと考える様子だった。口の重いたちなのだろう。

「たいへん元気でしたな」

「リッチ少佐と仲たがいをしているといったことは言われなかったんですね？」

「とんでもない。二人は親友同士でしたよ」

「リッチ少佐と——奥さんの友情について、クレイトン氏がわだかまりをいだいているということはなかったんでしょうか？」

少佐は顔を赤くして言った。

「あんたも、あのいまいましい新聞記事を読んだんだね？　当て推量やら、嘘っぱちばかり並べおって！　もちろん、わだかまりなんぞ、まったく持っていませんでしたよ、クレイトンは。私に言ったくらいです。〝むろん、マーガリータは出席するよ〟って」

「なるほど、ところでその夜のことですが――リッチ少佐の態度にいつもと違うふしは見られませんでしたか?」

「とくに気づいたことはありませんでしたね」

「ミセス・クレイトンは? 彼女もいつもと変わらなかったんですね?」

「そういえば」とカーティス少佐は考えながら言った。「そういえば口数が少なかったような気がします。何というか、心ここにあらずというふうでしたっけ」

「最初に到着したのはどなたです?」

「スペンス夫妻でしょう。私が行ったときには先着していましたから。実のところ、私はミセス・クレイトンを迎えに寄ったんですが、すでに出たということで、ちょっと遅参することになりました」

「パーティーはどんなふうに? ダンスですか、それともトランプでも?」

「両方を少しずつ。まずダンスを少々」

「全部で五人では、はんぱだったのでは?」

「そう、だがそれは問題なかった。私はダンスはしませんから。私はもっぱらレコード係を引き受けていましたよ」

「誰と誰の組み合わせがいちばん頻繁でしたか?」

「そう、スペンス夫妻は夫婦で踊るのが好きらしく、熱の入った踊りっぷりでしたね。変わったステップを取り入れて踊りまくっていましたっけ」

「すると、ミセス・クレイトンはもっぱらリッチ少佐と踊ったわけですね?」

「まあ、そういうことになりますな」

「それからポーカーをなさった？」

「ええ」

「で、散会となったのは？」

「かなり早く引き揚げましたよ。十二時を少し過ぎたころでしたね」

「みなさん、ごいっしょに？」

「そうです。タクシーを相乗りして。まずミセス・クレイトンを降ろし、ついで私が降り、スペンス夫妻はそのまま、ケンジントンまで乗って行きました」

ついでポアロと私はスペンス夫妻の家を訪ねた。夫人しか、在宅していなかったが、彼女の話はカーティス少佐のそれと一致していた。リッチ少佐がその夜のポーカーで勝ちを占めたことについては、ちょっと面白くなさそうな口ぶりだったが。

それに先立ってポアロは電話で警視庁のジャップ警部の了解を取りつけており、リッチ少佐のフラットに到着すると従僕のバーゴインが待ち受けていた。

彼の証言は正確で明快だった。

クレイトン氏は八時二十分前に見えた。おりあしく主人のリッチ少佐は家を出たところで、クレイトン氏は、列車に間に合わないと困るので待つことはできないが置き手紙を書いて行こうと思うと言って、居間に入って行った。その後、自分は浴槽の掃除をして水を流していたので、主人がもどってきた音は聞いていない。もちろん、主人は自分で鍵を開けて入ったのだろう。たぶん十分ばかり後だと思うが主人が自分を呼んで、タバコを買ってきてもらいたいと言った。いや、主人が居間の戸口に立っていたので、自分は居間には入らなかった。五分後にもどって居間に顔を出すと、主人のほか誰もいず、主人は窓際に立ってタバコをくゆらしていたが、入浴できるかときいたので、はいと答えると、浴室に入って行った。自分はクレイトン氏の訪問については何も言わなかった。たぶん主人が会って、送り出したのだろうと思っていたからだ。主人の態度は日ごろとまったく変わらなかった。主人が入浴をすませ、着替えをすると間もなく、まずスペンス夫妻、ついでカーティス少佐とミセス・クレイトンが到着した。

クレイトン氏が主人の帰宅前に立ち去ったかもしれないとは思いもしなかった——とバーゴインは説明した。クレイトン氏が自分にも黙って立ち去ったとしても、玄関のドアを閉めるときに音がしただろうし、自分が気づかないわけはないと思うとも言った。

そんなふうに、バーゴインは死体を発見したときのことについてしごく無表情に語った。そのとき初めて私の注意は問題の大櫃に引きつけられた。かなりの大きさで壁際にプレイヤーと並べて置かれていた。黒っぽい材質の木製で、真鍮の留め金が目立った。蓋はあっさり開いたが、中をのぞいて私は思わず身震いした。丁寧に拭き取られてはいたが、いまわしい血痕がありありと残っていたのだ。

突然、ポアロがびっくりしたように叫んだ。「おや、あそこにいくつか穴があいていますね。おかしいな。ごく最近、あけられた穴のように見えますが」

問題の穴は大櫃の後部の壁際の部分にあいていた。直径四分の一インチほどの穴が三つか、四つ。確かにごく最近、穿たれたものらしかった。

ポアロは身をかがめて穴を調べる様子だったが、物問いたげにバーゴインの顔を見た。

「妙ですね」とバーゴインは言った。「こんな穴を見た覚えはございません。うっかりしていて気がつかなかったのかもしれませんが」

「まあ、べつにどうということもありませんがね」とポアロはつぶやいた。

大櫃の蓋を閉めて、ポアロはもう一度、もどって窓に背を向けてたたずんだ。それからだしぬけに質問した。

「ところであの晩、タバコを買ってもどってきたとき、この部屋の模様に何か変わった感じはありませんでしたか？」

バーゴインは一瞬ためらい、進まぬ様子で答えた。「奇妙でございますね。そうおっしゃられてみると、確かに普段と違う感じがございました。寝室の戸口からの隙間風をさえぎっております、その衝立ですが――いつもよりもう少し左のほうに動かされていました」

「こんな具合に？」

ポアロは敏捷に走り出て、衝立を引っ張った。この衝立は革に彩色した見事なもので、大櫃はもともとこれによって部分的に隠れていたのだが、ポアロが動かしたためにまるで見えなくなった。

「さようでございます。ちょうどこんなふうでございました」

「翌朝はどうでした？」

「やはり同じ位置にあったと思います。いつもの位置に動かしましたときに、しみに気づきまして。絨緞は洗濯屋に出しましたので、床板がこのとおり、むきだしになっております」

ポアロはうなずいた。「なるほど。いや、ありがとう」

こう言って彼は、パリッとした紙幣を一枚、従僕の手に握らせた。

「ありがとうございます」

「ポアロ」通りに出た後、私はきいた。「あの衝立についてですが――リッチ少佐にとっては有利な証言なんでしょうかね？」

「いや、かえって不利に働くでしょうね」とポアロは悲しげに言った。「衝立は大櫃を隠していました。ということは、絨緞のしみもそれによって隠されていたということでしょう。遅かれ早かれ、血は木製の大櫃からしみ出て、絨緞をよごすにきまっていましたが、衝立はさしあたって犯行の発見を防ぐ役をしたわけです。それは確かだと思います。しかし――どうにも不可解なことがあるんですよ。あの従僕ですよ、ヘイスティングズ、従僕のことがどうも腑に落ちないんです」

「従僕がどうしたっていうんですか？　なかなか気の利く男のようだったじゃないですか」

「そう、きみの言うとおり、なかなか頭のはたらく男のようです。してみると従僕が朝になってから死体を発見するという可能性を、リッチ少佐が考慮に入れなかったとは考えられないのではないでしょうか？　犯行直後には死体を始末する時間がなかったということは、まあ、認めてもいいでしょう。そこで大櫃に押しこみ、衝立をその前へと動かし、まあ、どうにかなるだろうとたかをくくって、客の接待につとめたとしましょう。しかし客が帰った後では？　死体を始末する絶好の機会じゃありませんか？」

「従僕が気がつかないだろうと思ったんじゃありませんか？」

「それは不合理というものですよ、わが友《モナミ》。万事に行きとどいた従僕が絨緞のしみを見落とすわけはありません。ところがリッチ少佐はベッドに入って安眠し、何一つ対策を講じなかったんですからね。きわめて不思議ですし、なかなか興味がありますよ、これは」

「カーティスにしても、レコードをかけ替えたときに、しみに気づいてもよかったんじゃないですかね」

「さあ、それはまず考えられませんね。ちょうどそのあたりには衝立の影がさしていたでしょうし。そう、しかし、どうやらわかってきたようです――おぼろげながら」

「わかってきたって――何が？」

「可能性ですよ。べつな説明の可能性です。次の訪問先で、ある程度のことははっきりするかもしれません」

　次に私たちが訪れたのは検死に当たった医師だった。彼の答は検死審問の際の彼自身の証言の繰り返しに過ぎなかった。被害者は長い薄刃のナイフ――スティレットと呼ばれるものに近い――で心臓に達するまで深く刺されて死んだ。ナイフは突き刺されたまま、残されており、即死と思われる。凶器はリッチ少佐の所持品で、いつもは書き物机の上に置かれていた。ナイフには指紋はまったく残っていなかったと聞いている――と医師は言った。犯人が拭いたか、柄をハンカチーフで包むかしたのではないか。死亡時刻は七時から九時のあいだだろう。

「たとえば十二時以降に殺された可能性はありませんか？」とポアロがきいた。

「ありませんね。せいぜい十時まで――まあ、七時半から八時あたりというのが妥当なところでしょう」

「実のところ、べつな仮定も可能なんですがね」と帰宅してからポアロは言った。「ヘイスティングズ、きみが気づいているかどうか。私にはきわめてはっきりしているんですがね。ある一点さえ明らかになれば、この事件は疑いの余地なく解明されるでしょう」

「わからないなあ、ぼくにはまるで」

「せめても考えるだけの努力は払ってもらいたいですね、ヘイスティングズ」

「じゃあ、やってみますかね。七時半にはクレイトン氏はピンピンしていた。生きている彼に最後に会ったのはリッチ少佐だった」

「まあ、推測ではね」

「そうじゃないんですか？」

「きみは忘れていますね。リッチ少佐自身はクレイトンには会っていないと言っているんですよ。彼がもどったときには、クレイトンはすでに立ち去っていた——リッチ少佐はそう言明しているんですからね」

「しかし従僕は、もしもクレイトンが立ち去ったとすればドアを閉めるガチャンという音が聞こえたはずだと言っています。それにクレイトンはいつ、もどったんですかね？　真夜中過ぎということはないでしょう。医師はギリギリ十時には死んでいたはずだと断言しているんですから。とすれば、残された可能性は一つだけです」

「つまり？」とポアロが促した。

「つまり、クレイトンが居間にたった一人でいた五分のあいだに、誰かが入ってきて彼を殺したという可能性です。しかしこの場合にも同じ疑問点が残ります。鍵を持っている者以外は、従僕に知られずにフラットに入ることはできないでしょう。同様に、殺人者が犯行後、フラットを出たとすれば、玄関のドアを音を立てて閉めないわけにはいかなかったでしょうし、当然、従僕に聞こえたはずです」

「そのとおり」とポアロは言った。「ということは——」

「ということは——お手上げだな。ほかの答は思いつかないんだから」

「残念ですね」とポアロはつぶやいた。「ごく単純な事件なんですがね——マダム・クレイトンの青い目のように天衣無縫で」

「あなたは信じているんですね——その——」

「私は何も信じていませんよ——確かな証拠をつかむまではね。ほんのちょっとした証拠、それさえあれば確信がもてるんですがね」

ポアロは警視庁に電話してジャップ警部を呼び出した。

二十分後、私たちはテーブルの上に並べられた雑多な品々を前にして立っていた。被害者のポケットの中身の品々だった。

ハンカチーフ一枚、一つかみの小銭、三ポンド十シリング入りの財布、勘定書が二枚、マーガリータ・クレイトンの手ずれのしたスナップ写真、ポケットナイフ、金色の鉛筆、ほかに少々かさばる木製の何かの道具。

この道具に、ポアロは関心を示した。ねじってキャップを開けると、数本の小ぶりの刃が出てきた。

「ヘイスティングズ、見てください。ねじ錐と替え刃ですよ。これさえあれば、数分で大櫃に穴があけられる」

「ということは、われわれが見つけたあの穴は——」

「まさにね」

「つまり、あの穴をあけたのはクレイトン自身だというんですね？」

「そのと《メ・ウィ》おりです《メ・ウィ》！　この穴は何を物語っているのでしょうか？　外をのぞくためではないでしょう。大櫃の後部にあいているんですからね。ではいったい、何のためでしょう？　ひょっとして空気穴では？　しかし死体には空気穴の必要はありません。したがって殺人者があけたわけはありません。その穴は一つのこと——ただ一つのことを物語っています。すなわち、一人の人間が大櫃の中に隠れようとしていたのだということを。その仮定に立つとすべてに筋が通ります。クレイトン氏は、妻とリッチ少佐の仲を疑って嫉妬していた。彼は昔からよく用いられてきた手を使うことにした。すなわち、旅に出ると言って、リッチが外出するのを見すまして彼のフラットを訪ね、置き手紙をすると言って一人にしてもらい、手早く大櫃に穴をあけ、中に身を隠した。その夜は彼の妻がリッチのもとにくることになっていた。ほかの客を帰した後に、彼の妻だけが残るかもしれない。あるいはいったん彼女も帰るふりをして、少し間を置いてもどってくるのかも。いずれにせよ、クレイトンは真相を知ることができるわけです。結果がどうであれ、彼が今耐えている地獄の苦しみよりはましだということだったのでしょう」

「ではリッチが、ほかの客が帰った後でクレイトンを殺したと？　しかしあの医師は、そんなことは不可能だと言ったじゃないですか？」

「そうですとも。ですから、ヘイスティングズ、クレイトンはパーティーのあいだに殺されたに相違ないんですよ」

「しかし客はみんな、その場にいたんですよ！」

「まさにね」とポアロは重々しい声音で言った。「じつに巧妙な犯罪です。客はみんな、その場にいた。何という完全なアリバイでしょう！　何という冷静な、不敵な、大胆な犯行でしょう！」

「ぼくにはどうもわからないんですがね……」

「衝立のかげで取っ替え引っ替え、レコードをかけていたのは誰だったでしょう？　プレイヤーと大櫃は並んでいたんですよ。ほかの連中は踊っていた。高らかに鳴り響く音楽に合わせて。そのあいだにダンスをしない、ただ一人の男は大櫃の蓋を開けて、ふところに忍ばせていたナイフを男の心臓に柄も通れとばかりに突き立てたのです」

「まさか！　相手が声を上げて叫ぶかもしれないじゃないですか」

「前もってごく少量の睡眠薬を服まされていたとしたら？」

「前もって……？」

「そのとおり、七時半にクレイトンは誰といっしょに一杯やったんでしたっけ？　さあ、これでわかったでしょう。カーティス少佐ですよ。カーティスがそもそも、クレイトンの心のうちに、彼の妻とリッチにたいする疑惑を植えつけ、煽ったんでしょう。そしてこの計画——スコットランド行きの芝居、大櫃の中に隠れるという計画、衝立の位置をずらすという仕上げの手筈までことごとく提案したんですよ。衝立をずらすのはクレイトン自身が途中で蓋を持ち上げて一息入れるためだと言いくるめておいたんでしょうが、じつはカーティスが人知れず蓋を開けるためだったんです。計画そのものをカーティスが立てた。じつに巧妙じゃないですか、ヘイスティングズ？　リッチが衝立の位置がずれているのに気づいて直したとしても——どうということはないでしょう。べつな方策を立てればいいんですから。さて、クレイトンは大櫃の中に隠れました。カーティスが酒にまぜた、弱い睡眠薬が効いて、クレイトンは大櫃の中で眠ってしまった。カーティスはころあいを見計らって蓋を持ち上げて刺したんです。その間、レコードはおそらく鳴りつづけていたでしょう。《いとしい人と夜の道を》という曲だったかもしれませんね」

私はやっとの思いでつぶやいた。「しかしまたなぜ？」

ポアロは肩をすくめた。

「ミセス・クレイトンは言いましたっけ。自殺した男がいたと。なぜでしょう？　イタリア人が二人、決闘におよんだとも。なぜでしょう？　カーティスは根暗の、情熱的な気質の男です。マーガリータ・クレイトンをわがものにしたかったのでしょう。彼女の夫とリッチが退場すれば、彼女は自分のほうを向いてくれるかもしれない——そう望みをかけたんでしょうね」

ポアロはしんみりつけ加えた。

「ああいう天真爛漫な子どもらしい女性……ああした女性は男にとって危険です。それにしても、何という芸術的な犯行でしょうか！　そのような犯罪者を絞首刑にするのは胸が痛みます。私は天才的な探偵かもしれませんが、それだけに他人のうちの天才を認めることができるんですよ。完全犯罪です、わが友《モナミ》、このエルキュール・ポアロの折り紙つきです。感服しますねえ、まったく!」

牧師の娘

The Clergyman's Daughter

坂口玲子訳

「ああ」とタペンスは不機嫌そうにオフィスを歩き回りながら声をあげた。「わたしたち、牧師の娘を助けてあげられたらいいのにねえ」

「そりゃまた、どうして」トミーが訊いた。

「あなたはこの事実をお忘れかもしれないけれど、わたし自身、牧師の娘だったのよ。それがどういうものか、よく憶えてるわ。それゆえの、この人に尽くさなければという気持ち――この他人への思慮ぶかい共感――この――」

「きみはロジャー・シェリンガムになりきろうとしているわけだね」トミーはいった。「一言、批評をお許しいただけるなら、きみは彼同様に雄弁ではあるが、表現においてははるかにおよばない」

「とんでもない」タペンスは黙っていない。「わたしの会話には女らしいふくみがあるの、粗野な男にはとうてい無理な、いわくいいがたい《ジュ・ヌ・セ・クワ》味があるのよ。そのうえにわたしには能力がある、わたしのお手本にはなかった力が――お手本って言葉もどうかしら？　言葉はとても不確実なものだから、妥当な言葉のように聞こえても、使う人の想いと正反対の意味を伝えてしまうことがよくあるわね」

「つづけたまえ」トミーはご親切にもそううながした。

「つづけるところじゃないの。息をするために間が開いただけよ。この能力に関していうと、今日は牧師の娘の力になることがわたしの望みなの。見てらっしゃい、トミー、〝ブラントの腕利き探偵たち〟に助けを求めてやってくる人たちのリストの一番目は、牧師の娘だから」

「賭けてもいい、絶対にそんなことはないね」トミーはいった。

「のるわ」タペンスがいった。「しっ！　タイプライター打たなきゃ、大変！　人が来る」

ブラントのオフィスが忙しそうな音に満ちたところで、アルバートがドアを開けて知らせた。

「モニカ・ディーンさんがおみえです」

ほっそりした、茶色の髪の、ややみすぼらしい身なりの娘が入ってきて、もじもじしながら立ち止まった。トミーが進み出た。

「おはようございます、ディーンさん。おかけになって、どういうご相談かお話しくださいませんか？　秘書のミス・シェリンガムを紹介しておきましょう」

「お近づきになれてうれしいですわ、ディーンさん」タペンスがいった。「あなたのお父様は教会のお仕事をなさっていらしたのでしょう？」

「ええ。でも、どうしてそれをお知りになったんです？」

「それはね、わたしたちなりの方法があるからです」タペンスはいった。「わたしのおしゃべりを、気になさらないでね。ブラントさんはこれを聞くがお好きなんです。聞いているとアイデアが浮かぶとおっしゃって」

娘はじっとタペンスを見つめた。すらりとした体つきで、美人というのではないが、どこか憂《うれ》いをおびた愛らしさがある。優しい灰色がかった茶色の髪はふさふさしていて、ダークブルーの瞳はとてもチャーミングだが、そのまわりの黒ずんだ隈は悩み事か心配があることを物語っている。

「事情を話していただけませんか、ディーンさん」トミーがいった。

娘はほっとしたように彼に顔をむけた。

「長くて、まとまりのない話なのですけれど」娘は話し始めた。「わたしはモニカ・ディーンともうします。父はサフォークのリトル・ハムスリーで教区牧師をしていました。三年前に亡くなってから、残された母とわたしの生活はとても苦しいものになりました。わたしは住み込みの家庭教師の職をえて家を出たのですが、母が不治の病に倒れたものですから、わたしはやむなく看病にもどりました。どん底の貧乏暮らしでしたけれど、ある日、父の伯母が亡くなって彼女の財産はすべてわたしに遺されている、という手紙を弁護士の方から受け取ったのです。この伯母のことはたびたび聞かされておりました。何年も前に父と仲たがいをしたこと、とても裕福な暮らしをしていたことなど。ですから、これでわたしたちの苦労も終わるような気がしたのです。でもわたしたちが望んだような展開にはなりませんでした。彼女が住んでいた家は相続したものの、わずかな相続税などを払ったらお金は全然残りませんでした。お金は戦争中に失くしてしまったにちがいありません、もしかしたら生活費に充てていたのかもしれませんが。それでもわたしたちは家を手に入れ、ほとんど時をおかずに、かなり有利な金額で売れそうなチャンスがめぐってきました。それなのに、愚かだったかもしれませんが、わたしは断わったのです。わたしたちは家賃の高いわりに狭苦しいところを間借りしていたので、この〈赤い館〉に住めたらどんなにいいかと思ったからです。母も居心地のいい部屋で過ごせるし、お客を泊めて経費に充てることもできます。

家を買いたいという紳士はさらにいい条件を申し出てこられたのに、わたしはこの計画にこだわりました。わたしたちはそこに引っ越して、泊まり客を求める広告を出しました。しばらくは大変うまくいきました。広告を見て何人もの方が泊まってくださったし、伯母の古くからの使用人が家に残ってくれていましたから、家事は彼女とわたしが分担していたしました。するとまもなく、考えられないようなことが起こりはじめたのです」

「どんなことです？」

「とても奇妙なことなんです。まるで家全体が魔法にかかったみたいな。壁の絵が落ちたり、陶磁器類が部屋の反対側まで飛んで割れたり。ある朝わたしたちが二階から下りてきたら、家具が全部移動していたこともあります。最初はだれかのいたずらだと思ったのですが、その解釈は捨てなければならなくなりました。みんなで食堂に座っているとき、頭上でガチャンとものすごい音がすることが何度もありました。二階に駆け上がってみると人影はなく、家具のひとつが荒っぽく地面に投げ捨てられているのです」

「ポルターガイストね」タペンスが興味をひかれた様子で声を上げた。

「ええ、オニール博士はそうおっしゃるんです――わたしにはなんのことかわかりませんけど」

「いたずらをする悪霊のようなものよ」タペンスは説明したが、じつはこの件についての知識はほとんどなく、〝ポルターガイスト〟という言葉が正しいのかどうかさえ自信がないのだった。

「とにかく、わたしたちは壊滅的な打撃をうけました。泊まり客は怯えきって、すぐに引き払ってしまいます。新しくお客が入っても、またあわてて出て行く始末です。わたしが打ちのめされていると、追い討ちをかけるように、わずかな収入も途絶える事態となりました――投資していた会社が倒産してしまったのです」

「まあ、お気の毒にね」タペンスは同情をこめていった。「どんなにおつらいでしょう。ブラントさんに、その〝超常現象〟を調査してほしくていらしたんですわね？」

「そうともいえません。じつは、三日前に一人の男の方が訪ねてみえました。オニール博士という方です。自然科学研究協会のメンバーで、お宅の家を支配している奇妙な心霊現象のことを耳にしてとても興味をひかれた、とおっしゃるのです。だからこの館を買い取ってここで一連の実験をつづけてみたい、と」

「それで？」

「もちろん、最初はうれしくて我を忘れるほどでした。苦境から抜け出せるように思えたのです。でも――」

「でも？」

「たぶんあなたは、わたしを思いこみのはげしい女と思われるでしょう。そうかもしれません。でも――ああ、これだけは間違いではありません。同一人物だったのです！」

「だれと同一人物なんです」

「最初に買いたいといってきた男の人と。ああ！　絶対にたしかです」

「同一人物では、なぜいけないのです」

「おわかりになっていらっしゃらないのね。二人の男はまったくちがうんです、名前からなにから。最初の男はかなり若々しくて、独身で、髪も目も黒くて、三十くらいでした。オニール博士は五十がらみ、猫背で、ごま塩の口髭を生やしてメガネをかけています。話をする間に口の片側に金歯があるのが見えました。笑ったときだけ見えるのです。もう一人の男もまったく同じところに金歯があったのを思い出し、わたしは彼の耳を観察しました。もう一人の男の耳にはほとんど耳たぶというものがなく、とても変わった形だと思ったのを憶えていたからです。オニール博士もまったく同じでした。二つも偶然が重なるなんて、ありえないと思いませんか？　わたしは考えに考えぬいた末に、一週間以内に返事をすると彼に手紙を書きました。すこし前にブラントさんの事務所の広告を目にしていました――じつは台所の引出しに敷いてあった古新聞で、なんですけれど。そこでそれを切りぬいてロンドンまで出かけてきたんです」

「あなたの考えは正しいわ」タペンスは勢いよくうなずきながらいった。「この件は調査が必要です」

「大変興味ぶかい事件ですね、ディーンさん」トミーは冷静に意見をのべた。「あなたのために喜んで調査しましょう――どう、ミス・シェリンガム？」

「そうですとも」タペンスはいった。「それも徹底的にやりますからね」

「館に住んでおられるのは」トミーはつづけた。「あなたとお母様と使用人が一人、でしたね。使用人について、特徴などを話してください」

「クロケットという女性です。八、九年伯母に仕えていました。年配で、あまり態度はよくないのですけど、仕事はよくやってくれます。姉が身分ちがいの人と結婚していたせいで、お高くとまる癖があるのです。彼女には甥が一人いるそうで、いつもわたしたちに〝立派な紳士だ〟といっています」

「ふむ」トミーがこういったのは、どうあとをつづければいいのか途方に暮れたからだった。

モニカを鋭く観察していたタペンスが、いきなりびしりときめつけた。

「いちばんいいのは、ディーンさんがわたしとお昼を食べに行くことだわ。ちょうど一時でしょ。詳しいお話はわたしが聞きます」

「それがいい、ミス・シェリンガム」トミーはいった。「すばらしい計画だ」

近くのレストランのちいさなテーブルに二人が心地よく腰を落ちつけると、タペンスはいった。

「ねえ、あなた。知りたいことがあるの。この件についてどうしても調べたいと思う特別な理由が、あなたにはあるのかしら？」

モニカは顔を赤くした。

「それは、その――」

「いっておしまいなさいな」タペンスはそそのかすようにいった。

「ええ――二人いるんです――その――わたしと結婚したがっている人が」

「よくある話よね？　一人はお金持ち、もう一人は貧乏。でもあなたが好きなのは貧乏なひと！」

「どうしてなにもかもわかってしまうんでしょう、あなたには」娘はつぶやいた。

「それはね、自然の法則なのよ」タペンスは説明した。「だれにでも起きることなの。わたしのときもそうだったわ」

「おわかりでしょうけど、家を売っても生活できるほどのお金にはなりません。ジェラルドはいい人ですけれど、どうにもならないほどお金がなくて――でも、とても頭のいい技師なんです。彼に多少の資本さえあれば、彼の会社が共同経営者にしてくれるというのですが。もう一方のパートリッジさんも、善良な方にちがいないと思いますし――豊かですから、彼と結婚すればわたしたちの苦労はすべて解決するのです。でも――でも――」

「わかるわ」タペンスは優しくいった。「まったく別のことですものね。彼がどんなに善良で価値のある男かを自分に言い聞かせ、足し算みたいに彼の長所を加えていっても――結局は気持ちが冷えることになるだけよ」

モニカはうなずいた。

「いいわ」とタペンスはいった。「お宅の近くへ行って現地の状況を調べてみましょう。住所はどちら？」

「ストゥアトン・イン・ザ・マーシュの〈赤い館〉です」

タペンスは手帳に住所を書き留めた。

「お聞きしませんでしたけど」モニカが言い出した――「料金は――」ちょっと顔を赤らめていた。

「うちの料金は厳格に結果しだいです」タペンスは重々しくいった。「〈赤い館〉の謎が利益に関わるようなものなら――相手がその家を手に入れようと熱心に手を替え品を替えしているところをみるとそうらしいけど――それに応じて少額の歩合をいただきます。でも利益がなければ――一切必要ないわ！」

「ありがとうございます」娘は感謝をのべた。

「だからもう、心配しないで。なにもかも、きっとうまくいくわ。面白い話でもしながら食事を楽しみましょうよ」


〈王冠と錨〉亭の窓から外を眺めながら、トミーはいった。「ついにやってきたぞ、穴の中のヒキガエル《トード・イン・ザ・ホール》――とかなんとかいうこのいまいましい村へ」

「事件を整理してみましょうよ」タペンスはいった。

「いいとも。まずぼくの見解をのべさせてもらうと、ぼくは病気の母親があやしいと思う」

「なぜよ？」

「いいかい、タペンス、例のポルターガイスト騒ぎは仕組まれた芝居で、あの娘に家を売らせるための作戦だとすれば、家具を投げ飛ばしたりする人間がいなければならない。娘は全員がディナーのテーブルについていたという――しかし母親がまったく動けない病人だとすれば、彼女は二階の寝室にいたことになる」

「彼女が動けない病人なら、家具を投げ飛ばしたりできるわけがないわ」

「ああ！　ところが彼女はほんとうの寝たきりなんかじゃないんだよ。仮病なんだ」

「どうして？」

「そう聞かれると弱い」夫は白状した。「もっとも犯人らしくない者を疑え、という有名な原則にのっとっているだけなんだけどね」

「あなたって人は、なんでも茶化してしまうのね」タペンスは手厳しく戒めた。「その家をそれほど欲しがる人たちがいるってことは、なにかあるはずよ。だから、あなたがこの事件を徹底的に追及するつもりがなければ、わたしがやるわ。あの娘さんが好きなの。かわいい人だわ」

トミーは神妙な顔でうなずいた。

「まったく同感だよ。でも、つい、きみをからかわずにはいられなくてね。もちろんその家には妙な点があるさ。それがなんであるにしても、つきとめにくい問題であることはたしかだ。でなきゃ、泥棒に入ればすむことだろう。しかし家ごと買いたがるということは、床板や壁紙を剥がさなきゃならないとか、裏庭に石炭の鉱脈が埋まってるとか、そんなことだな」

「石炭なんか埋まっていてほしくないわ。宝物が埋まってるほうがずっとロマンティックよ」

「ふん」トミーはいった。「だとすれば、地元の銀行の支店長を訪ねてこようかな。クリスマスをここで過ごそうと思ってるし、たぶん〈赤い館〉を買うつもりなので、口座を開くことについて相談したい、というんだ」

「どうしてそんなことを――」

「まあ、見ててごらん」

三十分後にトミーがもどってきた。目を輝かせている。

「進展があったよ、タペンス。会見は予定どおりに進んだ。そこでぼくはなにげなく訊いたんだ、最近地方のちいさな銀行ではそういうケースが多いようだが、ここでも金《きん》を持ちこむ人が多いのか、とね。戦時中に金貨を貯めこんだ農家なんかがね。そこから会話は自然に、年寄りの異常な偏屈ぶりにうつっていった。ぼくは、戦争勃発と同時に陸軍と海軍の貯蔵庫に四輪駆動で乗りつけ、ハムを十六本積んで帰ってきた伯母さんの話をでっち上げた。すると彼はすぐに、それに類する客の話をしてくれたよ。その女性客は、預金は残らず引き出すと言い張った——それもできるだけ金貨でだ。それに有価証券やら持参人払い債権やら、なにからなにまで自分で保管するといってきかなかったそうだ。ぼくが、なんという愚かな、と声をあげたら、彼は釣り込まれてそれが〈赤い館〉の前の主であることを口にした。どうだい、タペンス？　彼女は財産をそっくり引き出して、どこかに隠したのさ。モニカ・ディーンがいったのを憶えてるだろう、伯母の財産があまりにも少なくてびっくりした、と。そうなんだ、彼女は〈赤い館〉の内部に隠したんだよ。そしてそのことを知ってるやつがいるんだ。そいつが何者かも、かなり見当はついてるんだけどね」

「だれなの？」

「忠実なクロケットはどうかな？　彼女ならかつての女主の変人ぶりをよく知ってるだろう」

「それから、金歯をいれてるオニール博士は？」

「もちろん紳士というふれこみの甥さ！　それはたしかだ。それにしても、彼女はどこに隠したんだろう。年配女性についてはぼくよりきみのほうが詳しいはずだよね、タペンス。どんなところに隠すだろう？」

「ストッキングやペチコートにくるんでマットレスの下に入れる」

トミーはうなずいた。

「そんなところだろうな。しかしながら、彼女はそうはしなかったはずだ。死後に彼女の物をひっくり返せば、すぐ見つかってしまうからね。そこが問題なのさ――彼女のような年寄りは床板を持ち上げたり、庭に穴を掘ったりはできないよね。にもかかわらず、〈赤い館〉のどこかに隠されているわけだ。クロケットはまだそれを見つけてはいないが、そこにあることは知っている。だから彼女が彼女の大事な甥と協力してあの家を手に入れてしまえば、かれらは目当てのものが見つかるまで家中ひっくり返して探すことができる。ぼくらが彼らの先手をとらなきゃ。急ごう、タペンス。〈赤い館〉に乗りこむんだ」

モニカ・ディーンが二人を出迎えた。母親とクロケットには、〈赤い館〉の買い手となるかもしれないと紹介してもらったので、家屋敷をくまなく見てまわる口実ができた。トミーは自分の出した結論をモニカには話さず、さまざまな捜査上の質問を投げかけた。亡くなった女性が生前に使っていた物や衣類は、クロケットに与えられたり、あちこちの貧しい家庭に送られたりしていた。あらゆるものが点検され、整理されていた。

「伯母様は書類のようなものは遺されなかったんでしょうか?」

「デスクはいっぱいでしたし、寝室の引出しにも多少ありましたけれど、重要なものはなにもありませんでした」

「みんな捨てられたのですか?」

「いいえ、昔から母は古い書類を捨てるのをすごくいやがるんです。その中には昔風の料理のレシピもあったりして、母はいつか読んでみようと思っているようです」

「けっこうですね」トミーはいった。それから庭の花壇で作業をしている老人を指して、尋ねた。「あのお年寄りは、伯母様の時代からいる庭師ですか」

「ええ、週に三日来ていたそうです。村に住んでいるのですが、気の毒に、もう元気なころのようには働けません。わたしたちは週に一度だけ、掃除に来てもらっています。それ以上は払えないので」

トミーは、モニカの相手をしていてくれるようタペンスに目配せし、庭師が作業しているほうへと庭を横切っていった。そして一言二言愛想のいい言葉をかけてから、前の奥様のころからここにきていたのかと尋ね、ついでのようになにげなく訊いた。

「以前、奥様のために箱を埋めたことがあるだろう?」

「いいえ、箱なんぞ埋めたことは一度もありませんです。なんのために奥様が箱を埋めさせなさるんで?」

トミーはただ首を振った。そして額に皺を寄せながらぶらぶらと家にもどった。老婦人の残した書類を調べればなんらかの手がかりが得られるだろう、というのが希望的観測だが——得られなければ問題の解決は難しくなる。家は古いにはちがいないが、隠し部屋だの秘密の通路があるほどには古くないのだ。

モニカは立ち去る前に紐で縛った大きなダンボール箱を持ってきてくれた。

「書類はみんなひとまとめにしておきました」彼女は小声でいった。「この中に入っています。お持ち帰りになったほうが、ゆっくりお調べになれると思いまして——でも、この家で起こっている不思議なことに光明を投げかけるようなものは、きっとなにも見つからないと——」

彼女の言葉は頭上のすさまじい物音にさえぎられた。トミーが急いで階段を駆け上がった。表に面した部屋の水差しと洗面器がこなごなに砕けて地面に散らばっていた。部屋に人の姿はなかった。

「幽霊がまたいたずらを始めたか」トミーはニヤリとしながらつぶやいた。

彼は考えこむ風でまた階段を下りた。

「ディーンさん、メイドのクロケットと二、三分、話ができるでしょうか?」

「もちろんです。いま、呼んでまいりますから」

モニカは台所に消え、やがて年配のメイドをともなってもどってきた。さっき玄関のドアを開けてくれた女性だ。

「ぼくたちはこの家を買おうと思ってるんだ」トミーは楽しげにいった。「買った場合に、妻があなたにいてもらえるだろうか、というのでね」

クロケットの恭しい顔つきからは、どんな感情も読み取れなかった。

「ありがとうぞんじます」と彼女はいった。「よろしければ少し考えさせていただきたいのでございますが」

トミーはモニカをふりむいた。

「この家はとても気に入りましたよ、ディーンさん。ほかにも買い手がいると聞いていますが。彼の買値は知ってますから、わたしはそれに百ポンド上乗せしましょう。これはかなりいい値段だと思いますよ」

モニカはどっちつかずのことをつぶやき、ベレズフォード夫妻はいとまをつげた。

「思ったとおりだ」二人が車寄せを遠ざかるころになって、トミーがいった。「クロケットはからんでるね。彼女が息を切らしていたのに気がついたろう？　あれは水差しと洗面器を投げ割ってから、裏階段を走って下りた証拠だよ。ときどき彼女がひそかに甥を引きいれて、ポルターガイストごっこ、というのかなんというのか知らないが、悪さをさせていた可能性は大いにある。自分がそ知らぬ顔で家族と同席している間に、だ。見ててごらん、今日のうちにオニール博士があらたな条件を出してくるから」

その言葉にたがわず、ディナーのあとでメモが届いた。モニカからだった。

〃たった今、オニール博士が知らせてきました。以前の買値に百五十ポンド上乗せするそうです〃

「この甥は金持ちなんだなあ」トミーは感慨ぶかげにいった。「ということはだ、タペンス、やつが狙ってる獲物も相当な値打ちものということになる」

「ああ！　ああ！　わたしたちが見つけられたらねえ！」

「じゃあ、厄介な根気仕事にとりかかるとするか」

　二人は大きな箱の書類を調べにかかった。なんの脈絡も法則もなく、あらゆる書類が全部ごっちゃになってつめこまれているので、うんざりするような仕事だった。二、三分ごとに二人は意見を交換し合った。

「いま調べてるのはなんだい、タペンス？」

「古い領収書二枚、ろくでもない手紙が三通、新鮮なジャガイモの保存法とレモン・チーズケーキの作り方。あなたのほうは？」

「請求書が一枚、春の詩が一篇、新聞の切り抜きが二枚。『なぜ女は真珠を買うのか——健全なる投資』それと『四人の妻を持つ男——あっと驚く物語』だね。それから野ウサギのシチューのレシピ」

「やれやれ、たまらない作業ね」そしてまた、二人は没頭した。ついに箱が空っぽになった。二人は顔を見合わせた。

「これはよけておこう」トミーはノートの切れ端をつまみ上げた。「すごく奇妙なんだ。探しているものとはまったく関係ないと思うけどね」

「ちょっと見せて。ああ！　これは、あのおかしなやつね、なんていうんだったかしら？　文字かけ《アナグ》遊び《ラム》とか、謎かけ言葉《シャレード》とかっていったわね」彼女は読み上げた。

わたしの最初は燃える石炭の上に載せられ
わたしはその中に丸ごと入れられ
わたしの二番目はほんとうは最初
わたしの三番目は冬の北風がきらい

「ふん」トミーは批判がましくいった。「この詩人の韻律はろくなもんじゃない」

「でも、これをあなたがどうして奇妙だと思ったか、わからないわ」タペンスはいった。「五十年前には、みんなこんなようなものを集めてたわ。暖炉を囲む冬の夜のために、とっておいたのよ」

「ぼくは詩のことをいってるんじゃないんだ。すごく妙だと思ったのは、下に書き込んである言葉さ」

「ルカによる福音書、第十一章の九」と彼女は読み上げた。「聖書の出典ね」

「そう。これはとてもおかしいと思わないか？　信心深い老婦人が謎かけ言葉の下に聖書の出典を書きつけるなんてさ」

「おかしいといえば、おかしい」タペンスも考えこんだ。

「きみは牧師の娘だから、ひょっとしたら聖書を持ち歩いてるんじゃないか？」

「じつは、持ってるの。へえ、わたしが持っていないと思ったわけね！　ちょっと待ってて」

タペンスはスーツケースに駆け寄って小型の赤い本を取り出し、テーブルにもどった。せわしなくページをめくった。「ここよ。ルカによる福音、第十一章、九節。まあ、トミー、見て！」

トミーは身を乗り出して、タペンスの指先が指し示している、問題の一節に目を落とした。

〝求めよ、さらば与えられん〟

「これだわ」タペンスは叫んだ。「やった！　秘密の暗号をとけば、宝はわたしたちのもの——というかモニカのものね」

「じゃあ、きみのいうその暗号を解いてみようか。〝わたしの最初は燃える石炭の上に載せられ〟こいつはいったいどういう意味なんだ？　それから——〝わたしの二番目はほんとうは最初〟まるでちんぷんかんぷんじゃないか」

「ほんとうは、すごく簡単なものなのよ」タペンスは優しくなだめた。「コツさえつかめばいいんだわ。わたしにやらせてよ」

トミーは喜んで紙切れを譲り渡した。タペンスは安楽椅子に腰を落ち着け、眉をよせながらぶつぶつつぶやき始めた。

「すごく簡単か、まったくだ」三十分経過したところでトミーがぼやいた。

「得意そうにいわないでよ！　これはわたしたちとちがう時代のものよ。いいこと考えた、明日ロンドンにもどってこれをすらすら解読できそうなおばあちゃんに訊いてみる。問題はコツだけなんだから」

「まあ、もうちょっと試してみよう」

「燃える石炭の上に載せるものといえば、そんなに多くないわね」タペンスは考えた。「水をかける、これは火を消すため。薪《ウッド》を載せる。ヤカンも載せる」

「ここは一音節の言葉じゃないかな。薪はどうだろう？」

「でも薪のなかになにかを入れることはできないわ」

「水を意味する一音節の単語はないけど、ヤカンのたぐいで火にかける一音節の単語ならあるかもしれない」

「ソースパン」タペンスがつぶやいた。「フライパン。鍋（pan）はどう？　それとも深鍋（pot）は？　パンとかポットで始まる火にかけるものというと、なにがある？」

「陶器はどう」トミーが提案した。「陶器は火で焼くよ。正解に近づいてないかなあ？」

「ほかの部分と合わないわ。パンケーキ？　ちがう。ああ、ダメ！」

そのとき二人は、小柄なメイドにさえぎられた。二、三分でディナーが用意できます、といいにきたのだった。

「ただ、ラムリーさんがジャガイモはどうしたらよろしいか、伺ってくるようにと。バター焼きか、皮ごと茹でたのか、どちらでも用意できるそうです」

「皮ごと茹でたのがいいわ」タペンスはすぐ答えた。「ジャガイモは大好き──」そこではっと口を開いたまま硬まってしまった。

「どうしたんだ、タペンス？　幽霊でも見たのかい？」

「トミー」タペンスは叫んだ。「わからない？　これよ！　この言葉よ。ジャガイモ（potatoes）！　〝わたしの最初は燃える石炭の上に載せられ〟──最初の部分は深鍋（pot）。〝わたしはその中に丸ごと入れられ〟〝わたしの二番目はほんとうは最初〟これはpotのつぎの文字のa、つまりアルファベットの最初の文字。〝わたしの三番目は冬の北風がきらい〟──toesはつま先だから、もちろん冷えるのは大嫌いだわ！」

「たしかにそうだ。きみは頭がいい。しかしね、えらく時間をつぶした割にはなにもわかってないんじゃないかな。なくなった財産とジャガイモが、いったいどう符合するというんだ？　しかし、待てよ。さっき箱を調べたときに、きみが読んだのはなんだっけ？　ジャガイモの料理法かなにかだ。その中になにかヒントがないだろうか」

彼は大急ぎでレシピの山をかきまわした。

「これだ。〝新鮮なジャガイモの保存法。新鮮なジャガイモは缶に入れて庭に埋めておく。こうすれば真冬でも、掘りたての味が楽しめる〟」

「やったわ」タペンスは金切り声をあげた。「これよ。宝物は庭にあるわ、缶に入れて埋めてあるのよ」

「しかし、ぼくは庭師に訊いたんだ。彼はなにも埋めたことはないといっていた」

「ええ、わかってるわ。でもそれはね、人間は訊かれたことには答えず、訊かれたと思うことに答える癖があるからよ。彼は、妙なものを埋めたことは一度もない、と思ってる。明日彼に、ジャガイモをどこに埋めたか訊いてみましょうよ」

翌朝はクリスマスの前日だった。二人は尋ねまわったあげくに、年老いた庭師の家をつきとめた。ちょっと世間話をしたあとで、タペンスが肝腎な話を切り出した。

「クリスマスに新鮮なジャガイモがあったらいいのにねえ。七面鳥の付け合わせにぴったりじゃない？　このあたりの人たちは、ジャガイモを缶に入れて埋めたりはしないの？　そうするといつまでも新鮮だって聞いてるけど」

「ああ、それだったらやっとります」老人は言い切った。「〈赤い館〉のディーン大奥様は、いっつも夏に三つも缶を埋めさせなすったが、掘り出すのを忘れちまうほうが多かった！」

「家のそばの苗床に埋めるのが決まりだったんじゃない？」

「いや、塀のそばのモミの木の根元だよ」

求めていた情報が手に入ると、クリスマスのご祝儀として五シリングを庭師に進呈し、すぐにその場を立ち去った。

「さあ、今度はモニカのところだ」トミーがいった。

「トミー！　あなたって芝居っけのない人ねえ。わたしにまかせておいて。ステキな計画があるんだから。なんとかして鍬《すき》を手に入れられない？　借りるなり、盗むなりしてほしいの」

どうにかこうにか鍬が調達できたその夜遅く、〈赤い館〉の敷地に忍び込む二つの人影を目撃したものがあるかもしれない。庭師が教えてくれた場所は簡単に見つかり、トミーは仕事にかかった。まもなく鍬がなにか金属製のものに当たり、何秒もたたぬうちにトミーはおおきなビスケットの缶を掘り出していた。まわりに粘着テープを巻かれ、ぴったりと封印されていたが、タペンスはトミーのナイフを借りてすぐに蓋を開けることができた。そしてうめき声をもらした。缶はジャガイモでいっぱいだった。缶を傾けて中身を全部出してみたが、ほかのものはなにもなかった。

「掘りつづけてよ、トミー」

しばらく掘ると、二番目の缶が二人の捜査に応えてくれた。こんどもタペンスが封を切った。

「どう？」トミーが心配そうに訊く。

「またジャガイモだわ！」

「くそっ！」トミーはいって、もう一度掘り始める。

「三度目の正直っていうじゃないの」タペンスはなぐさめた。

「結局、すべては幻に終わるという気がするな」トミーは悲観していったが、掘ることだけは続けた。

ついに三番目の缶が現われた。

「またジャガイ――」タペンスはいいかけて止まった。「トミー、あったわよ。ジャガイモは上っ側だけ。ほら！」

彼女は大きな、古めかしいビロードの袋を持ち上げた。

「急いで帰ろう」トミーは叫んだ。「凍えそうだよ。その袋はきみが持って帰ってくれ。ぼくは掘った穴を埋めてから行く。ただしだ、タペンス、ぼくが帰る前に袋を開けたりしたら、きみの頭に無数の呪いが振りかかるからな！」

「ずるはしないわ。わっ！　体が凍ってる」彼女は急いで退却した。

宿に着いたタペンスは、ほとんど待つ暇もなかった。必死でトミーが追いかけてきたからだ。穴を掘ったあげくの全力疾走で、汗びっしょりになっていた。

「さあ、私立探偵事務所、大成功の一瞬だぞ！」トミーはいった。「戦利品を開けたまえ、ベレズフォード夫人」

袋の中には、オイルシルクにくるまれた包みと重たいセーム革の袋が入っていた。まず袋のほうを開けた。ぎっしりとソヴリン金貨がつまっていた。トミーが数えた。

「二百ポンドある。銀行から彼女が引き出せた金貨がこれだけだったんだろうな。包みを開けてみよう」

タペンスが開いた。きちんと折畳んだ紙幣がうなっている。トミーとタペンスは丁寧に数えていった。ちょうど二万ポンドあった。

「ヒュー！」とトミー。「ぼくらが二人とも豊かで正直なのは、モニカにとって幸運だと思わないか？　その薄紙に包んであるのはなんだろう？」

タペンスが紙包みを開いて、みごとに粒のそろったすばらしい一連の真珠を取り出した。

「こういうものにはあまり詳しくないが、この真珠は低く見積もっても五千ポンドはするだろうな。この粒の大きさを見たまえ。真珠がいい投資になる、という切り抜きをしまっていたわけが、やっとわかったよ。彼女は有価証券を全部売り払って、紙幣や宝石に替えたにちがいない」

「ああ、トミー、すばらしいと思わない？　かわいいモニカ。これで彼女は立派な青年と結婚して、一生幸せに暮らせるんだわ、わたしみたいに」

「けっこう泣かせることをいうじゃないか、タペンス。じゃあ、きみはぼくと結婚して幸せなんだね？」

「じつをいえば、そうよ」とタペンスはいった。「でもこんなこと、いうつもりじゃなかった。口がすべったわ。興奮しちゃったし、それにクリスマスだし、あれやこれやで――」

「きみがほんとうにぼくを愛しているなら」トミーがいった。「ひとつ質問に答えてくれないかな」

「そういう駆け引きは大嫌いよ」タペンスはいった。「でも――まあ――いいことにするわ」

「モニカが牧師の娘だってことを、どうしてきみは知ってたんだ？」

「ああ、あれはインチキなの」タペンスはうれしそうにいった。「彼女からの予約申し込みの手紙を、先にあけて読んだだけ。以前に父の副牧師をしていたディーンという人がいて、彼にはモニカというわたしより四つ五つ年下の女の子がいたわ。そこで二と二を足したわけ」

「この恥知らずな女め」トミーはいった。「よーし、十二時の鐘が打ち始めた。クリスマスおめでとう、タペンス」

「クリスマスおめでとう、トミー。モニカにとっても幸せなクリスマスになるわね――なにもかも、わたしたちのおかげで。うれしいわ。かわいそうに彼女は悲惨な境遇だったんですもの。ねえ、トミー、そのことを考えると、わたし、すごく変な気分になって喉がしめつけられるような気がするの」

「かわいいタペンス」トミーはいった。

「かわいいトミー」タペンスもいった。「わたしたち、どうしようもなく感傷的になってるわね」

「クリスマスは一年に一度しかこないんだから」トミーはもったいぶっていった。「これはぼくらのひいおばあさんたちがいつもいってたことさ。いまでもここには真実があると思いたいじゃないか」

プリマス行き急行列車

The Plymouth Express

宇野輝雄訳

イギリスの海軍大尉、アレック・シンプソンは、ニュートン・アボット駅のプラットホームから、プリマス行き急行列車の一等客室にのりこんだ。うしろからは、赤帽がおもいスーツケースをさげてくる。そのケースを赤帽が網棚にのせようとすると、シンプソン大尉は声をかけた。

「いや。ここの座席へおいてくれればいい。網棚には、あとでのせるから。じゃあ、これ」

「ありがとうございます」

たっぷりチップをはずまれた赤帽は、礼をいって、歩み去った。

車両のドアがいっせいにしまり、拡声器による駅員のアナウンスがきこえた。「この列車はプリマスへ直行。トーキーゆきは、のりかえです。つぎの停車駅はプリマス」つづいて、汽笛が鳴り、列車はゆっくりと動きだした。

客室内にいるのはシンプソン大尉ひとりだけだった。十二月の空気は冷たいので、大尉は窓をしめた。それから、鼻をちょっとくんくんさせながら、眉をひそめた。なんの匂いだろう、これは？　ふと、まえに入院して、足の手術をうけたときのことを思いだした。そうだ、クロロホルムだ。

大尉は、また、窓をあけて、列車の進行方向に背をむけていられる座席のほうへ移動した。ポケットからパイプをとりだし、火をつけた。そのまま、しばらく、ぼんやりとタバコを吸いながら窓外の闇に視線をすえていた。

やがて、大尉はふっと気がついたように、かたわらのスーツケースをあけ、なかから新聞や雑誌をとりだすと、スーツケースの蓋をしめ、むかい側の座席の下にケースを押しこもうとした。だが、うまくいかない。なにやら、つかえているのだ。しだいに苛立ちがましてくるのをおぼえながら、いちだんと力をこめて、押してみたが、やはり、ケースは途中までしかはいらない。

「いったい、どうなってんだ？」

と、ぼやいて、ケースをすっぽりぬきだしてから、腰をかがめて、大尉は座席の下をのぞいてみた。

つぎの瞬間、絶叫が夜の闇のなかでひびきわたった。車内の非常通報索がぐっとひかれ、それに応じて、巨大な列車はやむなく急停止した。

「そうそう、きみは、たしか、れいのプリマス行き急行列車の事件にだいぶ関心があるようだったな」と、ポアロはいう。「ひとつ、これを読んでみたまえ」

わたしは、テーブルごしにポアロが指のさきではじいてよこした手紙を手にとってみた。文面は簡潔そのものだった。

前略

できるだけ早急に御来訪ねがえれば幸甚です。

敬具

エビニーザ・ハリデイ

この手紙が事件とどんな関係があるのか、よくわからない。問いかけるように、わたしはポアロの顔をみた。

するると、返答のかわりに、ポアロは、新聞をとりだして、記事の一部を読みあげてくれた。

「『昨夜、センセーショナルな事件が発生した。プリマス軍港へ列車で帰る途中の若い海軍士官が、のっていた一等客室の座席の下から心臓を突き刺されている女性の死体を発見した、という事件である。この士官はただちに非常通報索をひき、列車は急停止した。刺殺された女性は、年齢ほぼ三十歳。高価な衣服を身につけているが、目下のところ、身元は不明』

だが、その後の新聞にはこう書いてある。『れいのプリマス行き急行列車の客室内で死体となって発見された女性は、ルーパート・キャリントン卿夫人であることが判明した』とね。どうだ、これで推測できるだろう？　できなければ、もうひとつ、ヒントをだそう。ルーパート・キャリントン卿夫人の独身時代の名前は、フロッシー・ハリデイ。つまり、アメリカの鉄鋼王、エビニーザ・ハリデイ氏の令嬢なんだよ」

「じゃあ、その父親のハリデイからお呼びがかかった、ってわけか。そいつは、すごい！」

「ハリデイ氏のためには、むかし、ちょっと骨を折ったことがあるんだ。無記名債券の問題でね。それと、ベルギー国王の公式訪問のためにパリへ出張したさい、マドモアゼル・フロッシーには紹介されたこともある。小柄で、粋な、自費留学生だったよ、当時の彼女は。おまけに、そうとうな額の結婚持参金まで用意していた！　これがトラブルのもとになって、あやうくスキャンダルをおこすところだった」

「どういうことだい、それは？」

「ロシュフール伯爵なる人物がおってね、こいつがたいへんな悪者だった。いうなれば、やくざ者だよ。根っからの山師で、ロマンスにあこがれる若い女の子の心をつかむ術を心得ていた。さいわい、フロッシー嬢の父親は、だいじにいたらぬうちに世間のうわさを耳にし、急きょ、娘をアメリカへつれて帰ってしまった。それから数年後、この娘さんが結婚したという話はきいたが、相手の男性のことはぜんぜん知らなかった」

「ふーむ。いや、ルーパート・キャリントン卿というのは、だれにきいても、紳士の部類じゃなさそうだよ。競馬にこって、財産をつぶしたって話だから、ちょうどいいときに、ハリディ氏の娘の持参金が舞いこんだわけだ。ほんとに、ハンサムで礼儀ただしいことだけが取り柄のあんな破廉恥な男が、よくも結婚できたもんだ」

「まあ、女性のほうは気のどくだな。そんなひどい相手にでくわすなんて」

「どうやら、キャリントンは、結婚後まもなく、自分が惹かれたのは、相手の女性にじゃなくて、持参金のほうにだ、という本音《ほんね》を暴露してしまったらしく、夫婦の仲はたちまち冷たくなった。げんに、最近きいたうわさによると、ふたりは正式に別居することになっていたそうだ」

「父親のハリディ氏だって、間ぬけじゃない。娘の持参金については、簡単につかえないようにする手を講じておいたはずだ」

「そうだろうね。ともかく、キャリントン卿がいまや文なしの身だということは事実だ」

「なるほど。ところで……」

「ところで、なに?」

「おい、おい、そんな噛みつくようないい方をせんでもいいだろう。きみが今回の事件に関心をもっているることは、よくわかるけどね。ならば、どうだ、わたしに同行して、ハリディ氏に会ってみようじゃないか。すぐ近くにタクシー乗り場があるから」

タクシーでいけば、ほんの数分だった。アメリカの鉄鋼王は、パーク・レーンにある豪華な邸宅に住んでいた。書斎にとおされると、待つほどもなく、肉づきのよい大男がはいってきた。目つきはするどく、あごの形は意志のつよさを感じさせる。

「ポアロさんですね？」と、ハリデイ氏はいった。「用件はなにか、わざわざ説明するまでもないと思います。すでに新聞はお読みでしょうし、わたしは、生来、のほほんと腕をこまねいているようなタイプではありませんのでね。じつは、たまたま、あなたがいまロンドンにおられるという話をきいて、れいの債券問題を解決するさいにふるわれた手腕を思いだしたわけです。有名人のことは、いつまでもおぼえています。事件の捜査はいちおうロンドン警視庁にまかせてあるんですが、同時に、私立探偵にも調査をおねがいしたい。費用の点は問いません。わたしの財産は娘のためにきずいたものなのに……その娘は……世を去ってしまった。こうなった以上、あり金をぜんぶはたいても、犯人のやつをつかまえてやりたい！　どうです、おわかりでしょう？　この願いがかなうかどうかは、あなたしだいなんです」

　ポアロは頭をさげた。

「はい、調査の仕事は、よろこんで、おひきうけします。なにぶん、お嬢さまにはパリで数回、お会いしたことがありますんでね。それでは、さっそくですが、お嬢さまがプリマスへいかれたさいの状況その他、事件に関係がありそうだと思われることを話していただけませんか」

「いやあ、そもそも、娘はプリマスへいこうとしていたわけではなくて、ほんとうは、エーボンミード・コートにあるスワンシー公爵夫人の邸宅でひらかれる接待パーティーに出席するつもりだったんです。パディントン駅発十二時十四分の列車でロンドンを発《た》って、乗りかえ駅のブリストルにつくのが午後の二時五十分。むろん、プリマス行きの急行はウエストベリー経由だから、ブリストルの近くはとおりません。この十二時十四分発の列車は、ブリストルまではノンストップで、あとは、ウエストン、トーントン、エクセター、ニュートン・アボットにとまります。娘は、ブリストルまでは座席指定の一等車にひとりでのっており、同行したメイドはうしろの三等車にのっていたんです」

ポアロがうなずいてみせると、ハリデイ氏はさらに話をつづける。

「エーボンミード・コートでのパーティーはすこぶる派手なもので、舞踏会も何度かもよおされる、とのことでした。ですから、娘は宝石の装身具をもっていった。価格にすれば、おそらく、約十万ドルはするでしょう」

「待ってください」ポアロは横やりをいれた。「その装身具、もっていたのは、だれなんでしょう？お嬢さんご自身ですか、それとも、メイドですか？」

「これは、いつも、娘が自分で保管していました。青いモロッコ皮のケースにいれてね」

「では、いまのお話のつづきをどうぞ」

「列車がブリストルにつくと、メイドのジェーン・メイソンは、自分があずかっていた主人の化粧道具入れとショールをもって、娘の車室のドアのところまでいった。すると、おどろいたことに、娘からは、あたしはここでは下車せずに、このまま、さきまで乗っていく、といわれた。さらに、手荷物だけはおろして、駅の一時預り所にあずけておくようにと指示されたうえ、あんたは駅の食堂で、お茶でも飲みながら待っていなさい、あたしは午後のうちに上りの列車でもどってくるから、と、こういわれた。ジェーンは、ずいぶん妙な話だと思ったけれど、おとなしく、いわれるとおりにした。手荷物を一時預り所にあずけて、お茶を飲んでいたわけです。ところが、上りの列車はつぎつぎに到着しても、主人はいっこうに姿をみせない。そこで、最終列車の到着まで待ってから、手荷物はあずけたままで、その夜は、駅のちかくのホテルに泊まった。そうして、今朝がた、新聞で事件のことを読み、ただちにロンドンへもどってきた、というしだいです」

「お嬢さんは当初の予定を急に変更されたようですが、なにか、理由があったのではないでしょうか？」

「ええと、こういうことがわかっています。ジェーンの話によると、ブリストル駅についたさい、娘は単身ではなかった。娘の車室のなかには、だれか、ひとりの男がいて、立ったまま、奥のほうの窓から外をながめていた。そのために、男の顔はみえなかった、というんです」

「列車は、もちろん、通廊つきのものですね？」

「ええ」

「で、通廊は、どちらがわに？」

「プラットホームのがわです。娘は、通廊に立った姿勢で、ジェーンと話をしたんだそうです」

「それで、この点についてはは疑いの余地はないと……ああ、ちょっと失礼」

ポアロは椅子から腰をあげて、わずかに傾いている机上のインクスタンドを慎重な手つきでまっすぐにしてから、もとの椅子に腰をおろした。

「どうも失礼しました。いや、まがっているものが目につくと気になるので、つい。まったく、おかしな性分ですな。それで、いまの話ですが、こうした……おそらくは予期せぬ人物と出会ったことが原因で予定を急に変更したのだという点について、疑いの余地はなさそうですか？」

「まあ、そう推測するよりほかはないようなんで」

「ここに登場した男性はだれなのか、心あたりはありませんかな？」

富豪のアメリカ人は、ちょっと逡巡の色をみせてから、こたえた。

「ええ。ぜんぜん見当がつきません」

「ならば……死体が発見された事情については、いかがでしょう？」

「死体を発見したのは若い海軍士官で、このひとが即刻、通報してくれたわけです。たまたま、車内には医師がひとり乗りあわせていたので、この医師が死体をしらべてみた。娘は、クロロホルムをかがされてから、刺し殺されたんです。この医師の所見によれば、死後、四時間ほど経過している。だとすると、殺されたのは、列車がブリストルをすぎて間もなく……たぶん、ブリストルとウエストンのあいだ、あるいは、ウエストンとトーントンのあいだ、じゃないんでしょうかね」

「で、装身具のはいったケースは？」

「それが、みあたらないんですよ、ポアロさん」

「もうひとつ、おたずねします。お嬢さんの資産の件ですが……これは、ご本人がお亡くなりになったばあい、どなたの手にわたるのでしょうか？」

「娘のフロッシーは、結婚の直後、全財産を夫に遺贈するという内容の遺言書を作成したんです」ハリディ氏はひとしきり間をおいて、「まあ、ポアロさん、このことは申しあげておいたほうがよいと思いますが、わたしのみるところ、この夫というのは破廉恥きわまる男でしてね。だから、娘は、わたしの助言にしたがい、法律上の手段によって夫から解放される日を目前にひかえていたのです。これは、べつにむずかしいことじゃありません。わたしが娘に財産をゆずるさい、娘の生存ちゅうは夫がこの財産に手をつけられないようにしておいたわけです。だが、ここ数年、ふたりは別居をつづけていたのに、夫からせびられるたびに、娘は金をだしていた。スキャンダルが世間に知られるよりはましだ、と思ったからでしょう。しかし、こんな生活には終止符を打たせなきゃいかんと、わたしは肚をきめた。そのうち、娘もその気になったので、弁護士たちに、しかるべき法的手つづきをとるように指示したわけです」

「で、夫のキャリントンさんは、いま、どちらに？」

「ロンドンにいます。きのうは田舎のほうへいっていたけど、昨夜、帰京したようです」

ポアロはしばらく思索をめぐらしてから、

「ええと、うかがいたいことは、以上です」

「念のため、メイドのジェーン・メイソンに会ってみますか？」

「そうですね。できれば」

ハリデイ氏は、ベルを鳴らし、やってきた使用人になにごとかつたえた。

それから数分後、ジェーン・メイソンが部屋にはいってきた。みたところ、上品だが、きつい顔だちの女で、いかにも有能なメイドらしく、たいへんな悲劇にみまわれたのに、感情的にはなっていない。

「申しわけありませんが、ちょっと話をきかせてください。まず、亡くなられた奥さまのことですが、きのうの朝、遠出されるまえ、態度はふだんと変わりがありませんでしたか？　やけに興奮しているとか、あわてている、といったようなことは？」

「いいえ、そんなことはございません」

「でも、ブリストル駅についたときは異常だったでしょう？」

「はい、ひどく不安そうで……ただ、もう、おろおろしながら、ご自分でも、なにをおっしゃっているのか、わからないふうでした」

「じっさいには、なんといったんです？」

「ええと、いま、思いだせるかぎりでは、たしか、こういう言葉でした。『ねえ、ジェーン、仕方がないから、予定を変えるわ。ちょっとね、用事ができたの。そう、ここの駅では下車しないで、このまま乗っていかなきゃならないのよ。あんたは手荷物をおろして、駅の一時預り所にあずけておいてちょうだい。それがすんだら、お茶でも飲んで、わたしがもどるまで待っていて』『待つって、ここの駅でですか、奥さま？』と、あたしはきいてみました。

『ええ、そう。ずっと駅にいるのよ。ここには、あとの列車でもどってくるから。何時にとはいえないけど、たぶん、そんなに遅くはならないわ』

『はい、かしこまりました、奥さま』と、あたしはこたえました。むろん、奥さまの行動を詮索できる身ではございませんけど、でも、おかしいな、と思ったことはたしかです」

「要するに、ふだんとはちがう、というわけですね？」

「はい、大ちがいです」

「で、あんたの想像は？」

「そうですね……なにか、おなじ車室のなかにおられた男の方と関係があるんじゃないかしら、と思いました。奥さま、その方と口はきいておられなかったんですけど、でも、二度ばかり、そちらのほうをむいて、こういうやり方でいいの、と相手にきいているようなふうでした」

「だけど、あんたには、その相手の男の顔がみえなかったんですね？」

「ええ、みえません。その方は、ずっと、あたしのほうに背をむけたままの姿勢でしたから」

「その男性の特徴といったら、どうでしょうな？」

「身につけていたのは、ベージュ色のオーバーと旅行用の帽子です。体格は、背がたかくて、ほっそりして、頭のうしろのほうの髪は黒みがかっていました」

「あんたの知らないひとですか？」

「ええ、もちろん、知りません」

「ひょっとして、ご主人のキャリントンさんだった、ということは？」

ジェーン・メイソンは愕然としたような表情をみせる。

「まさか！　そんなことはないと思います！」

「とはいえ、断言はできないでしょう？」

「みたところ、体格は旦那さまくらいでした……けれど、旦那さまではないか、なんてことは頭にうかばなかった。もっとも、あたしたち、旦那さまにお会いする機会は滅多にないので……そう、たしかに、旦那さまではない、ともいいきれません」

ポアロは、絨毯のうえにおちていた一本のピンをつまみあげると、それをみつめて、眉をひそめた。

「その男は、あんたが奥さまの車室へいくまえに、ブリストルで列車にのりこんだ、ということはありえませんかね？」

ジェーン・メイソンはしばらく考えこんでから、

「はい、もしかしたら、そうかもしれません。なにぶん、あたしがのっていた三等車は満員だったもので、席から外へでるのにちょっと時間がかかってしまいました。おまけに、駅のホームもたいへんな雑踏でしたから、なおのこと手間どってしまったんです。それにしても、この男性、奥さまとお話ができた時間はほんの一、二分だったと思います。もちろん、通廊づたいにやってきたんでしょうけど」

「まあ、その可能性のほうが大ですな」

あいかわらず眉をひそめたまま、ポアロはここで一息いれた。すると、ジェーン・メイソンのほうが質問をもちだした。

「奥さまがどんな服装をなさっていたか、ご存知ですか？」

「その点は新聞にも書いてあったけれど、やはり、あんたの口から、直接、うかがいましょう」

「お召しになっていたのは、白いレースのベールのついた白ギツネの毛皮の縁《ふち》なし帽と、ブルーの、目のあらい厚手のウールのワンピースです。ブルーといっても、鋼青色とかいう色にちかいものですけど」

「ほほう。それは、また、かなり派手ですな」

こんどは、ハリディ氏が発言した。

「ええ、そうなんです。ジャップ警部は、この点が犯行のあった場所を割りだす手がかりになるかもしれない、といっています。娘の姿をみた者なら、たぶん、記憶にのこっているでしょうからね」

「そのはずです！　いや、どうも、ご苦労さまでした、お嬢さん《マドモアゼル》」

メイドは書斎からでていった。

ポアロは威勢よく腰をあげた。

「さあて、これでいいでしょう……ただし、事情だけはすべて話していただけませんかね……すべて、です」

「お話ししましたよ」

「ほんとうですか？」

「もちろんです」

「ならば、これ以上、なにも申しあげません。そうして、残念ながら、事件の調査は辞退いたさなきゃ」

「なぜですか?」

「率直に話をしてくださらないからですよ」

「それは、ぜったいに……」

「いや、なにかを隠しておられる」

ひとしきり、沈黙がつづいた。そのうち、ハリデイ氏は、ポケットから一枚の紙片をとりだして、ポアロに手わたした。

「あなたがいいたいのは、これのことでしょう、ポアロさん。もっとも、どうしてこのことを知ったのかと思うと、いささか頭にきてしまいますけどね」

微笑をうかべて、ポアロは紙片をひろげた。ほそい筆記体の字で書いてある手紙だ。ポアロは文面を読みあげはじめた。

拝啓
あなたと再会できる日を楽しみに待っていることは、小生にとって無上の幸福です。あなたからの心暖まるご返信をうけとっていらい、一刻もはやくお会いしたい気もちをおさえるのは容易ではありません。パリですごした当時のことは、いまでも、よくおぼえています。明日、ロンドンへ発っておしまいになるとは、まことに酷な話です。しかし、遠からず……おそらく、あなたが想像なさっているよりも近い将来に……その面影が胸の奥ふかく焼きついている麗人のあなたと再会できるのだと思えば、歓喜がこみあげてきます。
永久《とわ》に変わらぬ熱愛の情をこめて
アルマン・ド・ラ・ロシュフール

かるく頭をさげて、ポアロは手紙をハリデイ氏にかえした。

「お嬢さんがこのロシュフール伯爵と旧交をあたためようとされていたことは、ご存知ではなかったんでしょうね」

「知っているどころか、まさしく寝耳に水でした。この手紙は娘のハンドバッグにはいっていたんです。まあ、ご承知のことでしょうがね、ポアロさん、この伯爵なる男はじつに性《たち》のわるい山師なんです」

ポアロはうなずいてみせた。

「それにしても、どういうわけで、この手紙のことを知っておられたんです?」

ふたたび、ポアロは顔に笑みをうかべて、

「いいや、知っていたわけではありません。ですが、私立探偵たる者、ただ、容疑者の足どりを追ったり、タバコの吸いがらをしらべて、これを吸った人物を割りだすだけでは、完全とはいえない。私立探偵は優秀な心理学者でもあらねばならんのです！　たしかに、あなたがお嬢さんの夫に嫌悪と不信感をいだいているということは、わかりました。だいいち、この方は、お嬢さんの死によって利益をこうむる人物ですし、さきほどのメイドさんの証言をきいても、問題の謎の男と外見がけっこう似ている。にもかかわらず、あなたは、こちらを究明することには真剣ではない！　それは、なぜか？　きっと、べつの方向に疑念がかたむいているせいでしょう。しかるがゆえに、内心、なにかを隠しておられたのです」

「じつは、そうなんですよ、ポアロさん。この手紙をみつけるまでは、てっきり、夫のルーパートの犯行だとばかり思っていたんです。でも、これを読んで、すっかり気もちがぐらついてしまいました」

「でしょうとも。相手の伯爵は、〝遠からず……おそらく、あなたが想像されているよりも近い将来に〟と手紙に書いておりますしね。どうやら、この男、自分がまた表舞台に登場したことを嗅ぎつけられるまでおとなしくしている気はなさそうです。だが、ロンドンから十二時十四分発の列車にのり、お嬢さんの車室に通廊からはいっていったのは、はたして、この男でしょうか？　わたしの記憶に間ちがいがなければ、ロシュフール伯爵も、たしか、長身で、髪は黒みがかっているはずですが」

ハリデイ氏は首をたてにふる。

「それでは、そろそろ失礼いたします。なくなった装身具のリストは警視庁のほうにあるんでしょうな？」

「ええ。お会いになりたいんでしたら、もう、ジャップ警部がここにきていると思います」

ジャップ警部は、われわれとは古くからの友人である。ポアロにたいして、ジャップは好意のこもった軽べつともいえる表情をうかべながら挨拶した。

「その後、お元気ですか、ポアロさん？　わたしたち、おたがいに物の見方こそちがっていても、けっして反目しあっているわけではありませんものね。れいの〝小さな灰色の脳細胞〟はいかがです？　お達者ですか？」

ポアロはにっこりと笑って、

「ああ、ちゃんと活動しておりますよ、ジャップさん。その点は、まちがいなく！」

「なら、けっこうです。ところで、こんどの事件の犯人は、ルーパート・キャリントン卿でしょうか、それとも、ほかの人物でしょうか？　むろん、警察のほうでは、ここぞと思われる場所には目を光らせています。なくなった宝石類が処分されれば、その事実はすぐにわかるし、だいたい、犯人が、こんなものをいつまでも手もとにおいて、光沢のみごとさを鑑賞しているわけがありません。まず、ありえないことです。わたしは、昨日《きのう》、ルーパート・キャリントン卿はどこにいたのか、その場所をつきとめてみます。どうも、いささか不審な点があるからで、目下、刑事のひとりに当人の行動を監視させているところです」

これをきくと、ポアロはやんわりといった。

「なかなか用心がよろしいが、残念ながら、一日おそすぎたようですね」

「冗談をいうのが好きなところはあいかわらずですね、ポアロさん。ともかく、わたしはこれからパディントン駅へいきます。ブリストル、ウエストン、トーントン……と、こちらはわたしの領域ですんでね。では、おさきに失礼」

「今夜、もどってきたさい、調査の結果をおしえてもらえませんか」

「いいですよ。もどってきましたら、ね」

ジャップ警部が歩み去ると、ポアロは独語するようにいった。

「あのお人よしの警部さんは、行動を重視しているんだな。はるばる遠くまで出張する。足跡の寸法をはかる。犯行現場の土やタバコの灰をあつめる！　そんな人物が心理学なんて言葉を耳にしたら、いったい、どうだろうか？　おそらく、にやりと笑って、ひとりごとをいう。ふん、あのポアロも気のどくに。やっぱり、もう老齢《とし》なんだ。だんだん耄碌《もうろく》しかけているんだ、とね。ジャップのばあいは、〝ドアをせっせとノックしている若い世代〟というわけだ。いやあ、あきれてしまう。こういう連中は、ノックするのに無我夢中で、そのドアがあいていることには気づかないんだから」

「それで、きみは、これから、どうするつもりだい？」

「われわれは自由に行動できる身だから、まず、三ペンスつかって、リッツ・ホテルに電話をかけてみる。ここには、きみもすでにわかっているかもしれんが、問題のロシュフール伯爵が泊まっているんだ。それがすんだら、足の底が若干じめつき、もう、二度ばかり、くしゃみもでたから、部屋にもどって、アルコール・ランプで煎じ薬でもつくるとしよう」


翌朝、ポアロのもとを訪ねてみると、本人は食事をおえて、のんびりしているところだった。

「ええと、どうだったい？」意気ごんで、わたしはきいてみた。

「べつに」

「ジャップは？」

「まだ会っておらんよ」

「伯爵は？」

「一昨日《おととい》、ホテルをひきはらったそうだ」

「事件当日に？」

「ああ」

「じゃあ、これできまった！　夫のルーパート・キャリントン卿はシロだ」

「ロシュフール伯爵がホテルをひきはらったから、か？　早合点は禁物だぞ、ヘイスティングズ」

「なんにせよ、伯爵は、警官に尾行されて、逮捕されるにちがいない。それにしても、いったい動機はなんだろう？」

「十万ドル相当の宝石とくれば、だれにとっても、りっぱな動機になるさ。いや、わたしの頭にある疑問は、これだ。なぜ、殺人行為までおかしたのか？　なぜ、宝石だけを盗むやり方をしなかったのか？　べつに訴えられるおそれはないのに」

「それは、どうして？」

「被害者はあくまでも女性だからだよ、きみ。ご当人は、かつて、この伯爵を愛したことがある。となれば、こんな被害にあっても、だまって我慢しているにちがいない。また、相手の伯爵のほうでも、こと女性心理の洞察にかけては天才的なるがゆえに、ここのところは完全に読めているはずだ。一方、もし夫のルーパート・キャリントンが犯人だとしたら、そこから足がついてしまう宝石なんぞを、なぜ盗むのか？」

「物盗りにみせかけるためだろう」

「まあ、そうかもしれんな。ああ、ジャップだ！　あのノックの仕方で、わかる」

ジャップ警部は上きげんの笑みをうかべている。

「おはよう、ポアロさん。たったいま、もどったところです。収穫はありましたよ！　そちらは？」

ポアロは悠揚せまらぬ口調でこたえた。

「わたしのほうは、いろいろな推理をめぐらしてみました」

ジャップは思わず笑いだした。

「さすがに、もう老齢《とし》なんですね」

そっと耳打ちするように、ジャップはわたしにむかっていう。それから、また、もとどおりの声で、

「そういう手法、わたしたち若い者には通用しませんよ」

「いかんかね？」

「じゃあ、わたしのやってきたことを話してきかせましょうか？」

「きみのほうに異存がなければ、あててみよう。まず、ウエストンとトーントンのあいだの線路ぎわで、犯行に使用されたナイフを発見した。つぎに、ウエストン駅で被害者のキャリントン夫人と言葉をかわした新聞売り子から事情を聴取した」

啞然としたように、ジャップはあんぐりと口をあけた。

「そんなこと、どうしてわかるんです？　いくらなんでも、れいの全能なる〝小さな灰色の脳細胞〟のせいじゃないでしょう」

「ほほう、たまには、全能だといってもらえるわけですな。ところで、キャリントン夫人は新聞売り子に一シリングのチップでもやったんですかね？」

「いや、チップの額は半クラウンです」もう平静になって、ジャップはにやりと笑う。「アメリカの金もちってのは、無駄づかいをするもんですね」

「それがために、新聞売り子は相手をよくおぼえていたんじゃないですか？」

「そうです。半クラウンのチップなんて、めずらしいですからね。夫人は、この新聞売り子に声をかけて、雑誌を二冊買いもとめた。一冊のほうには、表紙にブルーの服を着た若い女性の写真がのっていた。これをみながら、『ああ。こんなのがあたしにも似合うわねえ』と、夫人はいった。でもって、売り子は夫人のことをようくおぼえていたわけですよ。まあ、これだけわかれば十分です。医師の証言によれば、犯行が演じられたのは列車がトーントンにつくまえにちがいない、とのこと。わたしの想像じゃ、犯人は凶器のナイフをただちに投げすてたはずだから、これをさがしだそうと、線路ぞいに歩いてみたところ、案のじょう、みつかりました。トーントンでは聞きこみをやってみたけれど、なにしろ、大きな駅なんで、犯人の姿を目にとめた者がいる可能性はなかった。たぶん、犯人はあとの列車でロンドンへひきかえしたんです」

ポアロはうなずいて、

「でしょうな」

「ところが、これだけの収穫をものにして、ロンドンへ帰ってくると、また、べつの情報がはいりました。犯人は、やっぱり、ぬすんだ宝石をうごかしていたんです。昨夜、その大型のエメラルドが質入れされた。質屋にもってきたのは、れいの札つきの一味のひとりです。だれだと思います？」

「わからんね……小男だ、という以外には」

ジャップは目をむいて、

「いやあ、ご名答。ほんとに、小男なんです。レッド・ナーキーですよ」

「レッド・ナーキー、とは？」わたしはきいてみた。

「おっそろしく凄腕の宝石泥棒です。おまけに、いざとなれば、殺しもやってのける。ふだんは、グレーシー・キッドという女と組んで仕事をするんですがね、今回の事件のばあい、女のほうは無関係らしい。ぬすんだ宝石の残りをもってオランダあたりへ高とびでもしていなきゃ、ですが」

「で、ナーキーは逮捕したんだね？」

「ええ、しました。ただし、捜査当局が追っているのは、べつの男……つまり、キャリントン夫人とおなじ列車にのっていた男です。だいたい、こんどの仕事のプランをたてたのは、こいつなんですからね。だけど、ナーキーのやつ、いくら追及しても、相棒の名前を吐こうとしない」

ポアロの瞳がいつのまにか濃い緑色にかわっているのに、わたしは気がついた。

「どうやら、そのナーキーの相棒はみつけてやれそうですよ」ポアロはおだやかな口調でいった。

ジャップはポアロにするどい視線をむける。

「れいの、ちょっとした推理、ってやつですね。ともかく、そのお年齢《とし》でよく相手の期待にこたえられるもんだと、感心してしまいます。むろん、なみはずれた好運のせいでもあるんでしょうけどね」

「まあ、そうかもしれん」ポアロはつぶやくようにいった。「ええと、ヘイスティングズ、わるいけど、帽子をとってくれんか。それと、ブラシも。うん、まだ雨が降っているのなら、オーバー・シューズもだ。せっかく飲んだ煎じ薬の効き目をふいにしたくはないんでね。では、ジャップさん、おさきに失礼！」

「成功を祈っていますよ、ポアロさん」

外にでるなり、ポアロは、まっさきに目にとまったタクシーを呼びとめて、パーク・レーンまでやってくれ、と運転手につげた。

タクシーがハリデイ氏の邸宅のまえに停車すると、ポアロは、敏捷に車からおりて、運転手に料金をはらい、玄関のベルを鳴らした。ドアをあけた使用人にポアロが小声で来意をつげると、すぐさま、われわれは階上に案内され、こじんまりした寝室にとおされた。

ポアロは室内をしきりにみまわし、やがて、視線は小さな黒いトランクにぴたりと吸いついた。このトランクのまえにひざまずくと、ポアロは、外側にはってあるラベルを仔細にながめたのち、ポケットから、ねじまがった一本の針金をとりだした。

「ご主人のハリデイ氏に、ここまでご足労ねがいたいと、つたえてくださらんか」

ポアロは使用人にむかって肩ごしに声をかけた。

使用人が歩み去ると、ポアロは慣れた手つきでトランクの錠に針金をうまく差しこんだ。すると、まもなく、錠があいた。ポアロは、トランクの蓋をあけるやいなや、なかにはいっている衣類をひっかきまわして、これを床にほうりだしはじめた。

　階段におもおもしい足音がきこえ、ハリディ氏が部屋にはいってきた。

「いったい、こりゃあ、なんのまねです？」大きく目をみはって、ハリディ氏は叫んだ。

「なあに、これをさがしていたんですよ」

　こういって、ポアロは、トランクから、色あざやかなブルーのウールのワンピースと白ギツネの毛皮の縁なし帽をとりだしてみせた。

「あたしのトランクを、どうしようっての？」

　女の声に、ふりむくと、いつのまにか、メイドのジェーン・メイソンが部屋にはいってきていた。

「わるいけど、ヘイスティングズ、そこのドアをしめてくれないか。ああ、どうも。それから、ドアに背をくっつけた姿勢で立っていてもらおう。しからば、ハリディさん、ここでひとつ、グレーシー・キッドことジェーン・メイソンをご紹介しましょう。この女性は、ほどなく、ジャップ警部の丁重な護衛のもとに、共犯者のレッド・ナーキーと再会することになっておるのです」


　ポアロは、いやいやと打ち消すように手をふって、また、キャビアをつまんだ。

「ほんとに、すこぶる簡単明瞭だったんですよ。まず最初に気になったのは、あのメイドがキャリントン夫人の服装のことをやけに強調したということです。こんなふうに、服装に注意をむけさせようとしているのは、なぜなのか？　それと、よくよく考えてみれば、ブリストルで車室のなかにいたという謎の男については、このメイドの証言しかない。被害者の遺体をしらべた医師の話からしても、夫人は列車がブリストルにつくまえに殺害された可能性がある。だが、かりにそうだとすれば、メイドは共犯者にちがいない。さらに、もし共犯者だとすれば、自分の証言だけでは根拠が薄弱だから、不安になってくる。ちなみに、キャリントン夫人の服装はかなり派手だった。メイドというのは、ふつう、主人が身につけるものについて、あれは似合う、これは似合わないと、いろいろ意見をのべられる立場にあるものです。さて、ブリストルをすぎてから、だれか、派手なブルーのワンピースに白ギツネの毛皮の縁なし帽という服装をした婦人の姿をみた者がいれば、その人間は、後刻、自分はキャリントン夫人の姿をみたと証言してくれるにきまっている。

わたしは、ためしに、事件の再現をはかってみた。メイドは、まず、キャリントン夫人のそれとまったくおなじ衣裳を用意しておく。しかるのち、共犯者といっしょに、キャリントン夫人にクロロホルムをかがせて、刺し殺してしまう。場所は、ロンドンとブリストルのあいだ……おそらくは、列車がトンネルを通過ちゅうに、です。そうして、死体は車内の座席の下に押しこめておき、メイドはキャリントン夫人になりすます。ウエストンの駅では、第三者の注目をひく必要がある。そのための方法は？　もろもろの可能性を検討したあげく、駅の新聞売り子に白羽の矢がたった。この売り子に大金のチップをはずめば、きっと自分のことを相手に印象づけられる。さらに、ここで買いもとめた雑誌のうちの片方の表紙のことをわざわざ話題にして、自分の服装の特徴に注目させる。列車がウエストンからはなれると、犯行現場はこの付近だと思わせるべく、凶器のナイフを窓の外に投げすてたのち、服を着がえるか、いまの服のうえにレーンコートをすっぽり着こんでしまうか、いずれかの行動をとる。つぎは、トーントンで下車して、できるかぎり早急にブリストルにひきかえす。ブリストルでは、共犯の男がちゃんと被害者の手荷物を駅の一時預り所にあずけてある。この男は、手荷物預り所のチケットを彼女にわたし、自分はロンドンへもどる。のこったメイドのほうは、演技の一端として、駅のホームでしばらく待つポーズをみせてから、その夜はホテルに泊まり、翌朝、まさしく本人のいうとおり、ロンドンへ帰ってきた。

なお、ジャップ警部が現地調査からもどってくると、わたしの推理はすべて的中していることが判明した。また、ジャップの話から、さる札つきの悪党が問題の宝石を質入れしたこともわかった。これが何者かは不明だが、メイドのジェーン・メイソンが背格好を説明した男とはまったく反対のタイプだろうと、わたしは見当をつけた。それで、そいつがよくグレーシー・キッドと組んで仕事をするレッド・ナーキーだという話をきくにおよび……そう、女の居場所が頭にひらめいた、と、まあ、こういうしだいです」

「じゃあ、伯爵のほうは？」

「こちらのことは、考えてみれば、みるほど、今回の事件とは無関係だという気がしてきました。あの紳士のばあい、ひたすら御身《おんみ》たいせつに生きているひとですから、あえて殺人なんて危険な橋をわたるような行動はしませんよ。だいたい、そんな性格ではないんですから」

以上のような話がおわると、ハリディ氏はいった。

「いやあ、ポアロさん、どうも、たいへん、お世話になりました。食事がすんだら、さっそく、謝礼の小切手を書きますが、これだけでは恩義にむくいることができんでしょう」

ポアロは、謙遜の意をあらわす微笑をうかべてみせてから、わたしの耳もとでささやいた。

「あのジャップ警部、こんどの事件では、きっと、役所のほうで表彰でもされるだろう。ただし、グレーシー・キッドを挙《あ》げることには成功したものの、わたしにあんな皮肉をいわれて、そう……アメリカ人たちのいい草どおり……だいぶ頭にきたはずだぜ」

ポリェンサ海岸の事件

Problem at Pollensa Bay

中村妙子訳

バルセロナからマジョルカ島への汽船で、パーカー・パイン氏がパルマに着いたのは早朝のことだった。上陸してすぐ、彼はひどくがっかりすることになった。ホテルがどこも満員だったのだ。町なかに立っているホテルの、それも中庭を見おろす、通風のわるい押入れのような部屋しか、あいていないという。そんな処遇に甘んじる気はパーカー・パイン氏にはなかった。しかしそれではあんまりだと抗議した彼に対してホテルの主人は気がなさそうに、「ではどうなさいます？」と肩をすくめていった。

パルマもこの節はなかなか人気がありまして、為替相場が有利なこともあり、たくさんのお客さまが——イギリス人といわず、アメリカ人といわず——見えます。冬場にはみなさん、マジョルカ島においでになりますので、どこもかしこもたいへん混雑するのです。そんなわけでお客さまがどこかほかに部屋を見つけることがおできになるかどうか、あやしいものでございますよ——フォルメントールへ行けば、ひょっとすると何とかなるかもしれませんが、あそこは法外な値段でして、外国のお客さまでも二の足をお踏みになります。

パーカー・パイン氏はコーヒーとロールパンで軽い食事をしたためて寺院の見物に出かけたが、建物の美しさなどに感嘆する気分ではなかった。

思いあまって、彼は人のよさそうなタクシーの運転手に相談してみた。そして、片言のフランス語にスペイン語をまぜて受け答えするこの男と、ソーリェル、アルクディア、ポリェンサ、フォルメントールなどの土地の長所や宿泊の可能性を話しあった。りっぱなホテルはたくさんあるが、どれも高い。

そういわれると、パーカー・パイン氏としても値段を聞いてみないわけにはいかない。

運転手は、払うのがばかくさいような、ひどい値段だと一言のもとにかたづけた――イギリスのお客さんがここにおいでになるのは値段が手ごろだからではないのかと。

パーカー・パイン氏はその通りだと答えた。しかしそれにしても、どんな金額をフォルメントールのホテルは要求するのか。

信じられないほどだと運転手は答えた。

それはよくよくわかっている――しかし正確にいってどのぐらいなのか？　運転手はやっと数字をあげてくれた。エルサレムやエジプトのホテルでさんざんぼられた後とて、パーカー・パイン氏はさして驚かなかった。

そこで話はきまり、パーカー・パイン氏のスーツケースはそのタクシーに少々ぞんざいにごたごたと積みこまれ、自動車は島を一周すべく出発した。途中で安そうな宿泊施設を見つけて当たってみるつもりだったが、目的地はあくまでもフォルメントールだった。

だが結局、車は金満家のこぞって行くフォルメントールまでは行きつかなかった。というのは、ポリェンサの狭い通りを抜けて曲がりくねった海岸線にそって走っていくうちに、ピノ・ドーロ・ホテルの前にさしかかったのである。これは海のほとりに立っている小さなホテルだが、快晴の日の朝靄の中にまるで日本の版画のように幽艶にけむる風景を見おろす場所にあった。パーカー・パイン氏はすぐこれこそ、というより、これのみが自分が探し求めているホテルだと感じた。タクシーをおりると、パーカー・パイン氏はどうか部屋が見つかるようにと祈りながらペンキ塗りの門をはいった。

ホテルの所有者である老夫婦は英語もフランス語もできなかったが、話はすらすらまとまった。パーカー・パイン氏は海を見おろす部屋をあてがわれ、運転手はスーツケースをおろすと〝現代式ホテル〟に法外な値段を払わずにすんで何よりだと祝いをいってタクシー代を受けとり、スペイン風に大仰に一礼して立ち去った。

パーカー・パイン氏は時計をちらっと見て、まだ十時十五分前だということを確かめると、まぶしい朝日を浴びている明るい小さなテラスに出て、もう一度コーヒーとロールパンを注文した。

テラスの上にはテーブルが四つあった。彼の占めているテーブルのほかに、ウェイターが朝食の皿や茶碗をかたづけているのが一つ、ほかにまだ客の坐っているテーブルが二つ。彼のすぐ近くには両親と、二人のかなり年を食っているらしい娘が坐っていた——ドイツ人らしかった。その向こうのちょうどテラスの角のあたりに、いかにもイギリス人らしい親子が座を占めていた。

女性は四十五歳ぐらいだろうか。白髪まじりの美しい色合いの髪で、趣味のいい、しかし流行には囚われないツイードのスーツを着ていた。外国旅行に慣れているイギリス女性らしい、くつろいだ、落ち着いた雰囲気を漂わせていた。

彼女と向かい合わせに坐っている青年は二十五、六歳というところだろうか、こちらもその階級年齢の男に典型的な物腰だった。とくにハンサムでもないが、醜くもない、中肉中背の男だった。見るから仲のよい親子で——ちょっとした冗談をいいあっては笑い、息子はテーブルの上のものを回すなど何くれとなく母親の用をつとめていた。

話しながら、母親はパーカー・パイン氏と目を合わせた。育ちのよい女性らしく何げない一瞥ではあったが、パイン氏は彼が類別され、それなりに何らかのレッテルを貼られたことを察した。

どうやら彼をイギリス人と見てとったらしい。そのうちに人をそらさぬ態度で、当たりさわりのない言葉をかけてくるに違いない。

パーカー・パイン氏としては、とくにそうした接近に異をとなえる気はなかった。男にしろ、女にしろ、外国で会う同国人は往々にして少々退屈だが、彼としても愛想よく受け答えして暇つぶしをする用意はあった。小さなホテルでは、そうしないとかえって気づまりだ。それにあの女性なら、いわゆる〝ホテル用マナー〟をちゃんと心得ているに違いない。

青年はやがて席を立ち、笑いながら何かいうと、ホテルの中にはいって行った。女性は手紙とバッグを手に、海を見晴らす椅子に腰をおろした。そして《コンティネンタル・デイリー・メール》をひろげて読みだした。背をパーカー・パイン氏に向けて。

コーヒーを飲みほしながら、パーカー・パインは女性の方をちらりと見やって、はっとした。いや、ぎょっとした──休暇を煩わされずに続けられるかどうか心配になっていた。彼女の背中はひどく雄弁に、ある事実を物語っていた。彼はこれまでそうした背中を何度か見て、類別してきた。こわばった姿勢──緊張がありありとうかがわれる背中──当人の顔を見るまでもなく、彼はその女性の目に涙が光っていることを──やっとの思いで、たかぶる感情を抑えていることを察したのであった。

狩りたてられた経験を一再ならずもつ獣のように用心ぶかい足どりで、パーカー・パイン氏はホテルの中にひっこんだ。そして三十分足らず前にサインを求められた宿泊簿を開いた。きちんとした書体で、ロンドン、C・パーカー・パインと記されている。

その数行上に、ミセス・R・チェスター、ミスター・バズル・チェスター──デヴォンシャー、ホーム・パークとあるのを彼は見た。

ペンを取りあげて、パーカー・パイン氏は自分のサインの上にさらさらとべつなクリスチャン・ネームを書いた。クリストファー・パイン（少々読みにくかった）と。

こうしておけば、ミセス・R・チェスターがこのポリェンサ海岸でたまたま何か心配なことが起こってって悩んでいたとしても、パーカー・パイン氏においそれと相談を持ちかけるわけにはいくまい。

パーカー・パイン氏はいつもふしぎでならなかった。外国で行きあう人間の何と多くが彼の名前を知っており、彼の広告を心に留めていることか。イギリスでは何千人もが毎日、タイムズを読んでいるが、たいていはそんな名は聞いたこともないというだろう。外国旅行中は、人は新聞をいつもよりていねいに読むのかもしれない。どんな記事も――広告でさえ、見落とさずに。

パーカー・パイン氏の休暇はすでに何度か妨げられていた。旅行中、殺人から恐喝未遂まで、ありとあらゆる問題を扱うことになったのだ。マジョルカ島ではのんびり過ごそう――彼はそう決心していた。だから、この母親の悩みにかかわると大いに平和を乱されることになる――と本能的に警戒したのであった。

パーカー・パイン氏はピノ・ドーロにいい気持で落ち着いた。あまり遠くない所にもっと大きなホテルがある。マリポーザといってイギリス人の客がたくさん滞在していた。それにこのあたりには絵描きの集落がたくさんあった。浜辺づたいに漁村まで歩いて行くと繁昌しているカクテル・バーがある――買物のできる店も数軒。いかにも平和でたのしい土地だ。女の子たちははでなハンカチーフを一枚、上半身に巻きつけただけの軽快なズボン姿で歩きまわっている。青年たちは長髪にベレーをかぶり、この〈マックのバー〉で造型的価値とか、抽象絵画といった話題についてとうとうと意見を開陳していた。

パーカー・パイン氏の到着の翌日、ミセス・チェスターが二言三言話しかけてきた。景色が美しいとか、好天気はこのまま続くだろうかといったありきたりの話題だった。それから彼女はドイツ女性と編みものについておしゃべりし、最近の嘆かわしい政治情勢について、二人のデンマークの紳士と快活に言葉をまじえた。ちなみにこのデンマーク人は、夜明けに起きだして十一時間散歩するという連中だった。

パーカー・パイン氏はバズル・チェスターをなかなかの好青年だと思った。パーカー・パイン氏に話しかけるときには敬語を使うし、彼が年長だからだろう、そのいうところをいつもいんぎんに傾聴した。ときおりパーカー・パイン氏はこの親子と同国人のよしみで夕食後のコーヒーをいっしょに飲むことがあった。三日後のこと、バズルは十分かそこらで席を立ち、パーカー・パイン氏はミセス・チェスターと差し向かいになった。

二人は花のことやその育成、イギリスのポンドの嘆かわしい下落、フランスの諸物価の上昇、午後のお茶をおいしく飲める店がこの節はめったにないなどと話しあった。

毎晩、息子が席を立ったとたんに母親の唇が無意識のうちにかすかに震えるのを、パーカー・パイン氏は見てとっていた。しかし彼女はすぐ気を取り直して、上記のたぐいの話題について朗らかな口調で話しだすのだった。

少しずつ、ミセス・チェスターはバズルについて語った。学校での成績がたいへんよかったこと。「それにフットボールの選手で」――だれからも好かれ、父親が生きていたらさぞかし誇りに思うであろうにといったこと、行状の点で心配したためしなど一度もなかったことも母親として感謝せずにいられない等々。

「もちろん、わたし、もっと若い人たちとつきあうようにいつもあの子に勧めていますのよ。でもわたしといっしょにいる方がじっさいにずっと楽しいらしくて」

　ミセス・チェスターは控えめながら満足げな口調でこういった。

　しかしパーカー・パイン氏は、このときばかりはいつもの人をそらさぬ社交的な相槌を打たなかった。

「そうですか！　ここには若い人がたくさんいるようですね――ホテルではなく、この近辺に」

　そういうと、ミセス・チェスターはさっと表情を固くした。もちろん絵描きの人たちはいる。わたしは昔風なんだろうけれど――つまり本物の芸術は別問題だ。けれどもここの若い人たちの多くは芸術うんぬんを、何もせずにのらくら暮らす口実にしているように思われる――女の子にしてもお酒を飲みすぎるようだし。

　翌日、バズルがパーカー・パイン氏にいった。「あなたがここにいらしたことをぼくはとても喜んでいるんですよ――とくに母のために。母は夜など、あなたとお話しするのが好きなようですから」

「ここにいらした当座は何をなさっていました？」

「ピケをよくやりました」

「なるほど」

「もちろんピケも度重なると退屈になります。じつは、ぼくはここで友だちができたんですよ――じつに愉快ないい連中です。母は快く思っていないようですが――」といかにもおかしいというように笑った。「母はたいへん昔風なんです……女の子がズボンをはいているというだけでショックを受けるんですから！」

「なるほど」

「ぼくは母にいうんですよ――人間、時代とともに進歩しなけりゃって……イギリスでぼくらの周囲にいた女の子はおそろしく退屈でしたから……」

「なるほど」

パーカー・パイン氏は少なからず興味をひかれた。ちょっとしたドラマの観客ではあるが、一役演じることは求められていない。けっこうなことだ。

ところがそのやさき、最悪のこと——パーカー・パイン氏の観点からして——が起こった。ちょっとした知り合いで、立て板に水とよくしゃべる女性がマリポーザにやってきたのだ。喫茶店で出会ったとき、ちょうどミセス・チェスターがその場に居合わせた。

新来の女性は大声で叫んだ。

「まあ、パーカー・パインさん——正真正銘のパーカー・パインさんね！　それにアディラ・チェスター！　あなたがた、お知り合いなの？　まあ、奇遇ね。同じホテルに？　この人、とびきり独創的な魔法使いなのよ、アディラ——今世紀のふしぎ——待っている間に悩みごとをかたっぱしから解決してもらえるわ。まあ、ご存じなかったの？　でも聞いたことはあるでしょ？　広告を読んだこと、なくて？　〈悩みがおありですか？　パーカー・パイン氏に相談なさい〉この人にできないことなんて、ありゃしないわ。犬猿ただならぬ仲だった夫婦を和合させ——人生に興味を失った者にスリルに満ちた冒険を提供し——といった具合にね。正真正銘の現代の魔法使いなのよ！」

いや、もっとぺらぺらと女性はしゃべりたてた——パーカー・パイン氏はおりおりつつましく、そんなことはないとか、とんでもないなどと合の手をいれたが。ミセス・チェスターが彼に向けているまなざしがどうも気になった。その後でこの彼の讃美者であるおしゃべり奥さんと何ごとか話しこみつつ、ミセス・チェスターが海岸をもどってくるのを見て、パーカー・パイン氏はいっそう怖気をふるった。

恐れていた瞬間は思ったよりはやくきた。その夜、コーヒーの後でミセス・チェスターが唐突にいった。

「小応接室にいらして下さいませんか、パインさん？　ちょっとお話ししたいことがありますの」

パーカー・パイン氏としては一礼しておとなしくついて行くほかなかった。

ミセス・チェスターはそれまでやっとの思いで平静を保っていたのだが――小応接間のドアが後ろで閉まったとたん、たまりかねて坐るなり、涙に暮れた。

「息子のことですの、パーカー・パインさん。どうか、あの子を救って下さいまし。いえ、あの子を救うのに、あなたの力をお貸し下さいまし！　わたし、胸がはりさけそうですの！」

「しかし、私はアウトサイダーにすぎないのでして」

「ニーナ・ウィチャリーはあなたには何でもおできになるっていいましたわ、あなたになら全幅の信頼を置いていいって。あなたに何もかもお話ししろっていうのが、あの人の助言でしたわ――あなたがきっとすべてをよくして下さるって」

心の中でパーカー・パイン氏はミセス・ウィチャリーのおせっかいを呪った。

諦めたように彼はいった。

「まあ、ではことの次第を逐一うかがいましょうか。女性問題でしょうね」

「あの子、あなたにお話ししましたの？」

「ごく間接的にですが」

ミセス・チェスターは一気呵成にまくしたてた。「あんな娘、お話にもなりませんわ。お酒は飲むし、口汚ないことをいいちらすし。それにほとんど裸同然のなりをして。姉という女がここに住んでいますの――絵描きと結婚して――オランダ人だそうです。とてもたちのわるい連中ですの。半数は正式に結婚しないまま、同棲していますわ。バズルはまったく人が変わったようになってしまいました。それまではいつも物静かで、真面目な事柄に関心をもっていました。一時は考古学を研究しようかとさえ――」

「まあまあ」とパーカー・パイン氏はいった。「自然というものには奥の手があるものでして」

「どういう意味ですの？」

「若い男が真面目な事柄にばかり興味をもつというのは健康ではありません。女の子に次から次へとうつつをぬかすという方が自然ですよ」

「冗談を申しあげているんじゃありませんのよ、パインさん」

「もちろんですとも。その若い女性というのはひょっとして、昨日、あなたとお茶を飲んでいたお嬢さんですか？」

その若い女なら彼も気づいていた――グレイのフラノのズボン――胸に赤いハンカチーフをゆるやかに結び、口紅を朱色に塗り、お茶でなく、カクテルを注文していた。

「あなたもごらんになりまして？　ほんとに何てことでしょう！　ああした娘にバズルが夢中になったことは、ついぞありませんでしたのに」

「奥さまはご令息に、女性を讃美する機会を与えておあげになったことがないようですが」

「わたしが？」

「ご令息はこれまでお母さまといっしょに行動することばかり、好んでこられました。それはいいことではありません！　しかしおそらく今度のこの問題は大したことにはならんでしょう――あなたが干渉なさらなければ」

「あなたにはおわかりにならないんですわ。バズルはあの娘――ベティー・グレッグと結婚するつもりですのよ――婚約していますの」

「ほう、もうそこまで行っているんですか？」

「ええ、ですからパーカー・パインさん、何とかして下さいましな。わたしの息子をこの破滅から救って下さいまし。あの子の一生が台なしになってしまいます」

「だれの一生にしろ、台なしにするのは当人ですよ」

「とにかくバズルの一生は、この結婚のせいでめちゃめちゃになってしまいます」とミセス・チェスターはきっぱりいった。

「私はバズルのことは心配していません」

「まさか、あの女のことを心配しているとおっしゃるんじゃあ――？」

「いいえ、あなたご自身のことが心配なんですよ。あなたはご自分のもって生まれた人間としての権利を、無益なことに用いておいでです」

　ミセス・チェスターはちょっと呆気に取られてパーカー・パイン氏を見つめた。

「二十歳から四十歳までというのはどういう年齢ですか？　個人的、感情的な関係に、いわばかせをかけられ、縛られ。それは仕方のないことです。それが生きているということなのですから。しかし、後に新しい段階が開けます。あなたは考えることができる。人生を観照することができる。ほかの人について、何か新しいことを発見できます。自分自身の真相を発見できるのです。人生は現実的になる――意味ふかくなる。あなたは人生を全体として見ることができるようになる。一場面だけ――あなた自身が演技している場面だけでなく。男にしろ、女にしろ、四十五をすぎるまでは、人間は男女とも、自分自身ではないのです。四十五歳という年こそ、個性にチャンスが与えられるときです」

　ミセス・チェスターはいった。

「わたしはこれまでバズルのことだけにかまけてきましたから。わたしにとっては、あの子がすべてでしたもの」

「それはよいことではありませんね。その代価をあなたはいま払っていらっしゃるのです。彼を愛するのはよい。ありったけの愛をお注ぎなさい――しかしあなたはアディラ・チェスターなのですよ。覚えておいでなさい。あなたはれっきとした個人です――ただバズルのお母さんであるだけでなく」

「バズルの一生が台なしになるようなことがあったら、ほんとうにこの胸がはりさけてしまいますわ」

パーカー・パイン氏はチェスター夫人の繊細な目鼻だち、憂わしげにゆがんでいる口もとを見やった。愛すべき女性であることは否めない。この人が傷つくのはあまりにも気の毒だ。

「できるだけのことはしてみましょう」

さて、バズル・チェスターはパーカー・パイン氏の問いに対して、待ってましたとばかり熱心に自分の考えを述べた。

「まったくやりきれませんよ。母はまったく手がつけられないんです――偏見にとらわれていて、心が狭くて。その気になれば、ベティーがどんなにすばらしいか、すぐわかるでしょうに」

「ベティーの方は？」

バズルは溜息をついた。

「ベティーはベティーで、ひどく気むずかしいんですよ！　少し手加減してくれるといいんですが――つまりその――口紅をときには落としたり――そうすればたいへんな違いなのにです。わざわざ――どぎつい化粧をしているようなんですよ――母が近くにいると」

パーカー・パイン氏はにっこりした。

「ベティーと母は、ぼくにとって世界でただ二人の大事な人間です。あの二人なら、お互いに気が合うだろうと思っていたのに」

「あなたは人間性についてまだまだ学び足りないな」とパーカー・パイン氏はいった。

「いっしょにきて、ベティーと話してみて下さいませんか」

パーカー・パイン氏は招きを快く受けいれた。

ベティーとその姉夫婦は海辺から少しひっこんだ場所に立っている、荒れはてた小さな別荘に住んでいた。彼らの生活は小気味がいいほど、簡素なものだった。家具は椅子三脚とテーブル、それにベッド。壁にとりつけられている食器棚には、必要な数だけの茶碗や皿が納められていた。ハンスは、ブロンドの髪の毛がぼうぼう突っ立っている熱しやすい青年で、奇妙な英語をびっくりするほどの早口で話す。話しながらたえず歩きまわっていた。妻のステラは小柄で色白だが、妹のベティー・グレッグは赤髪で顔にそばかすがあり、いたずらっぽい目をしていた。パーカー・パイン氏は、ベティーが前夜ピノ・ドーロにおけるように厚化粧していないことに気づいた。

ベティーはカクテルをパーカー・パイン氏にふるまうと、目をきらりと光らせていった。

「どう？　一役買って、この一大悶着にけりをつけようって気？」

パーカー・パイン氏はうなずいた。

「で、どっちの側なの？　われわれ若い恋人たちの側、それとも結婚に断固反対のおふくろさんの味方？」

「一つ質問してもいいですか？」

「もちろん」

「あなたとしては、もうちょっとうまく立ち回った方がよくはなかったでしょうかね？」

「そうは思わないわ」とミス・グレッグは率直な口調でいった。「あのおふくろさんと向かい合っていると、むしょうに腹が立ってきて」とちらっとまわりを見まわして、バズルが聞いていないことを確かめてからいった。「ええ、あの人と話しているとほんとにむらむらしてくるの。バズルをしょっちゅう自分のエプロンのひもの先にくくりつけて――そういう種類のことって、男をどうしようもないばかに見せるものよ。バズルはほんとはばかなんかじゃないのに。それにあのおばあさん、やたらお上品ぶって」

「上品っていうのもそれほど悪いことじゃないんじゃないですか。〝時代おくれ〟かもしれませんがね」

ベティー・グレッグはきらりと目をきらめかせた。

「つまり、チッペンデールの椅子が、ヴィクトリア時代には屋根裏にしまいこまれる――そういったたぐいのことだっていうの？　もう少し時代が後になるとまた出してきて、〝すてきじゃありませんか〟ってほめちぎるといった？」

「まあね」

ベティー・グレッグはちょっと首をかしげた。

「たぶん、あなたのいう通りなんでしょうね。正直いうとね、あたしが癪にさわっているのはバズルなのよ――あたしが大事なお母さんにどんな印象を与えるか、気にしてばかりいるんですもの。それでついうんざりして極端なことがやってみたくなるの。あの人、いまだってあたしを諦めかねないわ――あのおふくろさんがいいはれば」

「そうですね。もしもミセス・チェスターが上手に持ちかければ」

「あなた、おふくろさんにその奥の手を教えてあげるつもり？　自分では思いつかないでしょうからね。ただ反対だ、反対だってわめいていたって、だめなのよ。でもあなたが教えれば――」

ベティーは唇を噛み――率直な青い目をあげて彼を見た。

「あたし、あなたの評判、聞いているのよ、パーカー・パインさん。あなたは人間性についてなかなかよくご存じのようね。バズルとあたしはこの場をうまく切り抜けられるかしら――どう？」

「お答えする前にまず、三つの質問に答えていただきたいですね」

「テスト？　いいわ。どうぞ、きいてちょうだい」

「あなたは夜、窓を開けてやすみますか、閉めてやすみますか？」

「開けて寝るわ。新鮮な空気をたくさんいれたいの」

「あなたとバズルは同じ種類の食べものが好きですか？」

「ええ」

「夜ははやく床につく方ですか、それともおそく？」

「ほんというと、ごく早寝の方よ。十時半になると、もうあくびが出て――内緒だけど、朝はとってもさわやかな気分――もちろん、おおっぴらにはそんなこと、いわないけど」

「とすると、あなたがたお二人はたいへん相性がいいはずですよ」

「ずいぶん皮相的なテストみたいだわ」

「とんでもない。夫が真夜中まで起きていることを好むのに、妻は九時半には熟睡している、あるいはその逆といった場合、結婚生活が暗礁に乗りあげた例を、少なくとも七つは知っていますんでね」

「残念なことね、みんなが幸せになるわけにいかないっていうのは。バズルとわたしの結婚に、あのお母さんが祝福を与えるわけにいかないっていうことは」

パーカー・パイン氏は咳をした。

「その方は何とかなると思いますよ」

どうだか怪しいものだというように、ベティーはパーカー・パイン氏を見あげた。

「あなた、あたしにうまいことをいっておいて、うまく騙そうというんじゃなくって？　何だかそんな気がしてきたわ」

パーカー・パイン氏の顔は無表情だった。

ミセス・チェスターに対して、パイン氏はやさしく慰めるような、しかしどっちつかずの態度を取った。婚約と結婚とは違う。自分は一週間ソーリェルに行く。あなたとしては当たらずさわらずの態度を取る方がいい。一見、諦めて受けいれるように見せて。

一週間をたいへん楽しく過ごしてパイン氏はピノ・ドーロ・ホテルにもどった。

事態はまったく思いがけぬ展開を示していた。

ピノ・ドーロ・ホテルにはいったとたんに、パイン氏が見たのはいっしょにお茶を飲んでいるミセス・チェスターとベティー・グレッグであった。バズルはいなかった。ミセス・チェスターはやつれた顔をしていた。ベティーも顔色がわるかった。ほとんど化粧っ気がなく、泣いていたのかと思うようにまぶたが腫れぼったかった。

ミセス・チェスターもベティーもパイン氏に親しげにあいさつしたが、どちらもバズルの名を口にしなかった。

とつぜんパイン氏は隣りに坐っているベティーが、何か胸の痛む光景を見たようにはっと大きく息を吸いこむのを聞いた。パーカー・パイン氏は振り返った。

バズル・チェスターが海辺に通じる階段をあがってくるところだった。彼といっしょにいるのは驚嘆に価するほど、異国的な美貌の女性であった。黒髪で、すばらしいスタイル、薄青いクレープを一枚まとっているだけなので、その姿のよさにはだれもが気づいた。オークルのパウダーで厚化粧し、唇をオレンジ・スカーレットに塗り——しかしこの思いきった化粧がその美貌をいっそうはっきりきわだたせていた。若いバズルはというと、その女性の顔から目を離せない様子だった。

「ずいぶん遅かったのね、バズル」と母親がいった。「ベティーと〈マックのバー〉に行く約束だったでしょう」

「あたしのせいらしいわ」とその美しい未知の女性は間延びのしたものうげな声でいった。「ちょっとぐずぐずしていたもので」

バズルの方を振り返って彼女はいった。「ねえ、いい子だから——何か体がしゃんとなるような飲みものを頼んでちょうだいな」

靴の片方を投げとばすと彼女はペディキュアをした足を伸ばした。その足の爪は指のそれと同様、エメラルド色に塗られていた。

彼女は二人の女性には何の注意も払わなかったが、パーカー・パイン氏の方にちょっと身を傾けていった。

「ひどい島ね、ここ。バズルに会うまで、あたし、退屈しきっていたのよ。でもこの人、とてもかわいくって」

「こちらはパーカー・パインさん——こちらはミス・ラモナです」とミセス・チェスターが紹介した。

ミス・ラモナはものうげな笑いを浮かべてパーカー・パイン氏を見た。

「あなたのことは——そうね、のっけからパーカーって呼んであげるわ。あたし、ドロレスよ」

バズルが飲みものを運んでもどってきた。ミス・ラモナはバズルとパーカー・パイン氏とを半々に相手にした（ほとんどは口より目にものいわせて）。二人の女性はまったく無視していた。一、二度、ベティーはやっきになって会話の仲間いりをしようとしたが、ミス・ラモナはそのつど、じろっとその顔を見てあくびをした。

さて、ドロレスはとつぜん立ちあがった。

「さあ、もう帰った方がよさそうだわ。あたし、べつなホテルに泊まっているの。だれか、送ってくれる？」

バズルがさっと立ちあがった。

「ぼくが送って行きますよ」

ミセス・チェスターがいった。「でもバズル――」

「すぐもどりますよ、お母さん」

「この人って、まったくのお母さん子らしいのね」とミス・ラモナはだれにともなくいった。

「しょっちゅう、お母さんにへばりついてるみたい」

バズルは顔を赤らめて、間がわるそうにもじもじした。ミス・ラモナはミセス・チェスターに軽くうなずき、パーカー・パイン氏にあでやかな笑顔を向けると、バズルを引き連れて立ち去った。

二人が行ってしまうと、しばらくぎごちない沈黙が続いた。この沈黙を破るのは、パーカー・パイン氏とて気が進まなかった。ベティー・グレッグは指をもじもじ組み合せながら海の方に目を放っていた。ミセス・チェスターは上気した、腹立たしげな表情だった。

ベティーがいった。「どうお思いになって、パインさん、ポリェンサ海岸のあの新しいスターを」

その声は少し震えていた。

パーカー・パイン氏は用心しいしいいった。

「少々――その――異国風ですな」

「異国風？」ベティーの短い笑い声は苦々しげだった。

ミセス・チェスターがいった。「ひどいものですわ——ほんとうに。バズルは気がおかしいとしか思えません」

ベティーがきっとなっていった。「バズルはどうもしていませんわ」

「あの爪の色！」とミセス・チェスターは吐き気を催したかのように身震いした。

「あたし、もう帰りますわ、ミセス・チェスター、やっぱりディナーには残らないことにします」

「まあ——バズルがどんなにがっかりするでしょう」

「さあ、どうですかしら？」とベティーはちょっと笑った。「とにかく帰ることにしようと思いますの——何だか頭痛がして」

ミセス・チェスターとパーカー・パイン氏と二人に微笑を向けるとベティーは立ち去った。ミセス・チェスターはパーカー・パイン氏の方に向き直った。

「こんな所、こなければよかったんですわ——ああ、もうたまりませんわ！」

パーカー・パイン氏は悲しげに首を振った。

「あなたがお留守にならなかったら」とミセス・チェスターはいった。「もしもあなたがここにおいでになったら、こんなことにはならなかったでしょうに」

パーカー・パイン氏としても、こういわれては黙っていられなかった。

「奥さま、美しい若い女性に関することになりますと、私など、ご令息に何の影響力も及ぼしえないでしょう。これははっきり申しあげられます。ご令息は——何というか——ぼうっとなりやすいたちのように見受けられますな」

「前にはそんなことありませんでしたのに」とミセス・チェスターは涙ながらにいった。

「とにかく」とパーカー・パイン氏は強いて快活にいった。「新しい魅惑のおかげで、ミス・グレッグに対する恋は気が抜けてしまったようですね。それだけはまあ、ご満足でしょう」

「何をおっしゃいますの？　ベティーは気だてのいい子ですし、バズルにそれは献身的ですのよ。今度のこのことにも、けなげに耐えています。息子は気でもおかしくなったにちがいありません」

パーカー・パイン氏はこの驚くべき豹変ぶりを顔の筋一本動かさずに受けとめた。女性の態度が一貫性を欠くことを実感したのは、これがはじめてではなかった。彼は穏やかにいった。

「気がおかしくなったのではありませんよ。ただ魅惑に屈しただけです」

「あの娘は浮わついたスペイン娘ですわ。お話にもなりません」

ミセス・チェスターは鼻を鳴らした。

バズルが浜辺から通じている階段を駆けあがってもどってきた。

「お母さん、ただいま。ベティーはどこです？」

「ベティーは頭痛がするといって帰りましたよ。ふしぎはありませんね」

「ふくれて帰ったってことですか？」

「わたし、思うんだけれど、バズル、あなた、ベティーにひどく不親切だわ」

「後生ですから、お母さん、そうがみがみいわないで下さいよ。ぼくがほかの女の子と話をするたびにこう大騒ぎするようじゃあ、結婚しても先が思いやられますね」

「あなたがた、婚約しているんですよ」

「ええ、たしかに婚約はしています。しかしだからって、それぞれ友だちをもっちゃいけないってわけはないでしょう。近ごろではみんな、結婚しても自分の生活をもち、嫉妬心を切り捨てて暮らしています。それは常識ですよ」

バズルは急に言葉を切った。

「そうだな、ベティーがいっしょに食事をしないなら、ぼく、マリポーザにもどりますよ。ドロレスが食事に誘ってくれたんです……」

「ねえ、バズル――」

青年はうるさそうにじろりと母親を見やり、階段を駆けおりて姿を消した。

ミセス・チェスターは思いいれたっぷりにパーカー・パイン氏を見やった。

「ごらんになりましたでしょう？」

そう、たしかに彼は見た。

二日後、事は破局に達した。ベティーとバズルは弁当をもって遠出するはずだった。しかしベティーがピノ・ドーロに誘いによるとバズルはその計画をきれいに忘れて、ドロレス・ラモナの取り巻き連といっしょにフォルメントールに出かけてしまっていた。

口もとをちょっとひきしめた以外には、ベティーは感情を示さなかった。しかしやがて立ちあがってミセス・チェスター（テラスにはこの二人の女性のほか、人けはなかった）の前に立った。

「いいんですの。どうってこと、ありませんわ、でもあたし――やっぱり――すべてをおしまいにした方がいいと思います」

ベティーは指からバズルが彼女に贈った印章つきの指輪をはずした――本式の婚約指輪はもっと後に買うことになっていたのだ。

「これをバズルに返して下さいません、ミセス・チェスター？　そして気をわるくしてはいないから――心配しないでっていって下さい……」

「でもベティー、そんなこと！　あの子はあなたを愛しているのよ――ほんとうに」

「どうでしょうか、それは」とベティーはちょっと笑った。「いいえ、あたしにも自尊心というものはあります。バズルにあたしのことは気にしないでといって下さい――それから、幸福をお祈りしているって」

夕方帰ってきたバズルに、母親は嵐のような怒りをぶちまけた。

バズルは指輪を見て、ちょっと顔を赤くした。

「そんなふうに感じていたのか、ベティーは。そうだな、結局これでよかったのかもしれませんね」

「バズル！」

「率直にいって、お母さん、ぼくら、最近うまくいっていなかったんですよ」

「だれのせい、それは？」

「さあ、とくにぼくのせいだとも思いませんね。嫉妬というやつはやりきれないものです。それになぜ、お母さんがドロレスのことについてそういきりたつのか、ぼくにはわからないなあ、お母さん自身、ベティーと結婚しないようにって、あんなにしつこくいってたじゃありませんか！」

「それはわたしがベティーと親しくなる前のことですよ。バズル――ねえ――まさか、あのもう一人の女と結婚しようと考えているんじゃないでしょうね？」

バズル・チェスターは真面目な口調でいった。「彼女がぼくを受けいれてくれれば、すぐにでも婚約しますよ――ですが、たぶん、その気になってはくれないと思いますね」

ミセス・チェスターは背筋が寒くなるのを覚えた。さっそくパーカー・パイン氏を探すと、奥まった片隅でのどかに本を読んでいた。

「お願いですわ、何とかして下さいまし！　何とか！　わたしの息子の一生がめちゃめちゃになりかけていますのよ」

パーカー・パイン氏は、バズル・チェスターの一生が台なしになるうんぬんの話題には少々あきあきしていた。

「私に何ができます?」

「あの恐ろしい女と会って下さいまし。必要なら手切れ金を渡して、何とかバズルと別れるようにいって下さい」

「高いものにつくかもしれませんよ」

「かまいませんわ」

「もったいないですな。しかしひょっとしたらほかの手だてがあるかもしれません」

ミセス・チェスターは物問いたげにパーカー・パイン氏の顔を見た。パイン氏は首を振った。

「約束はしません。しかしできるだけのことはしてみましょう。この種の問題は前にも扱ったことがありましてね。ところで、バズルには何もいわないように——一言でもいったら、万事ご破算です」

「もちろん、申しませんわ」

パーカー・パイン氏はマリポーザから真夜中に帰った。ミセス・チェスターは起きて彼の帰りを待っていた。

「どうでして?」と夫人は息を切らしてきいた。

パイン氏の目はきらりと光った。

「ドロレス・ラモナ嬢はポリェンサを明日の朝立ち、明晩にはこの島を離れるでしょう」

「まあ、パーカー・パインさん! どんな手段を使って下さったのですか?」

「一セントも出費はかからないでしょう」とパーカー・パイン氏はいって目をまたきらめかした。

「ひょっとしてあの女性に何とか影響力を及ぼすことができるのではないかと思ったのですが、その通りでした」

「あなたは何てすばらしい方でしょう。ニーナ・ウィチャリーのいった通りでしたわ……あの——どうか、お知らせ下さい——相談料を——」

パーカー・パイン氏は手入れの届いた手を振った。

「一ペニーもいりませんよ。お役に立ててうれしいと思っています。これで何もかもうまくいくでしょう。もちろん、息子さんはドロレス嬢が行く先も知らせずに姿を消したと知った当座は動揺なさるでしょうがね。一、二週間は、せいぜいやさしく扱っておあげなさい」

「もし、ベティーがあの子をゆるしてくれれば——」

「もちろん、ゆるすでしょうとも。あの二人は似合いのカップルです。ところで、私も明日はここを立ちます」

「まあ、パーカー・パインさん、淋しくなりますわ」

「息子さんがまたべつな娘さんに夢中になる前に出発した方がよさそうですからね」

パーカー・パイン氏は甲板の手すりの上から身を乗り出してパルマの町の灯を見守っていた。そのかたわらに立っているのはドロレス・ラモナだった。パーカー・パイン氏は感心しきっているような声音でいった。

「水際だった仕事ぶりだったよ、マドレーヌ。きみに電報を打ってきてもらってよかった。じっさいはきみはめったに出歩かないおとなしいお嬢さんなんだから、こんな役を頼むのは考えてみると妙だがね」

マドレーヌ・ド・サラこと、ドロレス・ラモナこと、マギー・セイヤーズはつつましくいった。

「ご満足いただけてよかったですわ、パーカー・パインさん。いい気晴らしにもなりましたし。あたし、船室に行って船が出る前に床につくことにしますわ。海には弱くて」

数分後、パーカー・パイン氏の肩に手が置かれた。バズル・チェスターであった。

「どうしてもお送りしたかったのでうかがいました、パーカー・パインさん。ベティーからくれぐれもよろしくとのことです。ぼくら二人とも、心からあなたに感謝しています。見事な大芝居でしたね。ベティーと母はいまでは切っても切れぬ仲のよさです。母を騙したのはちょっと気がさしますが――あのときはどうにも手がつけられなくて。いずれにせよ、いまは何もかもうまくいっています。ぼくはもう二日ばかり、不機嫌な態度を取っていなければならないでしょうが。ぼくらは何といっていいかわからないくらい、あなたに感謝しています――ベティーも、ぼくも」

「ご幸福を祈りますよ」

「ありがとうございます」

一瞬の沈黙の後、バズルはことさらにさりげない口調できいた。

「ところで、あの――ミス・ド・サラにはお目にかかれるでしょうか。あの人にも一言お礼をいいたいと思うのですが」

パーカー・パインはきっとした目で青年を見やった。「あいにくと、もうやすんだようです」

「それは残念ですね――いつかまた、ロンドンででもお目にかかりたいものです」

「じつをいいますと、これから私の用事でアメリカに立ちますのでね」

「そうですか！」とバズルはぼんやりした口調でいった。「では――失礼します……」

パーカー・パイン氏はにっこりした。船室にもどる途中で、彼はマドレーヌのドアを叩いた。

「どう？　気分は悪くはないかね？　われわれの友人のあの青年が送りにきたよ。例によってちょっとばかり、マドレーヌ熱にかかっているようだった。なに、一日二日で全快するだろうが、きみは少々魅力的すぎるんだな」

教会で死んだ男

Sanctuary

宇野輝雄訳

牧師館の角をまわって、菊の花をいっぱいかかえたハーモン夫人が姿をあらわした。ふだんばきの頑丈な靴には、よく肥えた花壇の土がどっさりつき、鼻のあたりにも、いくつか、泥の粒がこびりついている。けれど、ご当人はいっこうに気にしていない。

さびついて、蝶つがいからはずれそうになっている鉄柵の門をあけるのには、ちょっと苦労した。腕にかかえている菊の花が、数本、ぱらぱらっと地面におちてしまうと、ハーモン夫人は思わず聖職者の奥さんにはふさわしからぬ悪態をついて、身をかがめ、おちた花をひろいあげた。と同時に、一陣の風がさっと吹きつけ、くたびれたフェルトの帽子はいちだんと粋な恰好にかしぐような結果になった。

楽天家の両親が〝ダイアナ〟という名をつけたハーモン夫人は、娘のころ、なにかの理由で〝バンチ〟と呼ばれたのがきっかけで、いつのまにか、この珍妙な名前が本人の通称になってしまっていた。菊の花たばの根もとをしっかりつかむと、バンチは、門をとおりぬけ、教会の入口のほうへ歩をすすめた。

十一月の空気は湿っぽい。ところどころが青い空をかすめて、疾風《はやて》のように雲がとんでいく。教会のなかは、うす暗くて、冷えきっている。礼拝のとき以外は暖房しないことになっているからだ。「おお、さむい！」バンチは大げさに身をふるわせた。「はやく、これを片づけてしまおう。風邪なんかひいて死にたくないし」

これまでの修練で身についた敏捷な動作で、バンチは必要なものをあつめた。花びんと、水と、剣山《けんざん》だ。「ユリの花があればいいんだけど」と、バンチはひとりごとをいった。「こんなもしゃもしゃした菊には、もう倦きたわ」

バンチは器用な手つきで花を生けはじめた。その飾り方には、とくに独創的なところも、芸術的なところもない。もともと、バンチ・ハーモン自身、独創的なタイプでも、芸術家肌の才女でもないからだ。けれど、生けおわった花は、みるからに素朴で、さわやかな印象をあたえた。花びんをだいじにかかえ、バンチは教会内の通路を祭壇のほうへ歩きだした。その途中、雲間から太陽がぽっかりあらわれた。

日光は青と赤が大半をしめるステンドグラスのはまった東がわの窓ごしに差しこんでいる。この窓はビクトリア女王時代にここの教会へ礼拝にきていた某富豪の寄贈品だった。太陽を背にして燦然《さんぜん》とかがやきだしたステンドグラスは思わず息がつまるほど美しい。「まるで宝石みたいだわ」と、バンチはつぶやいた。それから、ふいに、ぎくっと立ちどまって、前方に瞳をこらした。祭壇のまわりの内陣の階段のうえに、なにやら、むっくり盛りあがった黒いものがみえる。

バンチは、手にもった花びんをそっと床において、階段のところまで歩いていった。黒いものとみえたのは、背中をまるめて、つっぷしている、ひとりの男だった。バンチは、男のわきにひざまずいて、用心ぶかく、ゆっくりと体をあおむけにした。ためしに、指さきで脈をさわってみる。脈の打ち方は、よわく、不規則だ。おまけに、すっかり青ざめた顔の色。これは、もう、まちがいない。

男は、死にかけているのだ。

みたところ、年齢は四十五くらいで、みすぼらしい黒の背広を着ている。バンチは指さきでもちあげていた力のない手を下におろして、もう片方の手に目をやった。こちらの手は、胸のうえで、こぶしのようににぎりしめ、指の下に、大きな布のかたまりかハンカチのようなものがみえる。この手のまわりには、茶色の液体がとび散り、すでに乾いている。どうやら血痕らしい。バンチは、眉をひそめながら背すじをのばした。

と、このとき、いままで閉じていた男の目が急にあいて、バンチの顔をじっとみつめた。その目は、にごってもいないし、かすんでもいない。生気があって、すっきりと冴えている。くちびるがかすかに動いたので、口からもらす言葉をききとろうと、バンチはあわてて身をかがめた。口をついてでたのは、ただ一語、「サンクチュアリ」という言葉だった。

この言葉をつぶやくさい、男の顔に、うっすらと笑みがうかんだような気がした。いまのは、ききちがえではなかった。しばらく間をおいてから、男はまた、おなじ言葉を口にしたからだ。

「サンクチュアリ……」

それから、かすかな吐息をつくと、男は目をとじてしまった。もう一度、バンチは脈をさわってみた。まだ脈はあるが、まえよりも弱々しくなり、とぎれがちだ。バンチは意を決したように立ちあがった。

「うごいたり、うごこうとしたりしちゃ、だめよ」と、バンチは男に声をかけた。「すぐに、だれかを呼んでくるから」

男はまたもや目をあけた。だが、こんどは、教会の東がわの窓から差しこんでいる色あざやかな日光に注意をむけているようだ。なにごとか、ひくい声でつぶやいたが、よくききとれない。けれど、なんとなく、夫の名前だったような気がして、バンチはぎくっとした。

「ジュリアン？」と、バンチはきいてみた。「ジュリアンをさがしに、ここへきたの？」

だが、返事はない。男は目をとじて、ぐったりしている。呼吸は、しだいに遅くなり、いまにも止まりそうだ。

バンチは、くるりと身をひるがえして、足ばやに教会をでた。腕時計に目をやると、いくぶん安心したように、うなずいた。きっと、グリフィス医師《せんせい》はまだ診療所にいるだろう。診療所は教会から歩いて、ほんの数分のところにあった。バンチは入口のドアをノックもせず、呼び鈴もおさずに、ずかずかとはいっていって、待合い室をとおりぬけ、じかに診察室へ足をふみいれた。

「医師《せんせい》。すぐに、きてください」息を切らしながら、バンチはたのんだ。「男のひとが、死にかけているんです……教会のなかで」

それから数分後、教会内で倒れている男の体をざっと診《み》て、グリフィス医師は腰をあげた。

「ここから牧師館のほうへうつしてもいいですか？　あそこなら、ちゃんとした手当てができますから。もっとも、無駄かもしれませんがね」

「ええ、かまいません」と、バンチはこたえた。「いまから、すぐ、必要なものを用意します。ハーパーとジョーンズにも声をかけましょう。このひとをはこびだすのを手つだってもらうために」

「たのみます。牧師館から電話で救急車を呼んでもいいんですが、おそらく、救急車がくるまでには……」

「内臓からの出血ですの？」バンチはきいてみた。

グリフィス医師はうなずいて、

「いったい、どうやって、ここへはいりこんだんでしょうね？」

「きっと、昨夜《ゆうべ》からずっと、ここにいたんですわ」思案をめぐらしながら、バンチはいった。「ハーパーは、毎朝、仕事にとりかかるときに、この教会のカギをあけることにしているんですが、ふだんは、なかにはいらないんですから」

やがて、五分ほどすると、グリフィス医師は電話をかけおえて、居間へもどってきた。怪我人は、数枚の毛布をいそいで敷いたソファーのうえに横たわっている。バンチは、グリフィス医師の診察がすんだので、洗面器の水をあけて、まわりを片づけているところだった。

「さあ、これでいいでしょう。救急車を呼んで、警察にも連絡しておきましたから」

こういうと、グリフィス医師は顔をしかめて、ソファーのうえに横たわっている瀕死の患者をみおろした。患者の左手は、発作でもおこしたようにふるえながら、わき腹のあたりをかきむしっている。

「この男は、拳銃で射たれたんですよ。かなり近距離からね。それで、ハンカチをまるめて、傷口をふさぎ、出血をとめようとしたんです」

「射たれてから、そんなにいつまでも歩けるもんでしょうか?」と、バンチはきいてみた。

「ええ、それは可能です。げんに、致命傷を負った人物が、むっくり起きあがって、なにごともなかったように道を歩きだし、それから五分か十分後、とつぜん、その場に倒れてしまった、というケースもありますからね。ですから、この男のばあいも、教会のなかで射たれたとはかぎらない。いや、そうじゃなくて、ここからだいぶはなれた場所で射たれたんでしょう。もちろん、おのれの手で自分を射ったのち、もっていた拳銃をすてて、よろけながら教会まで歩いてきた、ということも考えられる。それにしても、解《げ》せないのは、なぜ、教会のほうへむかい、この牧師館のほうにはこなかったのか、ということです」

「ああ、そのことなら、わかります。本人は、〝サンクチュアリ〟っていってましたもの」

グリフィス医師は思わずバンチの顔を凝視して、

「〝サンクチュアリ〟?」

「あら、主人ですわ」廊下のほうで夫の足音がきこえたので、バンチはそちらへ顔をむけた。

「ねえ、あなた! ちょっと」

呼ばれて、ジュリアン・ハーモン牧師が居間にはいってきた。飄々《ひょうひょう》とした学者ふうの態度のせいか、この牧師は、いつみても、じっさいの年齢《とし》よりは老けた印象をあたえる。

「へーえ、こりゃあ!」

ジュリアン・ハーモンは、いささか面くらったようすで、外科の医療器具とソファーのうえに横たわっている男に目をみはった。

バンチは、例によって、無駄な言葉はできるだけはぶく話し方で夫に事情を説明した。

「このひと、教会のなかに倒れていたの。医師《せんせい》の話だと、銃で射たれたんですって。あなた、このひとをご存知? なんだか、あなたの名前を口にしたような気がするんだけど」

牧師はソファーのそばに歩みよって、瀕死の男をみおろした。

「かわいそうに」と、つぶやいてから、牧師はかぶりをふる。「いや、知らないね。まえに会ったおぼえもない」

このとき、男はふたたび目をあけた。その視線はグリフィス医師からジュリアン・ハーモン牧師へ、ついで、ハーモン牧師から妻のバンチへとうつった。そうして、そのままバンチの顔をじっとみつめている。

グリフィス医師は、まえにすすみでて、せかすように声をかけた。

「どうしたね?」

だが、男は、なおもバンチの顔に視線をすえたまま、かぼそい声をだした。

「たのみます……たのみます……」

こういったきり、かすかに身をふるわせて、男は息たえてしまった。


ヘイズ巡査部長は、鉛筆のしんをなめながら、手帳をめくって、

「すると、わかっていることはこれだけですね、奥さん？」

「ええ」と、バンチはこたえた。「これが、本人の背広のポケットにはいっていた品物です」

ヘイズ巡査部長のそばにあるテーブルのうえには、財布が一個、W・Sという頭文字《イニシャル》のついた古い懐中時計が一個、それと、ロンドンまでの往復切符の帰りの半券が一枚のっている。

「で、あのひとの身元はわかりましたの？」

「じつは、エクルズ夫妻とかいうひとたちから署へ連絡がありましてね。電話での話によると、れいの男はエクルズ氏の奥さんの弟らしいんです。名前は、サンドボーン。だいぶまえから、健康を害して、神経的にもまいっていた。その病気は、最近ますますひどくなり、一昨日《おととい》、ふらりと家をでたっきり、帰ってこない。家をでるときは、拳銃をもっていた、というんです」

「それで、この村までやってきて、拳銃で自殺したわけね。でも、その理由はどういうことなんでしょう？」

「まあ、つまり……うつ病が昂じて……」

「いえ、そのことじゃなくて、なぜ、わざわざ、この村で自殺なんかする気になったのか、ということです」

ヘイズ巡査部長も、この点は理解しかねるとみえ、逃げ口上みたいな返事をする。

「ともかく、本人はこの村へやってきたわけです。五時十八分のバスでね」

「なるほど。だけど、その理由は？」

「さあ、それはわかりませんね、奥さん。そこのところはぜんぜん不明です。まあ、精神状態がおかしくなれば……」

相手の言葉をひきついで、バンチはいった。

「おかしくなれば、どこかへいって、自殺するかもしれない。だけど、それにしても、わざわざバスにのって、こんなひなびた田舎までやってくることもないと思うわ。べつにこの村に知人がいたわけでもないんでしょう？」

「ええ。これまでに確認できているかぎりでは」

気がとがめるように咳ばらいをして、ヘイズ巡査部長は椅子から腰をあげた。

「ことによったら、いま話にでたエクルズ夫妻がこちらへ訪ねてくるかもしれませんよ。奥さんにとって迷惑じゃなければいいですがね」

「ちっとも迷惑じゃありませんわ。むしろ、その方たちに本人の最期のもようを話してあげたいくらいですもの」

「それじゃ、これで失礼します」

巡査部長を玄関まで送りだしながら、バンチはいった。

「ま、こんどの事件が殺人事件ではなくて、ほんとに、よかったと思っていますわ」

牧師館の門のまえに一台の車がとまっていた。ヘイズ巡査部長は、そちらへちらりと目をむけて、いった。

「どうやら、いまの話のエクルズ夫妻がさっそく訪ねてきたようですよ、奥さん」

きびしい試練に耐えるべく、バンチはぐっと気をひきしめにかかった。そうしながら、内心でつぶやいた。まあ、いざとなれば、夫のジュリアンに助けをもとめることができるわ。肉親をなくした遺族にとって、牧師の言葉は大きな救いになるはずだから。

エクルズ夫妻とはどんなひとたちなのか、バンチには想像もつかなかった。だが、挨拶をかわしてみると、いささか意外な印象をうけた。エクルズ氏は、でっぷり肥えて、血色がよく、生まれつき、陽気で、ひょうきんな性格らしい。奥さんのほうはなんとなく安っぽい感じのする女性で、品のない、おちょぼ口をしている。彼女は耳ざわりな甲高い声で話しはじめた。

「まあ、察していただけると思いますけど、こんどのことには、ほんとに、びっくりしてしまいましたわ」

「ええ、わかります」と、バンチは応じた。「さぞかし、びっくりなさったことでしょう。さ、どうぞ、おかけになって。よろしかったら……ま、ちょっと時間がはやすぎるかもしれませんけど……ひとつ、お茶でも……」

夫のエクルズ氏はずんぐりした手を横にふって、

「いや、いや、なにもかまわんでください。ご好意には感謝します。わたしどもは、ただ……そのう……死んだウイリアムがどんなことを話したか、そのへんのことがわかれば、けっこうなんですから」

「なにしろ、ながいこと外国へいっていたもんで」と、エクルズ夫人がいう。「きっと、なにか、いやな目にあったんだと思いますわ。ほとんど口もきかず、毎日、憂うつな顔をしていましてね。帰国してから、ずっとです。なんだか、この世は生きづらいとか、将来に希望はないとか、そんなことをいったりして。ほんとに、ビルはかわいそうでした。いつも、じっとふさぎこんでいるばかりで」

バンチはひとしきり無言のまま、エクルズ夫妻の顔をみつめた。

「そのうち、主人《たく》の拳銃をぬすみだしましてね」と、エクルズ夫人は話をつづける。「あたしたちの知らない間に、です。それから、どうも、バスにのって、この村へやってきたらしいんです。たぶん、そんな冒険でもして心の憂さを晴らすつもりだったんでしょうね。あたしたちのところにいたんでは、なんにもする気がおきないし」

「まったく、いくじのないやつだ」溜め息をつきながら、エクルズ氏はいう。「いまさら、とやかくいっても仕方がないが」

ここで、ちょっと間をおいてから、エクルズ氏はさらに話をつづける。

「なにか、本人がいいのこしたことはありませんかね？ 臨終の言葉とか、そんなようなものを？」

エクルズ氏は、ぎらぎら光る物ほしげな目でバンチの顔をじっとみつめる。エクルズ夫人のほうも、はやく返事がききたいというように、身をのりだした。

「いいえ」おちついた口調で、バンチはこたえた。「義弟《おとうと》さんは、亡くなる直前、ここの教会へはいってきたんです。サンクチュアリをもとめてね」

「サンクチュアリ？」エクルズ夫人は怪訝そうな表情をみせる。「それは、また……」

「神聖な場所のことだよ」やきもきしたように、エクルズ氏が口をはさんだ。「牧師の奥さんがおっしゃっているのは、そのことなんだよ。自殺は……罪悪なんだからね。で、本人は、そのつぐないをしようと思ったんだろう」

「息をひきとるとき、なにか、いおうとしたんですけどね、『たのみます』といったところで、こと切れてしまったんです」

これをきくと、エクルズ夫人は、目もとにハンカチをおしあてて、しくしく鼻をすすりはじめた。

「まあ、やりきれないわ」

「おい、おい」夫がたしなめた。「とりみだしちゃ、だめだ。もう、どうにもならんことじゃないか。ウイリーは、たしかに、かわいそうなことをした。でも、いまは天国にいるんだ。いや、どうも、ほんとに申しわけありません、奥さん。おいそがしいところをお邪魔してしまって」

エクルズ夫妻は、バンチと握手をかわして、辞去しようとした。と、ふいにエクルズ氏のほうがうしろをふりむいた。

「ああ、そうそう。もうひとつ、おたずねしなきゃ。こちらに、義弟《おとうと》の背広がありますでしょうね？」

「背広？」バンチは思わず眉をひそめた。

「じつは、本人の遺品のようなものがほしいんです」と、エクルズ夫人がいう。「形見に、と思いまして」

「ポケットのなかには、懐中時計と、お財布と、列車の切符がはいっていましたけど、これは巡査部長のヘイズさんにわたしておきましたわ」

「ならば、けっこうです」と、エクルズ氏。「のちほど、わたしどもに引きわたしてもらえるでしょうからね。その財布にはプライベートの書類がはいっているはずなんです」

「お財布の中身は一ポンド紙幣が一枚きりで、ほかには、なにもありませんでしたけど」

「手紙も？　手紙のようなものも、ですか？」

バンチはうなずいてみせた。

「なるほど。いや、どうも、お手数をかけました、奥さん。そのう……本人が着ていた背広ですけど……これも警察のほうにあるわけなんでしょうね」

記憶の糸をたぐるように、バンチは眉をひそめて、

「いいえ、そうじゃなくて……ええと、あの背広は、たしか、傷口を診察するときに、医師《せんせい》がぬがせてから……」

といううと、室内をぼんやりとみまわして、

「そう、あたしが、タオルや洗面器といっしょに二階へもっていったような気がするわ」

「あのう、もし差しつかえなかったら……その背広、わたしどもがもらいたいんですがね。なにぶん、本人が死亡するさいに着ていたものですし、家内としては、形見にとっておきたいでしょうから」

「ごもっともですわ。でしたら、おわたしするまえに、ちょっと洗っておきましょうか？　じつは、だいぶ……うーん……血でよごれているので」

「ああ、いや、いや、そのままでけっこうです」

「でしたら……ええと、あれはどこへ……では、ちょっと失礼します」

二階へあがっていったバンチは、しばらくしてから、もどってきた。

「どうも、ごめんなさい」息を切らせながら、バンチはいった。「かよいのお手つだいさんが、クリーニング屋へだす衣類といっしょに片づけてしまったらしく、みつけるのに、すっかり手間どってしまって。はい、これです。なにか、適当な包装紙でつつんであげましょう」

相手が固辞するのを黙殺して、バンチが包装紙で背広をつつんでやると、エクルズ夫妻はもう一度、大げさに礼の言葉をのべて、帰っていった。

バンチは、ゆっくりした足どりで広間をとおりぬけ、夫の書斎へはいっていった。すると、ジュリアン・ハーモン牧師は顔をあげ、ひたいのしわがすっと消えた。ちょうど説教の原稿を書いていたハーモン牧師は、キュロス大王の統治下にあったユダヤとペルシアの政治的関係に興味をもちすぎるの

は邪道ではないかと迷っているところだったのだ。

「どうしたね？」なにかを期待するような口ぶりで、牧師はきいた。

「ねえ、あなた、〝至聖所《サンクチユアリ》〟って、厳密には、どういうことですの？」

ジュリアン・ハーモン牧師は、待っていましたとばかりに書きかけの原稿をわきへのけて、話しはじめた。

「そう、古代ローマやギリシアの神殿にあった至聖所《サンクチユアリ》とは、神の像を安置してある内陣《セラ》のことだ。ラテン語では〝アラ〟というんだが、これには、祭壇という意味のほかに、〝保護〟という意味もある。キリスト教の教会にある至聖所《サンクチユアリ》の特権、つまり、免罪特権が最終的に承認されたのは西暦三九九年で、それいらい、犯罪人や逃亡者たちはこの免罪特権を都合よく利用していた。なお、イギリスのばあい、この免罪特権なるものがはじめて登場したのは西暦六〇〇年で、これはエセルバート王の発布した成文法典に……」

といった調子で、ジュリアン・ハーモン牧師は、しばらく、このさきの話をつづけた。だが、よく感じるように、博学な夫の弁論にききいっている妻の表情をみると、思わず照れくさくなった。

「ねえ」と、バンチは声をかけた。「あなたって、ほんとに、すてきよ」

身をかがめて、バンチは夫の鼻のさきにそっとキスした。夫のジュリアンは、なんだか、芸が上達したと褒められた犬みたいな感じがした。

「ほんのいましがたまで、エクルズ夫妻がきていたの」と、バンチはつげた。

ハーモン牧師は不審そうな顔をして、

「エクルズ夫妻？　どうも、おぼえがない……」

「あなたの知らないひとよ。教会で亡くなった、れいの男の姉と義兄ですもの」

「それだったら、呼んでくれればよかったのに」

「べつに、その必要はなかったの。ふたりとも、悲しみに打ちひしがれていたわけではないんですから。ええと……明日《あした》のことなんだけど、オーブンにシチュー鍋《なべ》をいれておけば、あとは、ひとりでなんとかできて、ジュリアン？　じつは、ちょっとロンドンまでいってこようと思うの。〈バローズ・アンド・ポートマン商店〉で白布地の特別バーゲンセールをやっているのよ。シーツやテーブルクロス、タオルやガラス器の布巾《ふきん》のたぐいで、うちの布巾《ふきん》なんか、もう、すり切れちゃって、どうしようもないんですもの。それと、ついでに」思案ありげに、バンチはいいそえた。「ジェーンおばさんにも会ってこようか、と思って」

愛嬌のある老婦人、ミス・マープルは、甥のレイモンドが住んでいるアパートの一室にのんびりと腰をおちつけて、これからの二週間、ロンドンでの生活をせいぜい満喫しようと考えているところだった。

「レイモンドったら、ほんとに心がやさしいのよ」と、ミス・マープルはしずかな声でいう。「二週間ばかり、妻のジョーンといっしょにアメリカへいくから、留守のあいだ、ここへきて、気分転換でもしたらどうかって、そういってくれたわけなの。ああ、それはそうと、バンチ、肝心の話をきかせて」

バンチにとって、ミス・マープルは、自分の洗礼式に立ち会ってくれた名づけ親だった。その大好きな老婦人から愛情のこもった目で顔をみつめられると、バンチは、かぶっている外出用のフェルト帽をうしろへずらして、さっそく話をはじめた。

バンチの話は簡潔明瞭だった。その話をききおえると、ミス・マープルは大きくうなずいてみせた。

「なるほど。そう、わかったわ」

「こんなわけで、ぜひ、おばさんに会いたいと思ったの。なにしろ、あたしは頭がよくないし……」

「うーん、頭はいいわよ」

「いえ、だめなの。主人のジュリアンみたいなわけにはいかないわ」

「たしかに、ジュリアンは論理的な思考力をそなえているわね」

「そうなの。主人は思考家タイプで、反対に、あたしのほうは感覚派みたい」

「あんたのばあいは、常識的判断力にとんでいて、勘もするどいのよ、バンチ」

「とにかく、あたしには、どうしたらいいか、わからないの。かといって、主人にきくわけにもいかないでしょ。だって……その……主人はあまりにも謹厳実直で……」

この言葉の意味をミス・マープルはすぐに了解したようだった。

「ええ、あんたのいいたいことはわかるわ。あたしたち女性は……まあ、ちょっとちがうのよね。それで、事件のあらましはいまの話のとおりなんでしょうけど、まずは、あんたの推理をきかせてくれない」

「あたしの推理って、まるで矛盾だらけなのよ。まず、教会のなかで死にかけていたこの男は、どうやら至聖所《サンクチュアリ》のことをよく知っているらしく、この言葉を口にしたときは、主人の口調とそっくりだった。きっと、そうとう博識な、教育のあるひとなんじゃないかしら。だとすると、かりに拳銃で自殺をはかったんだとしても、そのあとで、わざわざ教会のなかへ這いこんできて、『至聖所《サンクチュアリ》』なんてことを口にするのはおかしい。至聖所《サンクチュアリ》というのは、いいかえれば、いま、だれかに追われていて、教会のなかへ逃げこんでしまえば安全だという意味だし、そうすれば、追っ手はもうタッチできないわけよ。むかしは、警察でも、どうにもできなかった、ということですもの」

ここで、バンチはミス・マープルの顔色をちらりとうかがった。相手は大きくうなずいてみせるので、さらに話をつづけた。

「それにね、あとから訪ねてきたエクルズ夫妻というのは、まるでタイプがちがうのよ。いかにも教養がなさそうで、態度は下品だし。ああ、それと、もうひとつ、だいじなことがあるの。れいの懐中時計……亡くなった男がもっていた時計だけど……これは、裏にW・Sという頭文字《イニシャル》がきざんであるのに、なかには……そう、あたし、念のために、あけてみたのよ……小さな字で〝父親よりウォルターへ〟という文句と年月日がきざみこんであった。ウォルター、よ！　なのに、このエクルズ夫妻は、本人のことを話すとき、ウイリアムとかビルとかいっていた」

ミス・マープルは発言しようとしたが、バンチはなおも一気にしゃべりつづける。

「もちろん、だれでも、洗礼名で呼ばれるとはかぎらないわね。つまり、洗礼名が、たとえば、ウイリアムでも、じっさいには〝ポーキー〟とか〝キャロット〟といったような呼び方をされるばあいもあるってこと。これは、あたしにも理解できるわ。だけど、もし名前がウォルターだとしたら、本人の姉がウイリアムとかビルとか、そんないい方をするはずはないでしょう」

「すると、その女性は姉じゃない、というわけ？」

「じゃない、と思うわ。なにしろ、いやな感じなのよ。夫婦そろって、ね。ふたりが牧師館へやってきた目的は、亡くなった男の所持品を手にいれることと、亡くなるまえに本人がなにかいったかどうかをたしかめるためだった。だから、なにもいわなかったという返事をきいたとたん、ふたりの顔には安堵の表情がうかんだ。ま、これはあたしの想像なんだけど、あの男を銃で射ったのはエクルズじゃないかしら」

「じゃあ、殺人？」と、ミス・マープルはいった。

「ええ、殺人事件よ。だから、こうして、おばさんのところへきたわけよ」

こんな話を、なにも知らない第三者がきいたら、突拍子もないことをしゃべっていると思うかもしれない。けれど、一部の社会では、殺人事件の解決者として、ミス・マープルは有名なのだ。

「この男はね、息をひきとる直前、あたしにむかって、『たのみます』っていったの」と、バンチ。

「きっと、なにか、してもらいたいことがあったんだわ。なんのことやら、あたしにはさっぱり見当がつかないけど」

ミス・マープルは、ちょっと思案をめぐらすと、すでにバンチの頭にうかんでいる肝心の点をずばりと指摘した。

「だけど、その男、そもそも、どうしてそんなところに倒れていたのかしら?」

「ということは、もし保護をもとめていたのなら、どこの教会へとびこんでもいいじゃないか、って意味でしょう。そうなの。なにも、わざわざ、一日に四台しかでていないバスにのって、あんな人里はなれた田舎までやってくる必要はなかったはずだわ」

「おそらく、なにかの目的があったのね」と、ミス・マープル。「たぶん、だれかに会いにきたのよ。チッピング・クレグホーンは大きな村じゃないわけでしょ、バンチ。とすれば、その男が会いにきた相手はだれなのか、多少、見当がついてしかるべきじゃない?」

頭のなかで村の住民の顔ぶれをざっと検討してから、バンチは自信がもてぬように首を横にふった。

「まあ、考えようによっては、どのひとにも関係がありそうだわ」

「その男、名前は口にしなかったのね?」

「ジュリアン、といったわ。いや、そういったような気がしたわ。ことによったら、ジュリア、だったかもしれない。いずれにしても、あたしの知っているかぎり、チッピング・クレグホーンの住民で、ジュリアという名前のひとはいないのよ」

バンチは、ぐっと両目をとじて、あのときの光景をまぶたにえがいてみた。男が倒れていたのは内陣の階段のうえだ。朝日の差しこむ東がわの窓のステンドグラスは、まるで赤と青の宝石みたいにかがやいて……。

「宝石《ジュウェル》！」だしぬけに、バンチは大声をあげた。「きっと、このことをいったんだわ。そう、朝日の差しこんでいた東がわの窓のステンドグラスがちょうど宝石《ジュウェル》みたいだったの」

「宝石《ジュウエル》、ね」首をかしげながら、ミス・マープルはつぶやいた。

「ああ、そうそう、いちばんだいじなことを、いまになって、ふっと思いだしたわ。きょう、おばさんのところへきた理由よ。あのね、エクルズ夫妻は亡くなった男の背広を手にいれようと躍起になっていたの。この背広は、グリフィス医師《せんせい》が傷の手あてをするときに、ぬがせたのよ。古ぼけた、みすぼらしい背広で、こんなもののことで大さわぎしなきゃいけない道理はない。ふたりとも、形見にとっておきたい、なんていっていたけど、なんだか、おかしな感じがしたわ。

でも、いちおう、あたしはこの背広をとりにいった。そうして、二階へあがる途中、ふと、亡くなりかけている男が片方の手で妙な動作をしたことを思いだしたの。なにか、背広の裏をまさぐるような手つきでね。だから、この背広をみつけるなり、さっそく丹念にしらべてみたの。そうすると、裏地の一個所が、べつの糸で縫いなおしてあることがわかったので、ここをほどいてみると、なかに一枚、小さな紙きれがはいっていた。あたしは、この紙きれをとりだしてから、おなじような糸で、また、もとどおり、きちんと縫いつけておいた。かなり慎重にやったつもりだから、あのエクルズ夫妻がこんな細工に気づくおそれはないと思うわ。まず大丈夫だと思うけど、でも、断言はできない。それはともかく、この背広は、ふたりのところへもっていって、さがしてくるまでに手間どってしまった弁解を適当にした、ってわけなの」

「で、その紙きれは？」ミス・マープルはたずねた。

バンチはハンドバッグをあけて、

「これよ。主人にはみせないでおいたの。みせれば、エクルズ夫妻にわたしてやるべきだったと、そういうにきまってているでしょ。それよりは、おばさんのところへもってきたほうが利口だと思ったのよ」

バンチにわたされた小さな札をみて、ミス・マープルはいった。

「あら、手荷物預り所のチケットだわ。パディントン駅の」

「背広のポケットには、パディントンまでの往復切符の帰りの半券が一枚はいっていたわ」

ふたりの女性の視線がかちあった。

「それでは、ただちに行動をおこさなきゃ」きびきびした口調で、ミス・マープルはいった。

「だけど、くれぐれも用心したほうがいいと思うわ。ねえ、バンチ、きょう、ロンドンへくる途中、だれかに尾行されているような気はしなかった？」

「尾行？」バンチは大声をはりあげた。「まさか……」

「あのね、そういうことはありうるのよ。なにがおこるかわからないようなときには、用心してかからなきゃいけないの」

ミス・マープルは敏捷に椅子から立ちあがった。

「ねえ、バンチ、あんたのばあい、おもてむきは、そのバーゲンセールをやっているお店で買い物をする目的でロンドンへきた、ということにするのよ。だから、賢明な行動としては、これから、ふたりでその特売場へでかけることだわ。でも、外出するまえに、ちょっと簡単な打ちあわせをしておこうじゃないの。ええと……あのビーバーの毛皮の襟のついたツイードのコート、当座は必要なさそうね」


それから約一時間半後、ミス・マープルとバンチは、路地の奥にある〈アップル・バウ〉という名の小さな食堂にはいって、スタミナを回復すべく、ステーキとキドニー・プディングを食べ、そのあとから、さらに、アップル・パイとプリンを注文した。ふたりとも、身なりはいかにも貧相で、やりくり算段して買ってきたような家庭用綿製品の包みをもっていた。

「まるで、戦前の品みたいなタオルなんだから」いくぶん息を切らしながら、ミス・マープルはぼやく。「おまけに、Jなんて文字がついているのよ。さいわい、レイモンドの奥さんの名前がジョーンなんで、よかったわ。まあ、これは、じっさいに必要になるまでとっておくことにして、そのあと、あたしが意外にはやく死にでもしたら、ジョーンにつかってもらえるでしょう」

「あたしは、このガラス器用の布巾《ふきん》がどうしてもほしかったの」と、バンチはいう。「それに、値段がとっても安かったし。もっとも、あの赤い髪の女性に横どりされちゃったやつほどは安くないけど」


と、ふたりでこんな会話をかわしているとき、頰紅と口紅をたっぷりと塗ったスマートな若い女が食堂にはいってきた。女は、しばらく、おぼつかない目で店内をみまわしてから、こちらのテーブルへ足ばやにやってきて、一通の封筒をミス・マープルの肘のそばにおいた。

「はい、おもちしました」と、女はいった。

「ああ、ありがとう、グラディス」と、ミス・マープルは礼をいう。「どうも、ご苦労さま。わるかったわね」

「いいえ、とんでもありません。主人のアーニーからは、よく、いわれるんです。『おまえのいいところは、みんな、あのミス・マープルから習ったんだ。あのひとのしつけがよかったおかげだよ』って。ですから、お役にたつことでしたら、いつでも、どうぞ」

グラディスが歩み去ると、ミス・マープルはいった。

「ほんとに、すなおな、いい娘《こ》だわ。なにをたのんでも、骨身をおしまず、まめにうごいてくれて」

それから、封筒のなかをちらりとのぞいて、封筒をバンチにわたした。

「いいわね、くれぐれも用心するのよ。ところで、あの若い警部さん、まだ、メルチェスターにいるのかしら?」

「さあ、ね。いると思うけど」

「まあ、いなければ」ミス・マープルは思案をめぐらして、「巡査部長のほうに電話をすればいいわ。あたしのことは、たぶん、おぼえているでしょうから」

「もちろん、おぼえているわよ。おばさんのことなら、だれでも忘れないわ。ユニークな女性なんですもの」

こういって、バンチは立ちあがった。

パディントン駅につくと、バンチは手荷物預り所へいって、もってきたチケットをさしだした。そして、古ぼけた一個のスーツケースをうけとると、これをぶらさげて、プラットホームへでた。

帰りの車内では、なにごともおきなかった。列車がチッピング・クレグホーンの駅につくと、バンチは、かたわらのスーツケースを手にもって、列車からおりた。と、その瞬間、ひとりの男がプラットホームを走ってきたかと思うと、いきなり、スーツケースをひったくって、一目散に逃げだした。

「待って！」バンチは叫んだ。「とめて！　その男をつかまえて！　それ、あたしのスーツケースなのよ！」

田舎の駅の改札係はもっさりした人物だったが、それでも、あわてて、

「おーい、ちょっと！　なにを……」

と、いいかけたところで、胸に一発、ものすごい体あたりをくらい、横へすっとんでしまった。スーツケースをうばった男は、駅舎からとびだし、近くで待っている車のほうへ駆けていった。だが、スーツケースを車内へほうりこんで、あとから乗りこもうとした刹那、一本の手が男の肩をつかみ、アベル巡査の声がした。

「おい、おい、どうしたんだ？」

そこへ、ふうふう息を切らしながら、バンチがやってきた。

「そのひと、あたしのスーツケースを横どりしたんです」

「冗談じゃない」と、男はひらきなおる。「この女のいうことなんか、知るもんか。こいつは、自分のスーツケースだよ。たったいま、これをもって列車からおりてきたところなんだ」

「ま、どっちがどうなのか、はっきりさせようじゃないですか」

こういうと、アベル巡査は鈍重な感じのする淡々とした目つきでバンチの顔をちらりとみた。このアベル巡査とバンチが、じつのところ、前者が非番のとき、バラの木にほどこす下肥えや骨粉肥料の効き目について三十分も話しあっている仲だとは、まず、だれにも想像できないだろう。

「で、奥さんは、これは自分のものだと、おっしゃるんですな？」と、アベル巡査はしかつめらしく問いただす。

「ええ、そうです」バンチはこたえた。

「で、あなたのほうは？」

「いまもいったように、わたしのもんですよ」

男は、長身で、肌の色は浅黒く、りっぱな服装をしている。ゆっくりした話しぶりは、いかにも気障《きざ》で、態度も大きい。そばの車のなかで、女の声がした。

「そうよ、あんたのもんよ、エドウィン。その女、いったい、なにをいってんの？」

「とにかく、きちんと話をつけんことにはまずい」と、アベル巡査はいう。「奥さん、あなたのスーツケースだとしたら、中身はなんですか？」

「衣類です。ビーバーの毛皮の襟のついたロング・コートが一着、ウールの婦人用セーターが二着、それと、靴が一足です」

「なるほど。わかりました」

つぎに、アベル巡査は男のほうをむいた。

「わたしは劇団の衣裳係ですんでね」浅黒い顔をした男はもったいぶった口調でいう。「なかにはいっているのは、この村のアマチュア劇団の公演につかう衣裳類ですよ」

「わかりました。それじゃ、ひとつ、なかをあけてみることにしましょう。ま、署までご同行ねがってもいいし、おいそぎなら、そこの駅までこれをもっていって、あそこで、あけてみてもいいですがね」

「ああ、けっこう。ついでながら、わたしの名前は、モス……エドウィン・モスです」

アベル巡査はスーツケースをさげて、駅までいくと、改札係に声をかけた。

「ちょっと、こいつを手荷物取扱い所までもっていくからね」

手荷物取扱い所のカウンターにスーツケースをのせて、アベル巡査は締め金をおした。カギはかかっていなかった。

バンチとエドウィン・モスは、アベル巡査の両わきに立って、にらみあうように相手の目をみつめた。

「ほほう!」

スーツケースの蓋をあけて、アベル巡査は大声をだした。

ケースのなかには、ビーバーの毛皮の襟のついた、丈のながい、かなり古ぼけたツイードのコートが一着、きちんとたたんで、はいっていた。そのほかに、ウールの婦人用セーターが二着、やぼったい靴が一足。

「あなたのおっしゃるとおりですな、奥さん」

バンチのほうをむいて、アベル巡査はいった。

ここで、エドウィン・モスが中途半ぱな演技をした、などといっては失礼にあたる。本人がみせた狼狽と悔恨の態度たるや、まさにオーバーのきわみだった。

「すみません。まことに申しわけありません。いや、心底からあやまっているんですから、どうか、信じてください、奥さん。わるい……ほんとに、わるいことをしてしまいました」

こういうと、エドウィン・モスは腕時計にちらりと目をやる。

「さあて、いそがなきゃ。あのスーツケースは、きっと、さっきの列車のなかへおき忘れてきてしまったんだろう」

エドウィン・モスは、もう一度、帽子のつばをおしあげて、

「どうか、勘弁してください」

と、あわれっぽい声でバンチにあやまり、そそくさと手荷物取扱い所から駆けだしていった。

「あの男、だまって逃がしてしまうわけ？」

相手と陰謀をたくらんでいるような小声で、バンチはアベル巡査にきいた。

すると、相手は鈍重な感じの目をゆっくり閉じて、ウインクしてみせた。

「そう遠くまではいきませんよ、奥さん。つまり、あのまま遠くまでいけるはずはない、という意味です。わかるでしょう、そういえば？」

「ええ、わかるわ」バンチは安心した。

「じつは、れいの老婦人から電話がありましてね。ほれ、数年まえにここへきたご婦人ですよ。頭の切れる女性ですな、あのひとは。ところが、きょうは、朝から、いろんな事件で署内がごたついていましてね。ま、そんなわけで、警部か巡査部長がお宅のほうへうかがうのは明朝になるんじゃないかと思いますよ」


やってきたのは、警部のほうだった。ミス・マープルが記憶しているクラドック警部だった。警部は、親友のような笑みをうかべて、バンチに挨拶した。

「チッピング・クレグホーンで、またもや大事件発生ですな」警部は陽気に冗談をいう。「この村にいれば、刺激がなくて退屈するなんてことはないでしょう、奥さん」

「こんな刺激は、ないほうがありがたいわ。で、わざわざ足をはこんでこられたのは、あたしから事情を聴取するため？　それとも、たまには、あなたのほうで事情を説明してくださるの？」

「まずは、わたしのほうから話をしましょう。そもそも、くだんのエクルズ夫妻ですがね、この両人には、だいぶ以前から警察が目を光らせていたんです。というのは、この地方で数回にわたって発生した盗難事件に彼らが関係していると思われるふしがあったからです。それと、いまひとつ、エクルズの細君には、たしかに、最近、外国から帰ってきたばかりのサンドボーンという弟がいるが、教会のなかに倒れていた問題の男はこのサンドボーンではない」

「それは、あたしにもわかったわ。だって、この男の名前は、ウイリアムじゃなくて、ウォルターだったんですもの」

クラドック警部はうなずいて、

「そう、ウォルター・セント・ジョンといって、二日まえにチャリントン刑務所から脱走した男なんです」

「どうりで」バンチは小声でつぶやいた。「やっぱり、警察に追われていて、あそこへ逃げこんだってわけね」

それから、こんどは、警部にきいてみた。

「で、どんな罪をおかしたんですの？」

「その点については、また、だいぶまえの話をもちださなきゃいかんのです。なにしろ、ややっこしい事件でしてね。主人公というのは、いまから数年まえ、あちこちのミュージック・ホールに出演していたダンサーなんです。この女のことは、まあ、きいたことはないでしょうけど、本人の得意の出し物というのは、アラビアン・ナイトのなかの一幕で、これには『宝石の洞窟《どうくつ》にまよいこんだアラジン』なるタイトルがついていた。むろん、この演技を舞台で披露するさい、身にはイミテーションのダイヤをいくつかつけているだけで、あとは、まあ、ヌードも同様です。

この女、ダンサーとしては、たいした才能はなかったようなんですがね、でも……なんというか……どえらい美人だった。そんなところから、さるアジアの王族のひとりが彼女にぞっこん惚れこんでしまい、さまざまな贈り物をしたわけだが、そのなかに、一点、すこぶる豪華なエメラルドのネックレスがはいっていた」

「古代インドの国王の秘蔵品だったという由緒ある宝石ね」うっとりした表情で、バンチはつぶやいた。

クラドック警部は咳ばらいをして、

「いやあ、もっと現代のものですよ、奥さん。ま、それはともかく、ご両人の仲はあまりながつづきしなかった。この鼻の下のながい王子さまは、そのうち、男から金品をせびることにかけては凄腕の映画女優に心をうばわれて、あっさり、こちらへ鞍がえしてしまったからです。

ところで、ゾビーダは……ああ、これはダンサーのほうの芸名なんですがね……このネックレスを後生だいじにもっていたのに、やがて、これは盗まれてしまった。いつのまにか、劇場の楽屋から消えてしまった、ということなんだが、捜査官の頭には、これは本人がたくみに仕組んだ芝居じゃないかという疑念がこびりついていた。こんな手口は、むかしから、売名のための演出、あるいは、もっと悪質な動機にもとづく行為だというふうに解釈されているものですからね。

で、このネックレスは、結局のところ、みつからなかったわけですが、しかし、捜査をすすめている段階で、警察は、最初に話にでた男、ウォルター・セント・ジョンに目をつけはじめた。このウォルターというのは、育ちのいい教養のある人物だったのに、家が破産してから、落ちぶれた身になってしまい、盗品の宝石の故買をやっているとみられる怪しげな貴金属商のところで宝石の細工人としてはたらいていた。

げんに、問題のネックレスについても、こいつが手をつけたという証拠がでてきた。しかるに、当のウォルターは、たまたま、これとはべつの宝石の盗難事件に一枚かんでいたことがわかって、裁判にかけられたあげく、有罪の宣告をうけて、刑務所いりする羽目になった。それでも、近いうちに刑期満了で釈放されることになっていたので、その本人が脱獄したなんて話をきいて、みんな、びっくりした、というしだいです」

「だけど、なぜ、こんなところへやってきたのかしら？」バンチはたずねた。

「そう、その点が、われわれにも大きな疑問なんですよ、奥さん。ウォルターの脱走後の足どりをたどってみると、まず、ロンドンへいった形跡がある。そうして、かつての仲間にはだれとも会わずに、ミセス・ジェイコブとかいう中年すぎの女性のアパートをおとずれた。この女は、以前、劇場の衣裳係をやっていたとのことだが、ウォルターが訪ねてきた目的については頑として口をわらない。ただし、おなじアパートの住人の話によると、ウォルターは、この女の部屋からでていくとき、スーツケースを一個ぶらさげていた、という」

「なるほど。すると、そのスーツケースをパディントン駅の手荷物預り所へあずけてから、ここへやってきたってわけね」

「しかも、そのときには、エクルズと、れいのエドウィン・モスと名のる男がウォルターのあとを尾《つ》けていた。ふたりとも、ウォルターのスーツケースをねらっていたんですよ。だから、ウォルターがバスにのりこむところをみとどけると、連中は車で先きまわりして、ウォルターがバスをおりたときには、ひそかに待ちぶせしていたにちがいない」

「それで、殺されたのね？」

「ええ、銃で狙撃されたんです。凶器はエクルズのもっていた回転拳銃だが、どうも、この拳銃で射った犯人はモスのほうじゃないかという気がしますね。ところで、奥さん、ひとつ知りたいんですけど、被害者のウォルター・セント・ジョンがじっさいにパディントン駅であずけた問題のスーツケースは、いま、どこにあるんですか？」

バンチはにやりと笑って、

「ジェーンおばさんのところだと思うわ。そう、ミス・マープルのことよ。これはね、ジェーンおばさんが考えだした作戦なのよ。つまり、おばさんは、まえにつかっていたメイドにたのんで、自分の衣類をつめたスーツケースをパディントン駅の手荷物預り所へもっていかせた。そのあと、あたしとジェーンおばさんは預り所のチケットを交換し、おばさんのスーツケースは、あたしがうけとって、列車でここまでもってきた。どうやら、おばさんは、だれかがこのスーツケースをうばいとる行動にでることを予想していたようなの」

こんどは、クラドック警部のほうがにやりと笑って、

「電話をかけてよこしたときに、そういっていましたよ。で、わたしは、これから、ミス・マープルに会うため、ロンドンまで車をとばすつもりなんですけど、奥さんも同行しますか？」

「ええと……」バンチは首をひねりながら、「そうね、ちょうどいいチャンスかもしれないわ。じつは、ゆうべから歯が痛みだしたので、ロンドンへいって、歯医者さんにみてもらおうかと思っていたんだけど、どうかしら？」

「もちろん、そうなさったほうがいいですよ」

ミス・マープルは、クラドック警部の顔からバンチ・ハーモンの意気ごんだ顔のほうへ視線をうつした。れいのスーツケースはそばのテーブルのうえにのっている。

「これ、まだ、あけてないのよ」と、ミス・マープルはいう。「どなたか、警察の方がこられるまえに勝手なことをしてはいけない、と思ったものですからね。それに、だいいち……」茶目っ気のある、お上品な笑みをうかべて、いいそえた。「カギがかかっているんですもの」

「中身はなにか、ためしに当ててみませんか、マープルさん？」と、クラドック警部はすすめる。

「そうね、あたしの想像では、ゾビーダの舞台衣裳じゃないかしら。ああ、ドライバーをもってきましょうか、警部さん？」

ドライバー一本で、カギは簡単にあいた。スーツケースの蓋をもちあげたとたん、ふたりの女性は、思わず、はっと息をのんだ。部屋の窓から差しこむ日光が照らしだしたのは、どこかに埋蔵されていた秘宝のようなもの……赤や青、グリーンやオレンジ色に燦然とかがやく宝石だった。

「アラジンの洞窟、か」ミス・マープルはつぶやくようにいった。「そのダンサーが踊りの衣裳につけていた、みごとな宝石だわ」

「ふーん」クラドック警部はうなり声をもらして、「しかし、これがそんなに貴重だった……こいつを手にいれるために、ひとりの男が殺されたとは」

「そのダンサーって、なかなか抜け目のない女性だったようね」ミス・マープルは神妙に考えこみながら、「本人は亡くなったんでしょう、警部さん？」

「ええ、三年まえに」

「で、その本人は高価なエメラルドのネックレスをだいじにしていた。だけど、これについては、ひとり内緒で、宝石だけをはずして、自分の舞台衣裳のあちこちにとりつけることにきめた。そうすれば、だれだって、あれは、ただ、色のついたイミテーションだ、と思うにきまっている。それから、このネックレスそっくりの模造品をつくらせたところ、こちらは盗まれてしまった。この盗品が売り物にでなかったのは当然よ。盗んだ犯人は、すぐ、こいつはニセ物だということに気づいたはずですもの」

「あら、封筒がはいっているわ」と、バンチがいった。

宝石のあいだからバンチがとりだした封筒をうけとると、クラドック警部は、なかから公文書のような二枚の書類をぬきだして、そのうちの一枚を読みあげた。

「ウォルター・エドマンド・セント・ジョン、メアリー・モス両人の結婚証明書。このメアリー・モスというのは、ゾビーダの本名なんですよ」

「すると、ふたりは夫婦だったわけね」と、ミス・マープル。「なるほど」

「で、もう一枚のほうは？」と、バンチはきいてみた。

「ジュウエルという娘の出生証明書です」

「ええっ、ジュウエル？」バンチは大声をあげた。「ははーん、どうりで。ジュウエル！　ジル！そうだ。これで、やっと、わかったわ。あの男がチッピング・クレグホーンくんだりまでやってきた理由が。あたしにいおうとしたのは、このことだったんだわ。やっぱり、ジュウエルだったのね。あのねえ、マンディーという老夫婦がいるのよ。ラバーナム荘に。このご夫婦、だれかのかわりに、小さな女の子の世話をしていて、とってもかわいがっていたの。まるで自分たちの孫みたいに。そう、いまになって、思いだしたわ。この子の名前、ジュウエルというのよ。ただ、いつも、ジル、ジルって呼ばれていたから、気がつかなかったんだわ。

ところが、一週間ほどまえ、奥さんが脳溢血で倒れてしまい、ご主人のほうも、だいぶまえから肺炎をわずらっていたので、ふたりとも、入院するという話だった。それで、あたし、どこかジルをあずかってくれる親切な家はないかしらと、一生けんめいにさがしていたところなの。施設なんかにいれるのは気のどくだと思ったからよ。

そうすると、こういうわけなのね。刑務所にいた父親は、この話を耳にして、なんとか脱走し、まえに劇場の衣裳係をやっていたとかいうその女性から、自分か妻のどちらかがあずけておいたスーツケースを返してもらったんだわ。もし宝石がほんとに母親のものなら、子どものために活用できるわけでしょうからね」

「いや、わたしも同感です、奥さん」と、クラドック警部。「その宝石がぜんぶそろっていれば、の話ですが」

「だいじょうぶ。ちゃんと、そろっていますよ」陽気な口調で、ミス・マープルはいった。


「ほほう、帰ってきたね」

ジュリアン・ハーモン牧師は、やさしい笑みをうかべ、満足げに吐息をもらして、妻に声をかけた。

「きみが留守のときは、いつも、バート夫人がなにかと世話をやいてくれるんだけど、きょうは、お昼に召しあがってくださいと、やけに奇妙な魚肉の揚げボールをとどけにきて、よわってしまったよ。でも、せっかくの好意を無にしてはわるいと思ったから、このティグラス・ピレセルにやったところ、こいつまで食べようとしないんだ。だから、仕方なく、窓の外へすててしまった」

女主人の膝に身をすりよせて、ごろごろ咽喉《のど》を鳴らしている飼い猫の背中をなでながら、バンチはいった。

「このティグラス・ピレセルは食べるお魚の選《え》りごのみがはげしいのよ。だから、おまえの胃袋はお高くとまっているのねって、よく、そういってやるの」

「ところで、歯のほうはどうしたね？　診《み》てもらったかい？」

「ええ、たいして痛くなかったわ。それで、もう一度、ジェーンおばさんに会ってきたの」

「あの、おばあちゃん、体のほうも丈夫なんだろうね」

「ええ、ぴんぴんしているわ」にっこり笑って、バンチはこたえた。

あくる日の朝、バンチは新鮮な菊の花たばを教会のなかへかかえていった。きょうも、また、東がわの窓から朝日がさんさんと差しこんでいる。バンチは、その宝石のような光をあびながら、内陣の階段のうえでたたずみ、ひくい声でつぶやいた。

「お嬢ちゃんのことは、心配しなくてもいいわよ。あたしが、かならず、しあわせにしてあげますからね」

教会のなかをきれいに掃除したのち、バンチは信者席に身をすべりこませて、ひざまずき、しばらく朝のお祈りをささげた。それから、牧師館のほうへとってかえすと、留守をした二日のあいだにたまってしまった家事にとり組みはじめた。

狩人荘の怪事件

The Mystery of Hunter's Lodge

真崎義博訳

「どうやら」ポアロが呟いた。「今回も死なずにすみそうだ」

インフルエンザが治りかけている彼のことばなので、だいぶ楽になってきたのだろうと思うと私もうれしかった。インフルエンザにかかったのは私が先で、それがポアロにうつってしまったからだ。彼はベッドで起き上がって背中に枕をあてがい、頭からウールの肩掛けをすっぽりかぶっている。そして、彼の指示に従って私が作った特製の煎じ薬をゆっくりすすっている。その目は、用済みになってマントルピースを飾る空の薬瓶をうれしそうに見つめていた。

「そうとも」小柄な我が友人はつづけた。「悪人が恐れる偉大なエルキュール・ポアロの復活だ！　なあ、ぼくが《ソサエティ・ゴシップ》に載ることを想像してみてくれ。そうとも！　記事はこんなふうだ――〝犯罪者諸君……全力で頑張りたまえ！――そして世の淑女のみなさん……エルキュール・ポアロ（Hercule Poirot）こそ真のヘラクレス（Hercules）なのであります！――我らが誇る名探偵も、いまは手綱を締める（get a grip）ことができません。なぜなら？　彼はインフルエンザにかかっている（got la grippe）からです〟とね」

私は笑ってしまった。

「よかったな、ポアロ。きみもすっかり有名人だ。それに幸い、寝込んでいるあいだには面白そうな事件もなかったし」

「たしかに。断わらなければならなかった事件も、残念だと思うようなものはなかったからね」

大家がドアから覗き込んだ。

「階下にお客さんが見えましたよ。ポアロさんか大尉に会いたいと言っています。だいぶ慌てている様子ですし――とても紳士らしい方なので――名刺を預かってきました」

彼女が私にその名刺をよこした。「ミスタ・ロジャー・ヘイヴァリングか」

ポアロが頭を動かして本棚を示すので、私は黙ってそこから『紳士録』を取り出した。ポアロに渡すと、彼は急いでページを繰りはじめた。

「〝第五代ウィンザー男爵の次男。一九一三年、ウィリアム・クラブの四女ゾーイと結婚〟」

「そうか！」私は言った。「どうやら、以前フリヴォリティ座に出ていた女性のようだな――自分ではゾーイ・キャリスブルックと名乗っていたが。たしか、戦争がはじまる少し前にロンドンの若者と結婚したはずだ」

「ヘイスティングズ、よかったら階下へ行って、悩み事を訊いてきてくれないか？　ぼくはちょっと失礼するとよくお詫びをしてな」

ロジャー・ヘイヴァリングは四十がらみで、がっちりした体格のあか抜けした男だった。だが、憔悴しきったような顔をし、見るからに動揺している様子だった。

「ヘイスティングズ大尉ですね？　ムッシュ・ポアロのパートナーとお聞きしていますが。実は、今日、どうしても私といっしょにダービシャーへいらしていただきたいのです」

「申し訳ありませんが、それは無理ですね」私は答えた。「ポアロは臥せっているのですよ――インフルエンザでね」

彼の顔が曇った。

「そいつは困ったな」

「ポアロへの相談事というのは重大なことなのですか？」

「そうなんですよ！　昨夜、大の親友でもある叔父がむごたらしく殺されたのです」

「ロンドンで？」

「いいえ、ダービシャーでです。私はこちらに滞在していたのですが、今朝、妻から電報が来ましてね。それを読んですぐに、ムッシュ・ポアロにこの事件を依頼しようと思って訪ねてきたわけです」

「少しお待ちください」私はふと思いついてこう言った。

部屋へ駆け上がり、事件についてポアロにかいつまんで話をした。彼は私にいくつか突っ込んだ質問をした。

「なるほど。ところでどうだい、きみひとりで行ってみるというのは？　いいだろう？　もうぼくの手法はわかっているはずだし。毎日、ぼくに詳細な報告をしてくれればいいよ。それで、きみに電報で指示を伝えるから、それに従ってくれ」

私は喜んで引き受けた。


一時間後、私はロンドンから遠ざかるミッドランド鉄道の一等車でミスタ・ヘイヴァリングと向き合っていた。

「ヘイスティングズ大尉、最初にお話ししておかなければならないことがあります。これから行く殺人現場の狩人荘というのは、ダービシャーの原野に立つただの小さな狩小屋なのです。自宅はニューマーケットの近くにありまして、社交の季節にはたいていロンドンに部屋を借りています。狩人荘の管理は家政婦に任せてあります。とても有能な人で、私たちがときどき週末に訪れるときも、彼女が世話をしてくれるのです。もちろん、狩猟シーズンにはニューマーケットの自宅から使用人を何人か連れて行きますがね。叔父のハリントン・ペイスは（ご存知かもしれませんが、私の母はニューヨークのペイス家の出なのです）、三年前から私たちと同居していました。私の父や兄とはうまくいっていませんでした。私が放蕩息子だということも、私への叔父の愛が深まった理由ではないかと思っています。もちろん私は貧乏で、叔父は裕福でした——生活費を出してくれていたのです。叔父には厳しいところもありましたが気さくな人で、私たち三人は円満に暮らしていました。二日前のことですが、叔父はロンドンでのにぎやかな生活に飽きたらしく、一日、二日、みんなでダービシャーへ行こうと言い出したのです。妻が家政婦のミセス・ミドルトンに電報を打って、その日の午後に三人で向こうへ行きました。昨日の夕方、私は用事があってロンドンへ戻らなければなりませんでしたが、妻と叔父はそのまま残りました。そして今朝、この電報が届いたのです」

彼はその電報を私に見せた。

サクヤ　オジ　コロサル　スグ　モドレ　ヨキタンテイヲ　タノム　ハヤク　モドレ——ゾーイ

「ということは、あなたもまだ詳しいことはご存知ないのですね？」
「ええ。きっと夕刊に出るでしょう。警察はもう捜査をはじめていると思いますが」
エルマーズ・ディルの小さな駅に到着したのは三時頃だった。そこから車で五マイルほど行くと、荒涼とした原野に立つ灰色をした小さな石造りの建物に着いた。

「寂しいところですね」私は身震いしながら言った。

ヘイヴァリングが頷いた。

「これは取り壊すことにします。もうここで寝泊まりはできませんからね」

ゲートの閂《かんぬき》を外し、細い小道を歩いてオーク材のドアまで行くと、見慣れた男が出てきて私たちを迎えた。

「ジャップ！」私は思わず叫んでしまった。

スコットランド・ヤードの警部が親しげににんまりし、ヘイヴァリングに話しかけた。

「ミスタ・ヘイヴァリングですね？　今度の事件の捜査にロンドンから派遣された者です。差し支えなければお話を伺いたいのですが」

「妻が――」

「奥様にはお目にかかりました――それと、家政婦さんにも。お手間は取らせません。ここでの調べは終わりましたので、私としても村のほうへ戻りたいのです」

「私はまだ何も知らないのですよ」

「ごもっともですが」ジャップは慰めるように言った。「二、三、ご意見をお伺いしたいことがありまして。ここにいるヘイスティングズ大尉は私の知り合いなので、お宅へ行ってあなたのお帰りを伝えてもらいましょう。ところで、ヘイスティングズ大尉、あの小さなお友だちはどうしたんだ？」

「インフルエンザにかかって寝ているよ」

「彼がか？　それはお気の毒に。きみがひとりで来るなんて、馬のない馬車みたいなものじゃないか？」

私は意地の悪い冗談を無視して家へ向かった。出るときにジャップがドアを閉めて来たので、私はベルを鳴らした。やがて、喪服を着た中年の女がドアを開けた。

「ミスタ・ヘイヴァリングもすぐに来られます」私は告げた。「いまは、警部とお話をなさっていますので。私は、今度の一件を調べるためにロンドンからヘイヴァリングさんといっしょに来た者です。昨夜のことを簡単にお話し願えますか？」

「どうぞお入りください」私が中へ入ると、彼女がドアを閉めた。そこは薄暗いホールになっていた。

「昨夜の夕食のあと、ミスタ・ペイスにお目にかかりたいといって男が訪ねてきました。話し方からしてアメリカのお友だちだろうと思い、銃器室へご案内してからミスタ・ペイスにお知らせに参りました。男が名乗ろうとしなかったのも、いま思うとおかしなことです。ミスタ・ペイスにそのことをお話しすると首を傾げていらっしゃいましたが、それでも若奥様に『失礼するよ、ゾーイ。何の用か訊いてくる』とおっしゃって銃器室へ行かれました。私はキッチンへ戻ったのですが、しばらくすると口論でもしているような大声が聞こえたのでホールへ出て行きました。若奥様も出ていらしたちょうどそのときに銃声がして、あとは静まり返ってしまいました。若奥様といっしょに銃器室へ走ったのですが、ドアには鍵がかかっていたので窓のほうへまわりました。窓は開いていて、ミスタ・ペイスが撃たれて血まみれで倒れていたのです」

「その男はどうしました？」

「私たちが行く前に、窓から逃げたにちがいありません」

「それで？」

「ミセス・ヘイヴァリングに言われて警察へ行きました。歩いて五マイルのところにあります。警官たちがいっしょに来てくれまして、巡査のひとりが一晩中いてくれました。そして今朝、ロンドンの警察の方が来られたのです」

「ミスタ・ペイスに会いに来たのは、どんな男でした？」

家政婦は思い出そうとしているふうだった。

「黒い顎鬚を生やした中年の男で、薄手のコートを着ていました。アメリカ人のような話し方をすること以外、これといったことには気づきませんでした」

「なるほど。ところで、ミセス・ヘイヴァリングにはお目にかかれますか？」

「二階にいらっしゃいます。お伝えしましょうか？」

「ええ、お願いします。奥様には、ご主人はジャップ警部と外にいらっしゃいますが、ロンドンからいっしょに来た者が至急お目にかかりたいと言っている、そうお伝えください」

「承知いたしました」

私は一刻も早く事実関係を知りたくて仕方がなかった。調査に関してはジャップのほうが私より二、三時間先行しているし、その彼が帰りたがっているとなれば何がなんでも追いつきたい、そう思ったのだ。

長く待たされることはなかった。数分後、階段を下りる軽い足音がするので見上げてみると、世にも美しい若い女性が私のほうへやって来るところだった。彼女は炎のような色のジャンパードレスを着ていて、ボーイッシュな細身のからだつきが引き立っていた。黒髪のうえには、やはり炎のような色のレザー・ハットが載っている。今度のような悲劇があっても、彼女のパーソナリティに影が差すようなことはないようだ。

私が自己紹介をすると、彼女はすぐに理解して頷いた。

「あなたとムッシュ・ポアロのことはよく耳にしています。これまでにもごいっしょに素晴らしいお仕事をなさってきたのでしょう？　すぐにあなたをお連れしたのは、主人のお手柄ですね。どうぞ、何なりとお訊きになってください。この恐ろしい出来事についてお知りになるには、それが一番の早道でしょう?」

「ありがとうございます、ミセス・ヘイヴァリング。ではまず、その男がやって来たのは何時頃のことでしたか?」

「九時少し前だったと思います。夕食を終えて、食後のタバコやコーヒーをいただいているところでしたから」

「ご主人がロンドンへお発ちになったあとですね?」

「ええ、六時十五分の列車で発ちましたから」

「駅までは車で? それとも歩いて?」

「私どもの車はここにはございません。ですから、列車に間に合うようにエルマーズ・デイルから車を呼びました」

「ミスタ・ペイスはいつもとお変わりありませんでしたか?」

「ええ、ぜんぜん。どこから見ても普段と同じでした」

「ところで、その男の姿格好はおわかりですか?」

「残念ですが。見ていないのです。ミセス・ミドルトンがすぐに銃器室に案内して、叔父に伝えに来ましたので」

「叔父様はなんとおっしゃいました?」

「心当たりがないようでしたが、すぐに席を立ちました。それから五分ほどして、大声が聞こえました。ホールへ飛び出したのですが、ミセス・ミドルトンとぶつかりそうになりました。その時に銃声がしたのです。銃器室は中から鍵がかかっていて、家の外をまわって窓のところへ行かなければなりませんでした。多少は時間がかかりましたから、犯人はそのあいだに逃げたのでしょう。かわいそうに、叔父は」――彼女は口ごもった――「頭を撃たれていました。一目で死んでいることがわかりました。ミセス・ミドルトンを警察へやって、私は部屋をそのままにしておくように、中のものには手を触れないようにしていました」

私は、それでいいのです、というように頷いた。

「それで、凶器は？」

「想像がつきますわ、ヘイスティングズ大尉、銃器室の壁には夫のレヴォルヴァーが二挺掛かっていたのですが、一挺がなくなっているのです。警察にこのことをお話しすると、もう一挺のほうを持って行きました。叔父から弾丸を取り出せば、はっきりすると思います」

「銃器室を見せていただけますか？」

「もちろん、どうぞ。警察の調べが済みましたので、遺体はもうありませんが」

彼女が現場へ案内してくれた。ちょうどそのときにヘイヴァリングがホールへ入ってきたので、彼女は失礼と言って夫のところへ走っていった。ひとり残された私は調べをはじめた。

正直に言うと、収穫はゼロに近かった。探偵小説では手がかりがたくさん出てくるが、ここには被害者が倒れたと思われる場所に付着したカーペットの大きな血痕以外、これといって目を惹くようなものは何もない。私は細心の注意を払ってあらゆるものを調べ、もってきた小型カメラで部屋の写真を二枚撮った。窓の外の地面も調べたが、すっかり踏み荒らされていて時間の無駄だろうと判断した。もう、狩人荘で調べるべきものはすべて調べたのだ。早くエルマーズ・デイルへ戻ってジャップに会わなければ、と思った。ヘイヴァリング夫妻に別れを告げ、駅から乗ってきた車でその場を離れた。

ジャップはマトロック・アームズにいて、すぐに死体が安置されているところへ連れて行ってくれた。ハリントン・ペイスは小柄で痩せた男で、髭もきれいに剃ってあり、一見、典型的なアメリカ人だった。撃たれたのは後頭部で、レヴォルヴァーは至近距離から発射されていた。

「彼が一瞬うしろを向いたすきに」ジャップは言った。「犯人がレヴォルヴァーを取って撃ったんだな。ミセス・ヘイヴァリングから預かった銃はフル・ロードの状態だったから、もう一挺もそうだったんだろう。フル・ロードされたレヴォルヴァーを二挺も壁に掛けておくなんて、素人はなんて馬鹿なことをするんだろう」

「この事件をどう思う?」その陰鬱な部屋を出るときに私は訊いた。

「そうだな、ぼくはまずヘイヴァリングが怪しいと睨んでいる」――私が驚きの声をあげると、彼はこう説明した――「ヘイヴァリングには過去があるんだ。オックスフォードの学生だったころに、父親の小切手のサインに関しておかしなことがあったんだ。もちろん、表沙汰にはならなかった。それと、いまの彼にはかなりの負債があるが、それも叔父に助けを求められるようなものじゃない。だから、叔父の遺言書が彼にとって有益なものになることはきみにもわかるだろ? そう、ぼくは彼に目をつけていた。だからこそ、彼が奥さんと会う前に話をしたかったんだ。だが、二人の話は完全に一致した。駅へ行って調べたんだが、彼が六時十五分に発ったこともまちがいない。ロンドンに着くのは十時三十分頃だ。彼は、駅からまっすぐクラブへ行ったと言っている。それが事実だとすると――顎鬚を生やして、ここで九時に叔父を撃つなんてことは不可能なんだ!」

「そうそう、その顎鬚のことをきみがどう思っているか、それを訊こうと思っていたんだ」

ジャップはウィンクをよこした。

「エルマーズ・デイルから狩人荘までの五マイルのあいだで――あっという間に生えたんだろうよ。ぼくが会ったことのあるアメリカ人は、たいていきれいに髭を剃っていたけどね。そう、犯人を探すなら、ミスタ・ペイスのアメリカ人の交友関係だろうな。ぼくは、まず家政婦に話を聞いてから奥さんの話を聞いたんだが、二人の言うことは一致していたよ。ただ、残念なことにミセス・ヘイヴァリングはその男を見ていないんだ。彼女は頭が切れるから、見ていれば手がかりになるようなことに気がついたかもしれないいんだが」

私は机に向かってポアロに長く詳細な手紙を書いたが、投函するまでにはさまざまな新しい情報を書き加えることができた。

遺体から弾丸が摘出され、警察が保管しているのと同型のレヴォルヴァーから発射されたものだということが判明した。さらに、事件当夜のミスタ・ヘイヴァリングの足取りも、当該列車でロンドンに着いたことも、確認された。第三に、事件はセンセーショナルな発展を見せた。その日の朝、イーリングに住むある男がヘイヴン・グリーンを歩いて地元の駅へ向かう途中、柵のあいだに挟んであるハトロン紙で包んだものに気がついた。開けてみると、レヴォルヴァーが入っていた。彼は地元の警察にその包みを届けた。その日のうちに、それが警察が捜している銃で、ミセス・ヘイヴァリングから預かった銃と対になっているものだということが判明した。

こうしたことを、私はポアロへの報告に書き加えた。翌朝、食事をしているときにポアロからの電報が届いた。

モチロン　クロヒゲノオトコハ　ヘイヴァリングデハナイ　ソンナコトヲカンガエルノハ　キミトジャップクライナモノダロウ　カセイフノフウテイト　ケサ　ナニヲキテイタカヲ　シラセロ　ミセス　ヘイヴァリングニツイテモ　ドウヨウニ　シツナイノシャシンナドトッテ　ジカンヲムダニスルナ　アレハ　ロシュツブソクダッタシ　ゲイジュツセイノ　カケラモナカッタ

ポアロの電文は必要以上におどけているように思えた。そして、私が事件を扱うのに好都合な場所に来ていることにかすかな妬みを感じているのではないか、そんなふうにも勘ぐった。二人の女の服装を訊くなど馬鹿げているとは思ったが、素人の私としてはできるだけ彼の意向にそうようにした。

十一時、ポアロからの返事がきた。

ジャップニ　テオクレニナルマエニ　カセイフヲタイホスルヨウ　ツタエルベシ

私は呆れ果ててその電報をジャップに見せに行った。彼は悪態でもつくように小声で言った。

「ムッシュ・ポアロはたいした男だからな。彼がそう言うなら、そう言うだけのことはあるんだろう。ぼくも、あの女にはたいして気を留めなかったよ。逮捕までできるかどうかはわからないが、とにかく監視をつけることにしよう。さっそく出かけてもう一度会ってみようか」

が、手遅れだった。ごくふつうで品もある物静かな中年女のミセス・ミドルトンは、影も形もなくなっていたのだ。彼女のトランクは置いたままになっていて、中にはありふれた衣類しか入っていなかった。彼女の身元や所在の手がかりは何もなかった。

私たちは、ミセス・ヘイヴァリングから訊き出せるかぎりのことを聞いた。

「前の家政婦だったミセス・エマリーが辞めたので、三週間前に彼女を雇ったのです。マウント・ストリートで名の通った仲介業をしているミセス・セルボーンの紹介でした。うちの使用人はすべてそこの紹介なのです。何人かを面接によこしましたが、ミセス・ミドルトンがいちばんよさそうで、申し分のない紹介状も持っていたのです。その場で雇うことにして、仲介業者にもそのように連絡しました。彼女に不審な点があったなどということは信じられません。物静かないい人でしたから」

事態は雲をつかむようだった。銃声がしたとき、家政婦はホールでミセス・ヘイヴァリングといっしょだったのだから、彼女が犯人でないことは明らかだった。だが、殺人事件となんらかの関わりはあったにちがいない。さもなければ、不意に姿を消すわけがないからだ。

私は最新情報と、ロンドンに戻ってセルボーンという仲介業者を調べようか、と書いてポアロに電報を打った。

すぐにポアロからの返事がきた。


アッセンギョウシャニキイテモ　ムダダ　ミセハ　ナニモシルマイ　カノジョガ　サイショニカリュウドソウヘキタトキ　ナニニノッテキタカヲ　シラベロ

わけがわからなかったが、言われるとおりにした。エルマーズ・デイルでの交通手段は限られている。地元のタクシー会社のポンコツのフォードと貸馬車がそれぞれ二台ずつしかない。問題の日にはひとりも客がなかった。その点を訊くと、ミセス・ヘイヴァリングは、家政婦にはダービシャーまでの汽車賃と、狩人荘までのタクシーか馬車の運賃を与えた、と説明した。駅では、たいていフォードの一台が客待ちをしているという。さらに、事件当夜、黒髭の有無にかかわらずダービシャーで下車したよそ者がいなかったという事実を考え合わせると、犯人は車で現場へ行って犯行後もその車で逃走したということになる。そして、消えた家政婦を乗せたのも同じ車ではないか、とも考えられる。また、ロンドンの仲介業者への問い合わせでも、ポアロの言ったことが証明された。〝ミセス・ミドルトン〟なる女は店の人材リストには載っていない、というのだ。ミセス・ヘイヴァリングからの家政婦求人依頼を受けて何人かの応募者を紹介したが、手数料は送られてきたものの、誰を採用したかの連絡はなかったという。

いささかがっかりしてロンドンへ戻ると、派手なシルクのガウンを着て暖炉のまえのアームチェアに坐ったポアロが、温かく迎えてくれた。

「お帰り、ヘイスティングズ！　きみが戻ってきてうれしいよ。本当によかった！　で、楽しんできたかい？　ジャップと駆けずり回ったんだろ？　気の済むまで調査をしたり話を聞いたりしたんだろ？」

「なあ、ポアロ」私は大きな声を出してしまった。「今度の事件は謎だらけだよ。迷宮入りになると思うね」

「我々が栄光に包まれるということはなさそうだな」

「まず無理だろう。実に厄介な事件《ハード・ナッツ》なんだから」

「いやいや、クルミ《ナッツ》というなら、ぼくはクルミ割りの名人なんだ！　リスにだって負けないぞ！　ぼくが困っているのはそういうことじゃないんだ。ミスタ・ハリントン・ペイスを殺した犯人はわかっているんだから」

「本当か？　なぜわかったんだ？」

「ぼくが打った電報へのきみの詳しい答えでわかったんだ。なあ、ヘイスティングズ、順序立てて事実を検討してみようじゃないか。ミスタ・ハリントン・ペイスには巨額の財産があって、彼が死ねばまちがいなく甥が相続する。そこでだ、第一に、その甥は破産寸前に追い込まれている。第二に、その甥は——なんというか、かなり道徳観念の薄い男と言っていいだろ？　第三に」

「だが、ロジャー・ヘイヴァリングはロンドンへ来ていたんだぞ。それは確認されている」

「確かに――ミスタ・ヘイヴァリングがエルマーズ・デイルを発ったのは六時十五分。ミスタ・ペイスが殺されたのはそのあとだ。それに、ドクタが死体を調べたときに死亡推定時刻をまちがえなかった以上、ミスタ・ペイスを撃ったのが甥でないことは明らかだ。だがな、ここにはミセス・ヘイヴァリングという登場人物もいるんだぞ、ヘイスティングズ」

「あり得ない！　銃声がしたとき、彼女は家政婦といっしょだったんだぞ」

「ああ、たしかに、家政婦とな。だが、家政婦は消えてしまった」

「いずれ見つかるさ」

「いや、見つかるまい。その家政婦には得体の知れないところがある、そうは思わないか？　ぼくにはすぐにぴんと来たぞ」

「彼女は彼女で自分の役割を果たしたから、ちょうどいい時に出て行ったんだ」

「役割って、どんな役割だ？」

「まあ、共犯者の黒髭の男を手引きしたとか」

「いやいや、それはちがう！　彼女の役割は、いまきみが言ったことだよ。銃声がしたときのミセス・ヘイヴァリングのアリバイを作ることだ。それに、彼女はぜったいに見つからないね、なぜなら、最初から彼女は存在しないんだから！　きみの大好きなシェイクスピアも言うように、〝そんな人物はおりません〟ということだよ」

「それはディケンズだよ」そう呟いた私は、笑みを抑えきれなかった。「だが、それはいったいどういうことなんだ、ポアロ？」

「つまり、結婚する前のゾーイ・ヘイヴァリングは女優だったということさ。きみもジャップも、その家政婦を見たのは薄暗いホールでだろ？　黒い服を着た、押し殺したような声をした中年女だ。それに、きみもジャップも、家政婦が連れてきた地元の警官も、ミセス・ミドルトンとミセス・ヘイヴァリングがいっしょにいるところを一度も見ていない。あの頭のいい大胆な女にとっては、子どもだましの演技さ。ミセス・ヘイヴァリングを呼びに行くと言って二階へ駆け上がり、派手なジャンパードレスを着てグレイのかつらの上に黒い巻き毛のついた帽子をかぶった。そして手際よくメイクを落としてから少しだけルージュを塗って、華やかなゾーイ・ヘイヴァリングに変身し、澄んだよく通る声で階段を下りてきたというわけだ。家政婦を注意深く観察する者など誰もいなかった。家政婦と事件を結びつけるようなものは何もないんだから、当然だろ？　彼女にもちゃんとアリバイがあったしね」

「だが、イーリングで見つかったあのレヴォルヴァーは？　ミセス・ヘイヴァリングがあんなところに置いておけるわけがないぞ」

「もちろん。あれはロジャー・ヘイヴァリングがやったことなんだ──だが、あれは彼らのミスだったな。そのおかげで、ぼくには二人のトリックがわかったんだから。たまたま現場で見つけたレヴォルヴァーで人を殺したのなら、ふつうはその場に銃を放り出していくはずだ。わざわざロンドンまで持って来たりはしない。ロンドンまで持って来た意図は明らかさ。警察の目をダービシャーから遠く離れた場所へそらせたかったんだ。できるだけ早く警官を狩人荘から追い払いたかったんだよ。もちろん、イーリングで見つかったレヴォルヴァーはミスタ・ペイスを撃った銃じゃない。ロジャー・ヘイヴァリングはどこかであの銃を一発撃ってからロンドンへ来て、クラブへ直行してアリバイを作った。そうしておいてから電車に飛び乗ってイーリングへ行った。乗ってしまえば二十分くらいしかからないからな。銃を入れた包みをそこに置いて、ロンドンへ戻ってきた。一方の美しい奥さんは、夕食後にミスタ・ペイスをそっと撃つ──彼が背後から撃たれたことは覚えてるだろ？　もうひとつ重要なことがある！――ミスタ・ペイスを撃った銃には弾丸を込めなおして、銃器室の壁に戻しておいたのさ。そうしてから、あの一か八かの田舎芝居をはじめたというわけだ」

「信じられないな」私はすっかり感心して呟いた。「それにしても――」

「それにしても、事実なんだよ。事実なんだ。だが、あのたいした二人を裁判にかけられるかどうかは別な問題だ。まあ、それはジャップが考えるだろう――手紙にすべてを詳しく書いておいたからな。だがね、ヘイスティングズ、あの二人は運命か神様にでも任せるしかないだろうな」

「悪人、世にはびこる、ってわけか」

「だが、大きな代償を払うことになるさ、ヘイスティングズ。いつだって大きな代償を支払うことになるんだよ！」

　ポアロの予言は当たった。ジャップはポアロの推理の正しさを確信したが、有罪を立証するだけの証拠を集めることができなかった。

　ミスタ・ペイスの莫大な遺産は、彼を殺した犯人たちの手に渡った。が、ネメシス（ギリシャ神話の応報天罰の女神）は彼らを見逃したりはしなかった。パリに向かう飛行機が墜落したという新聞記事を読んでいると、その死亡者リストの中にヘイヴァリング夫妻の名前があり、私は神の裁きが下ったのだ、と思った。

世界の果て

The World's End

嵯峨静江訳

公爵夫人のせいで、サタースウェイト氏はコルシカ島に来ていた。ここは、彼の縄張りではなかった。リヴィエラでなら、彼は快適にすごすことができたし、快適にすごすということが、彼にとってはなにより大事だった。しかし、快適さも大事だったが、それ以上に彼は公爵夫人という肩書きに弱かった。いかにもサタースウェイト氏らしく、あたりさわりなく、紳士的に、昔ながらに、彼は貴族を崇拝していた。彼は上流階級の人たちが好きだった。リース公爵夫人は、正真正銘の公爵夫人だった。彼女の先祖には、下層階級の者などいなかった。彼女は公爵の妻であるとともに、公爵の娘でもあった。

実物の彼女は、かなりみすぼらしい老婦人で、服の縁飾りに黒いビーズをつけたりするのが好きだった。古めかしい細工のダイヤモンドをたくさん持っていて、それを母親が昔やっていたのと同じように、手当たりしだいにからだじゅうにつけていた。公爵夫人が部屋の真ん中に立ち、メイドがでたらめにブローチを投げつけるのだ、と言った者もいた。彼女は慈善事業に惜しみなく寄付をしたし、小作人や使用人の世話もよくみたが、細かい金のことになると、ひどくけちだった。車に乗るときは、友人にたのんで乗せてもらい、買い物は地下の特売場ですませた。

どういうわけか、公爵夫人はコルシカ島に行こうと思いたった。カンヌは退屈なうえ、ホテルの主人と、宿泊料のことで大喧嘩したのだった。

「あなたも連れていってあげるわ、サタースウェイトさん」と、彼女はきっぱり言った。「わたしたちの年になると、世間の噂なんて気にする必要はありませんからね」

サタースウェイト氏は、ちょっぴり得意になった。これまで、彼が世間の噂の種になることなど、一度もなかった。それほど彼は取るに足らぬ人間だった。世間の噂になる——しかも公爵夫人と——素晴らしいことではないか！

「景色がきれいだけど」と、公爵夫人は言った。「山賊が出るらしいの。でも、とにかく安くすむらしいわ。今朝のマニュエルの厚かましさときたら。ああいうホテルの主人は、うんとこらしめてやらないと。あんなふうじゃ、上流のお客を集めることはできませんよ。はっきりそう言ってやりました」

「飛行機だと」と、サタースウェイト氏は言った。「アンティーブから楽に行けるそうですね」

「きっと料金が高いんでしょうね」と、公爵夫人は鋭く言った。「調べてくださる？」

「はい、さっそく」

自分の役割がお供の雑用係にすぎなくとも、サタースウェイト氏は満足だった。

空路の旅費の金額を知った公爵夫人は、即座にそのプランを却下した。

「あんな危なっかしい乗り物に、そんな大金を払ってまで乗りたいとは思いませんよ」

そこで彼らは船で行き、サタースウェイト氏はつらく苦しい十時間の船旅に耐えた。まず、船は七時に出たので、彼は船内で夕食が出るものと思いこんでいた。ところが、食事は出なかった。船は小さく、海は荒れていた。早朝、アヤッチオに放り出されたとき、サタースウェイト氏は立っているのもやっとだった。

　ところが、公爵夫人は元気いっぱいだった。彼女は金さえ倹約できれば、どんな難儀も苦にしなかった。ヤシの木々と朝日という波止場の眺めに、うっとりと見入っていた。船の入港を島民が総出で出迎えたかと思えるほどの人出で、舷門が降ろされると、どよめきが起こり、指図の声が飛び交った。

「いやはや《オン・ディレ》」と、彼らのかたわらにいた、太ったフランス人が言った。「こんな扱いを受けたのは初めてだ《ク・ジャメ・アヴォン・オ・ナ・フェ・セット・マヌーヴル・ラ》！」

「わたしのメイドったら、ひと晩じゅう船酔いにかかっていたのよ」と、公爵夫人が言った。「まったく情けないわ」

　サタースウェイト氏は、青ざめた顔で弱々しく微笑んだ。

「せっかくの食事を無駄にしてしまって」公爵夫人は元気よくつづけた。

「あの娘には、なにか食べ物が出たんですか？」と、サタースウェイト氏はうらやましそうにたずねた。

「たまたま、わたしがビスケットとチョコレートをすこし持ってきていたんです」と、公爵夫人は言った。「夕食が出ないとわかったので、それをあの娘にあげたんですよ。下々《しもじも》の者は、食事をとれないと、すぐに文句を言いだすから」

　舷門が無事に陸地に届くと、歓声があがった。ミュージカルのコーラス隊みたいな男たちが船に乗りこんできて、乗客たちの手からわれさきに荷物をもぎ取った。

「さあ、行きましょう、サタースウェイトさん」と、公爵夫人は言った。「まずお風呂に入って、それからコーヒーが飲みたいわ」

　サタースウェイト氏も同じ気持ちだった。しかし、彼の希望は容易にはかなえられなかった。ホテルに着いた二人は、腰の低い支配人に迎えられ、それぞれの部屋に案内された。公爵夫人の部屋には浴室がついていたが、サタースウェイト氏は他人の寝室の風呂に連れていかれた。こんな朝早くに熱い風呂に入りたいと思うことが、そもそも間違いだったのだろう。入浴後に、彼はふたのないポットに入れて出された、濃厚なブラック・コーヒーを飲んだ。部屋のよろい戸と窓は開け放たれ、朝のすがすがしい空気が入ってきた。まばゆいほどの青空と緑が、目に飛びこんできた。

　ウェイターが大げさな手ぶりで、美しい景色を指し示した。

「アヤッチオ」と、彼はもったいぶって言った。「世界中でいちばん美しい港《ル・プリュ・ボー・ポール・デュ・モンド》！」

　それだけ言うと、彼はぷいと出ていった。

　雪をいただく山々を背景にした、紺碧の入り江を眺めながら、サタースウェイト氏はウェイターの意見に同感した。コーヒーを飲み終えた彼は、ベッドに横になり、そのまま眠りこんだ。

　昼食《デジュネ》のとき、公爵夫人は上機嫌だった。

「あなたはもっとこういう旅をすべきだわ、サタースウェイト」と、彼女は言った。「あんな年寄りくさい暮らしはもうおやめなさい」彼女は柄付きの眼鏡で部屋を見まわした。「まあ、あそこにネオーミ・カールトン・スミスがいるわ」

　出窓のテーブルに一人ですわっている娘を、彼女は指差した。娘は猫背で、前かがみにすわっている。粗い麻地の茶色い服を着ていて、短い黒髪の毛先が不揃いだった。

「芸術家ですか？」と、サタースウェイト氏はたずねた。

　彼はひとを見て、その人となりを言い当てるのが、いつも得意だった。

「当たりよ」と、公爵夫人は言った。「自称芸術家ではあるけれど。怪しげな場所をうろつきまわっているのは知っていたわ。すっからかんの貧乏で、魔王のように傲慢で、それにカールトン・スミス家の人たちはみんなそうだけど、妙な考えにとり憑かれていて。あの娘の母親は、わたしのいとこなの」

「では、彼女はカールトン一族の一人なんですね？」

公爵夫人はうなずいた。

「自分から貧乏くじばかり引いているのよ」と、彼女はしゃべりまくった。「頭のいい娘なんだけど。ろくでもない男とかかわって。チェルシーにたむろしてるような連中の一人で、芝居だの、詩だの、不道徳なものを書いていたの。もちろん、だれにも相手にされなかったわ。ところが、その男がだれかの宝石を盗んで、捕まってしまったのよ。どんな刑を受けたのだったかしら？　たしか、五年の刑だったと思うわ。あなた、覚えていない？　去年の冬のことでしたよ」

「去年の冬は、エジプトにいました」と、サタースウェイト氏は説明した。「一月の末に、ひどい流感にかかって。病後に、医者がエジプトに行けとうるさかったものですから。ずいぶん損しましたよ」

彼の声は本当に残念そうだった。

「なんだかあの娘、ふさいでいるみたいだわ」公爵夫人は柄のついた眼鏡をもう一度目に当てた。「放っておくわけにもいかないわね」

食事を終えた彼女は、ミス・カールトン・スミスのテーブルに立ち寄り、娘の肩を軽くたたいた。

「ねえ、ネオーミ、わたしの顔を忘れているようね」

ネオーミはしぶしぶ立ち上がった。

「忘れてはいません、公爵夫人。あなたが入ってくるのを見かけました。あなたのほうこそ、わたしを覚えてはいないだろうと思ったんです」

彼女はいかにも面倒臭そうに言った。

「食事が終わったら、テラスにいらっしゃい」と、公爵夫人は命令した。

「わかりました」

ネオーミはあくびをした。

「なんて無作法なのかしら」歩きながら、公爵夫人はサタースウェイト氏に言った。「カールトン・スミス家の人間は、みんなあああなのよ」

ひなたのテラスで、二人はコーヒーを飲んだ。数分後、ネオーミ・カールトン・スミスがホテルからぶらりと出てきて、彼らに加わった。彼女は椅子にだらしなくすわり、両脚を行儀悪く伸ばした。妙な顔だ――あごが突き出て、灰色の目がくぼんでいる。聡明そうで、不幸な顔――あともうちょっとのところで、美しいとは言えない顔だった。

「それで、ネオーミ」と、公爵夫人は歯切れよく言った。「今、どうしているの？」

「べつに、なにも。ぶらぶらしているだけです」

「まだ絵を描いているの？」

「すこしは」

「見せてちょうだい」

ネオーミはにやりと笑った。独裁者の前でも、彼女は物怖じせず、むしろ面白がっていた。ホテルに入っていった彼女は、作品を入れた画集を手にして戻ってきた。

「あなたのお気には召さないでしょうね、公爵夫人」と、彼女はあらかじめことわるように言った。「なんとでも好きなように批評してください。気を悪くしませんから」

サタースウェイト氏はすこし椅子を近づけた。彼は興味をそそられた。しばらくすると、彼の興味はさらに募った。公爵夫人は、容赦なく思ったままを口にした。

「なんなのこれ、どっちが上か下かわからないわ」と、彼女はこきおろした。「それにまあ、こんな色の空なんてありえないわ——海の色にしたって」

「それがわたしの見方なんです」と、ネオーミは平然と言った。

「うわっ、いやだ！」べつの絵を見て、公爵夫人が言った。「ぞっとするわ、これ」

「それが狙いなんです」と、ネオーミは言った。「自分では気づかずに、わたしを褒《ほ》めているんですよ」

それはウチワサボテンを描いた、奇妙な渦巻き派の習作で、サボテンだということがかろうじてわかるものだった。強烈な色をしみのように散らせた灰緑色の地に、サボテンの実が宝石のように輝いていた。悪の塊が渦巻き、ぶよぶよして——ただれていた。サタースウェイト氏は身震いし、顔をそむけた。

ネオーミは彼を見て、わかっているというようにうなずいた。

「そうなんです」と、彼女は言った。「本当に毒々しいんです」

公爵夫人が咳払いをした。

「近頃じゃ、芸術家になるのは簡単なようね」と、彼女は手厳しく批評した。「物を写すということをしないんだから。ただ絵の具を塗ったくって——えーと、絵筆じゃなくて、なんだったかしら——」

「パレット・ナイフです」ネオーミはまたにんまりして言った。

「そう、それでこってりと塗りたくるのよ」と、公爵夫人はつづけた。「山盛り塗って、はい、できあがり！　それを見て、だれもが〝しゃれた絵だ〟などと言うのよ。わたしに言わせれば、そんなものは絵じゃないわ。わたしが好きなのは――」

「エドウィン・ランドシアの犬か馬のきれいな絵でしょう？」

「そうですとも」と、公爵夫人は問いただした。「ランドシアのどこが悪いの？」

「どこも悪くないわ」と、ネオーミは言った。「彼は立派な画家よ。あなただってご立派だわ。なんでも頂点にあるものは、いつだってぴかぴかに輝いているわ。公爵夫人、あなたは権力を持っていて、恵まれた人生をおくって、頂点に君臨している。でもね、下にいる人たちは、物事の裏側を見てるのよ。それもけっこう面白いものだわ」

公爵夫人は彼女をまじまじと見つめた。

「なにを言ってるんだか、わたしにはさっぱりわからないわ」と、彼女は言った。

サタースウェイト氏はまだ彼女の絵を鑑賞していた。公爵夫人と異なり、彼は絵の背後にある技巧の完璧さに気づいていた。彼は驚くと同時に、嬉しくなった。彼は娘を見上げた。

「一枚売ってくれませんか、カールトン・スミスさん？」

「一枚五ギニーで、どれでもお好きなのを選んでください」と、娘は無関心そうに言った。

サタースウェイト氏はすこし迷ってから、ウチワサボテンとアロエの習作を一枚選んだ。前景に、明るい黄色のミモザの花がぼかすように描かれ、深紅のアロエの花が画面のあちこちに躍り、背景となる全面に描かれた、楕円形のウチワサボテンと剣のようなアロエの葉が、全体の基調をなしていた。

彼は娘に軽く頭を下げた。

「これを手に入れることができて、とても嬉しいです、カールトン・スミスさん。掘り出し物をしました。将来、この絵を売ったら、大儲けができるでしょう――売る気になればね！」

娘は身を乗り出し、彼がどの絵を選んだのかを見ようとした。彼女の表情が変わった。このとき初めて、彼女は本当に彼の存在に気づいた。そして尊敬をこめて彼を一瞥した。

「いちばん出来のいい絵だわ」と、彼女は言った。「わたし――嬉しいわ」

「まあ、あなたがなにをしようと勝手ですけど」と、公爵夫人は言った。「それに、たぶんあなたの目のほうが正しいんでしょう。あなたはたいした目利きだそうだから。でも、こんなわけのわからないものは芸術なんかじゃないわ。まあいいわ、もうこの話はよしましょう。それよりも、ここには二、三日しかいないつもりなんだけど、ちょっと島を見物してみたいわ。車を持ってるんでしょ、ネオーミ？」

娘はうなずいた。

「ちょうどよかった」と、公爵夫人は言った。「明日、どこかにドライヴに行きましょう」

「でも、二人乗りなの」

「かまわないわ。補助席があるでしょう。サタースウェイトさんはそれでいいわよ」

サタースウェイト氏は震えあがった。今朝、彼はコルシカ島の道路の状態に目を留めていた。ネオーミはそんな彼の表情を見ながら言った。

「わたしの車じゃあんまりだわ。もうがたがたのポンコツで、ただ同然で買ったものなんです。わたし一人なら、どうにかなだめすかして坂を上がれるけれど、だれかを乗せるのはとても無理だわ。でも、町にはいい貸し自動車屋があるから、そこで一台借りたらいいでしょう」

「借りるですって？」公爵夫人は考えられないという顔をした。「とんでもない。ねえ、昼食前に四人乗りの車で乗りつけた、あのハンサムなひとはだれなの？」

「トムリンスンさんのことでしょう、きっと。インドの判事を退官なさった方よ」

「なかなか感じのよさそうなひとね。あとで話しかけてみようかしら」

その晩、サタースウェイト氏が夕食に降りていくと、公爵夫人は黒いビーズとダイヤモンドを燦然《さんぜん》と光らせて、例の四人乗り自動車の持ち主と熱心に話しこんでいた。彼女は横柄に手招きした。

「こっちにいらっしゃい、サタースウェイトさん。トムリンスンさんから、とても面白い話をうかがっているの。それとね、明日、この方がわたしたちをドライヴに連れていってくださるんですって」

サタースウェイト氏は彼女の手並みに感心した。

「さあ、食事に行きましょう」と、公爵夫人は言った。「ぜひ、わたしたちのテーブルに来て、お話の続きを聞かせてくださいな、トムリンスンさん」

「本当に感じのいい方だわ」二人きりになったとき、公爵夫人はそう言った。

「本当に感じのいい車を持ってますしね」と、サタースウェイト氏はやり返した。

「意地悪ね」と言うと、公爵夫人はいつも持ち歩いている、薄汚れた黒い扇子で、彼の手の甲をぴしゃりとたたいた。サタースウェイト氏は痛みに顔をしかめた。

「ネオーミもいっしょに行くわ、自分の車で」と、公爵夫人は言った。「あの娘には気分転換が必要だわ。すごくわがままなのよ。自分本位ではないけれど、だれにも、なんにも、まるで無関心なの。そう思わない？」

「そんなことはありえないはずなんですがね」と、サタースウェイト氏はおもむろに言った。「つまり、だれだってかならずなにかしらに関心を持つはずなんです。たしかに、自分本位のひとはいますが、あなたがおっしゃるように、彼女はそんなタイプではありません。あのひとは自分自身にまったく興味を失っていますね。それでいながら、芯の強さがある——なにかを一途に思いつめているような。はじめは、芸術に対して一途なのかと思いましたが、そうではありません。あれほど生きることに執着しないひとを見たのは初めてです。あれじゃ、危険ですよ」

「危険？　どういうこと？」

「そのう――なにか強迫観念を持っているにちがいありません。この強迫観念というのは、いつだって危険なものなんです」

「サタースウェイトさん」と、公爵夫人は言った。「ばかなことを言わないで。それよりも、明日のことだけど――」

サタースウェイト氏は耳を傾けた。ひとの話を聞くのが、つねに彼の役割だった。

翌朝早く、彼らは昼食を持って出発した。この島に来て六カ月になるネオーミが、案内をすることになった。出発を待っている彼女に、サタースウェイト氏は話しかけた。

「あなたの車に乗せてもらうわけにはいきませんか？」と、彼は物足りなそうに言った。

彼女は首を振った。

「あっちの車の後部座席のほうが、ずっと乗り心地がいいですよ。座席のクッションもいいし。この車は本当におんぼろだから、でこぼこ道だと飛び跳ねてしまうわ」

「それに、坂道もありますしね」

ネオーミは笑った。

「あら、ああ言ったのは、あなたを補助席に乗せないためよ。あの公爵夫人なら、車を一台借りるくらい、なんでもないはずなのに。イギリス一のけちんぼうだわ。でも、あのお婆さん、けっこう可愛いところがあって、憎めないひとね」

「じゃあ、あなたの車に乗せてもらえるんですね？」と、サタースウェイト氏は意気込んで言った。

彼女は不思議そうに彼を見つめた。

「なぜそんなにわたしといっしょに行きたがるの？」

「なぜって、決まっているじゃないですか」サタースウェイト氏は珍妙で時代遅れのおじぎをしてみせた。

彼女は微笑んだが、首を振った。

「冗談がお上手ね」と言って、彼女は首をかしげた。「妙だわ……でも、やっぱりいっしょには行けません――今日は」

「では、またの機会に」と、サタースウェイト氏は礼儀正しく言った。

「まあ、またの機会ですって！」急に彼女は笑いだした。妙な笑い方だ――と、サタースウェイト氏は思った。「またの機会ね！　さあ、それはどうかしら」

彼らは出発した。町中を走り抜け、湾の周囲をめぐり、内陸に入って川を渡り、それからふたたび、無数の砂地の入り江がある海岸に出た。そのあと、車は坂道を登りはじめた。どこまでもうねうねとつづくカーヴを曲がりながら、車は坂を上がっていった。青い湾がはるか下のほうに見え、反対側には、アヤッチオの町並みが、おとぎ噺の町のように、陽光を受けて白くきらめいていた。

カーヴを曲がるたびに、崖っ縁に寄ったり、崖から離れたりしているうちに、サタースウェイト氏はめまいがして、気分が悪くなってきた。さほど広くない道を、車はただひたすら登っていった。

しだいに寒くなった。雪が積もった山頂から、風が吹きつけてくる。サタースウェイト氏はコートの襟を立て、あごの下まできっちりボタンをかけた。

とても寒い。海面をへだてて、アヤッチオの町はまだ陽光を浴びていたが、このあたりでは、流れてくる厚い灰色の雲が、太陽の光をさえぎっていた。サタースウェイト氏は景色を楽しむどころではなくなり、暖房が効いているホテルと、心地よいアームチェアが恋しくなった。

ネオーミの二人乗りの車が先頭を走りつづけた。ひたすら坂道を上がってきて、今、ようやく世界の頂上に来た。両側は低い丘ばかりで、斜面が谷までつづいている。彼らの眼前に、雪をいただいた山頂があった。ナイフのように鋭く冷たい風が、容赦なく吹きつけてきた。突然、ネオーミの車が止まり、彼女がふりかえった。

「着いたわ」と、彼女が言った。「〝世界の果て〟よ。あいにくのお天気だけど」

彼らはみな車から降りた。彼らが着いたのは、数軒の石造りのコテージがあるだけの、小さな村だった。高さ一フィートもある文字で、〈コチ・キャヴェエリ〉という村の名前が書き記されていた。

ネオーミは肩をすくめた。

「あれが正式の名前だけど、わたしは〝世界の果て〟と呼んでいるの」

彼女は数歩進み、サタースウェイト氏は彼女にならんだ。二人は家々の前を通り過ぎていた。道は行き止まりだった。ネオーミが言ったように、ここで終わりだった――その先は、無の世界の入り口だった。背後には、白いリボンのような道。前には――なにもない。ただはるか下に、海が見えるだけ……

サタースウェイト氏は深く息を吸いこんだ。

「想像を絶するところですね。ここならどんなことでも起こりそうな気がします――どんなひとにでも会いそうな――」

彼は言葉を飲みこんだ。すぐ目の前の岩に、一人の男が海のほうを向いてすわっていた。まるで手品のように、突然、気がつくとそこに男がいた。どこからともなく忽然と現われた、という形容がぴったりだった。

「はて、いつのまに――」と、サタースウェイト氏はつぶやいた。

するとそのとき、男がふりむき、サタースウェイト氏はその顔を見た。

「おや、クィンさん！　こんなところであなたに会うとは。カールトン・スミスさん、友人のクィンさんを紹介しましょう。彼は不思議な男でしてね。ねえ、クィンさん、あなたはいつだってきわどいときにひょっこりと現われて――」

自分がなにかとほうもなく重大なことを言ったような気がして、彼は口をつぐんだが、それがなにかはわからなかった。

ネオーミはいつものぶっきらぼうな態度で、クィン氏と握手をしていた。

「ここにピクニックに来たんです」と、彼女は言った。「でも、寒くて骨まで凍ってしまいそうだわ」

サタースウェイト氏は身震いした。

「たぶん」彼は確信なく言った。「どこかに風のあたらない場所があるのでは？」

「ここはだめね」ネオーミは同意した。「でも、ここの眺めは壮観でしょう？」

「ええ、まったく」サタースウェイト氏はクィン氏をふりかえった。「カールトン・スミスさんはここを〝世界の果て〟と呼んでいるんです。まったくうまい名前でしょう？」

クィン氏は何度もゆっくりうなずいた。

「ええ――ひじょうに暗示的な名前です。一生に一度でしょうね、ひとがこんな場所に――これ以上はもう先に進めない場所に来るのは」

「どういう意味です？」ネオーミが鋭く質問した。

クィン氏は彼女のほうを向いた。

「つまり、普通なら選択の余地がある、そうでしょう？　右か左か、前か後ろか。でも、ここでは――後ろに道はあるが、前には――なにもありません」

ネオーミは彼を見つめた。突然、彼女は身震いし、ほかの人たちのところにひきかえしはじめた。二人の男たちも、いっしょに歩きだした。クィン氏はすっかりうちとけた口調で話しつづけた。

「あの小型車はあなたのですか、カールトン・スミスさん？」

「ええ」

「自分で運転をするんですか？　このあたりを走るには、そうとうの度胸がいるでしょうね。なにしろカーヴがきついですから。なにかに気をとられたり、ブレーキが効きそこなったりしたら、崖から落ちて――そのまま、まっさかさまに転落してしまいます。事故は――容易に起きるでしょう」

三人がほかの連中と合流すると、サタースウェイト氏は友人を紹介した。だれかが彼の腕を引っ張った――ネオーミだった。彼女はサタースウェイト氏をわきに引っ張っていった。「あのひと、何者なの？」彼女は激しい口調でたずねた。

サタースウェイト氏は、あっけにとられて彼女を見つめた。

「さあ、よくは知らないんです。そのう、数年前に知り合ったんですが――以来、ときおり顔を合わせるだけで、彼のことをくわしく知っているわけでは――」

彼は話すのをやめた。くだらない説明だったし、当の娘は聞いていなかった。彼女はうつむいて、両わきに手を握りしめて立っていた。

「彼はいろんなことを知ってるのよ」と、彼女は言った。「いろんなことを……どうして知ってるのかしら？」

サタースウェイト氏は答えられなかった。彼女が動揺している理由がわからないまま、ただ黙って彼女を見つめるしかなかった。

「こわいわ」と、彼女がつぶやいた。

「クィンさんがですか？」

「あのひとの目がこわいの。なにもかも見透かされているようで……」

冷たくて湿ったものが、サタースウェイト氏の頬に落ちた。彼は空を見上げた。

「おや、雪ですよ」彼はびっくりして叫んだ。

「とんだ日にピクニックに来たものね」と、ネオーミが言った。

彼女はようやく平静をとりもどしていた。

さて、どうしたらいいだろう？　だれもが勝手なことを言いだした。雪が本降りになってきた。クィン氏の提案に、みんなが賛成した。ならんでいる家のはしに、一軒の安食堂があった。彼らはその店に突進した。

「食べ物はあるのですから」と、クィン氏が言った。「そこでコーヒーを注文しましょう」

そこは小さな店で、小さな窓が一つしかなかったので、なかは薄暗かった。しかし部屋のすみから、暖気が漂ってきた。コルシカ人の老女が、ひと握りの小枝を炉に投げこんでいた。炎がぱっと燃え上がり、その光で、サタースウェイト氏たちは先客がいることに気づいた。

三人の客が、むきだしの木のテーブルのはしにすわっていた。サタースウェイト氏には、その光景は非現実的に思え、その客たちはさらに実在感がなかった。

テーブルのはしにすわっている女は、まるで公爵夫人のようだった——つまり、だれもが想像のなかで思い描く公爵夫人の姿に近かった。芝居に出てくる貴婦人そのものだった。いかにも気位が高そうにつんとすまし、美しく結い上げられた髪が雪のように白い。グレーの服を着ていて——柔らかな布地が、からだの線に沿って見事な襞《ひだ》をつくっていた。長く白い手をあご先に添え、もう一方の手でフォアグラのパテを塗ったロールパンを持っていた。彼女の右には、べっこう縁の眼鏡をかけた、顔が真っ白で髪が真っ黒な男がすわっていた。その男の身なりは見とれるほど素晴らしかった。彼は頭を反らし、熱弁をふるおうとするかのように左腕を突き出していた。

白髪の貴婦人の左には、禿げ頭の陽気そうな小男がいた。最初に一瞥したあとは、だれも彼に注目しなかった。

一瞬ためらったあと、公爵夫人（本物の公爵夫人）がきりだした。

「この嵐には驚きましたわね」と言いながら、彼女は前に進み出て、愛想よく微笑みかけた。この微笑は、福祉事業や他の委員会に出たときにふりまくと、いつも効果てきめんだった。「あなたがたも雪に降りこめられてしまったんですね？　でも、コルシカは素晴らしいところですわ。今朝、着いたばかりですの」

黒髪の男が立ち上がったので、公爵夫人はにっこりして彼の席にすべりこんだ。

白髪の貴婦人が言った。

「わたしたちはこちらに来て、一週間になりますわ」

サタースウェイト氏ははっとした。この声を一度聞いたら、忘れられる者などいるだろうか？　その声は、情感を――えもいわれぬ哀感をこめて、石の部屋に響いた。彼女がなにか含蓄のあることを言ったように、彼には思えた。彼女は心の底から言葉を発していた。

彼は急いでトムリンスン氏に耳打ちした。

「あの眼鏡をかけた男は、ヴァイズ氏ですよ――プロデューサーの」

退官した元インド判事は、嫌悪感をあらわにしてヴァイズ氏を見ていた。

「いったいなにを作《プロデュース》るんです？　子供ですか？」

「いやいや、そうじゃありません」ヴァイズ氏に対するあまりに下品な発言に、サタースウェイト氏はショックを受けた。「劇ですよ」

「わたし、やっぱり外にいます。ここは暑すぎるわ」と、ネオーミが言った。

彼女のとげとげしい口調に、サタースウェイト氏はびっくりした。彼女はトムリンスン氏を押しのけるようにして、外に出ていこうとした。しかし、入り口で顔を合わせたクィン氏が、彼女を押しとどめた。

「戻っておすわりなさい」

彼の声は威厳に満ちていた。サタースウェイト氏が驚いたことに、娘はすこしためらってから、クィン氏の言葉にしたがった。彼女はできるだけほかの人たちから離れて、テーブルの末席にすわった。

サタースウェイト氏は前に進み出て、プロデューサーに話しかけた。

「覚えていらっしゃらないでしょうが、わたしはサタースウェイトと言います」

「忘れるものですか！」骨張った長い手が、サタースウェイト氏の手をぎゅっと握りしめた。「こんなところで会うとは奇遇ですね。もちろん、ミス・ナンをご存知ですよね？」

サタースウェイト氏は飛び上がった。声に聞き覚えがあったのは当然だった。イギリスじゅうの演劇ファンが、情感のこもった彼女の芝居に感動したのだ。ロジーナ・ナン！ イギリス最高の叙情派の女優。サタースウェイト氏も彼女の虜《とりこ》になったことがあった。役柄の解釈にかけて、意味合いの微妙なニュアンスを出すことにかけて、彼女の右に出る者はいない。彼はつねづね彼女のことを、知的な女優であり、役柄を深く理解し、その役になりきることのできる女優だと考えていた。

彼が気づかなかったのも無理はなかった。ロジーナ・ナンは外見がしょっちゅう変わった。二十五歳まではブロンドだったが、アメリカ巡業のあと、黒髪で戻ってきて、本気で悲劇を演じはじめた。今回の〝フランスの公爵夫人風〟のスタイルは、最近の彼女の気まぐれだった。

「ああ、それから、彼はジャッドさん――ミス・ナンのご主人です」と、ヴァイズは禿げ頭の男を無造作に紹介した。

ロジーナ・ナンが何度か夫を替えたことは、サタースウェイト氏も知っていた。ジャッド氏は、彼女のいちばん新しい夫のようだった。

ジャッド氏は、そばのバスケットからとりだした包みを開けるのに忙しかった。彼は妻に話しかけた。「ねえ、パテをもっと塗ってあげよう。それじゃ塗り方が薄いから」

ロジーナ・ナンはロールパンを彼に渡し、あっけらかんと言った。

「ヘンリーはとてもおいしい食事を考えてくれるので、食べ物のことはいつも彼まかせなんです」

「餌係ですよ」と言って、ジャッド氏は笑い、妻の肩を軽くたたいた。

「まるで飼い犬扱いだ」サタースウェイト氏の耳もとで、ヴァイズ氏が不機嫌そうにつぶやいた。

「彼女のために、食べ物を切ってやったりするんだ。妙な生き物だ、女ってやつは」

サタースウェイト氏とクィン氏は、二人で昼食の包みを開けた。ゆで卵、ハム、グリュイエール・チーズが、テーブルに配られた。公爵夫人とミス・ナンは、ひそひそと内緒話に熱中していた。女優の低いコントラルトの声が、きれぎれに聞こえてきた。

「パンを軽くトーストするんです。それからマーマレードをごく薄く塗って。それを巻いて、オーヴンに入れるんです、きっかり一分間――それ以上はだめ。本当においしいですよ」

「あの女は食い物のために生きてるんだ」と、ヴァイズ氏がつぶやいた。「食い物のこと以外は、なにも考えられないんだ。〈海に乗りゆく人〉のときだったよ――ほら、〝楽しく静かなときを過ごしますわ〟ってところで、どうしても狙ってる効果が出せなくてね。ついにあの女に、ペパーミント入りのチョコレート菓子のことを考えてみろと言ったんだ――彼女はあの菓子が大好きでね。すると効果てきめんだった――心の奥にぐっとくる、遠くを見つめる目をしたんだ」

サタースウェイト氏は黙っていた。彼は記憶の糸をたぐっていた。

向かいのトムリンスン氏が、咳払いをしてから会話に加わった。

「劇の演出をされるそうですね。わたしもいい芝居が好きですよ。〈ジム・ザ・ペンマン〉、あれはいいですねえ」

「話にならん」ヴァイズ氏の全身に身震いが走った。

「ニンニクをひとかけら」と、ミス・ナンは公爵夫人に言った。「コックに言ってごらんなさい。それはおいしいですから」

彼女は思い出して嘆息し、それから夫をふりかえった。

「ヘンリー、ねえ、キャヴィアはどこなの？」

「すぐ近くにあるじゃないか、おまえ」と、ジャッド氏は愉快そうに言った。「自分で椅子の後ろに置いたよ」

ロジーナ・ナンは急いでそれをとりだし、晴れやかにテーブルを見まわした。

「ヘンリーって本当に素晴らしいわ。わたしはとてもうっかり者で、物の置き場所を、すぐに忘れてしまうんです」

「真珠を化粧ポーチにしまいこんだこともあったね」と、ヘンリーはおどけて言った。「そしてそれをホテルに忘れてきてしまった。おかげであの日は、電報を打ったり電話をかけたりと大変だったよ」

「あれには保険がかかっていたわ」と、ミス・ナンはぼんやりと言った。「わたしのオパールとは違ってね」

悲痛に満ちた表情が、彼女の顔によぎった。

クィン氏といっしょにいるとき、サタースウェイト氏は芝居を演じているような気分になったことが、これまでに何度かあった。今も、そんな感じがしてならなかった。これは夢なのだ。だれもが自分の役を演じている。〝わたしのオパール〟という言葉が、彼の出番の合図だった。彼は身を乗り出した。

「あなたのオパールですって？　ミス・ナン」

「ヘンリー、バターをちょうだい。ありがとう。ええ、わたしのオパールです。盗まれてしまって、とうとう返ってきませんでした」

「話を聞かせてください」と、サタースウェイト氏は言った。

「そうね――わたし、十月生まれなんです――だからオパールをつけると縁起がいいんです。それで美しいオパールが欲しくって、長いあいだ待ったんです。あれほど完璧なものはそうそうないだろうと言われました。それほど大きくはないの――二シリング銀貨ほどの大きさで――でも、ああ！　その色と輝きといったら」

彼女はため息をついた。サタースウェイト氏は、公爵夫人がもぞもぞと居心地悪そうにしているのに気づいたが、もうミス・ナンの話を止めるわけにはいかなかった。彼女は話しつづけ、その抑揚たっぷりな話しぶりは、もの悲しい北欧伝説を語っているかのようだった。

「アレック・ジェラードという若い男に盗まれたんです。その男は脚本を書いていました」

「たいへんいい脚本をね」と、ヴァイズ氏は玄人らしい批評をした。「なにね、一度はやつの脚本を半年ぐらい暖めてたことがあったんです」

「上演したんですか？」と、トムリンスン氏がたずねた。

「いやいや！」と、ヴァイズ氏は打ち消した。「でもね、一度は本気で上演しようかと思ったんですよ」

「それには、わたしのために素晴らしい役があったんです」と、ミス・ナンは言った。「〈レイチェルの子供たち〉というタイトルで――劇にはレイチェルという名前の人物は出てこないんですけどね。その脚本のことで、彼はわたしに会いにきたんです――劇場に。感じのいい青年でした。ハンサムで、それにすごく内気で。たしかあのとき――」彼女は遠くを見つめるような表情をした。「彼はペパーミント入りのチョコレート菓子を持ってきてくれました。オパールにはちょっとくわしかったの。オパールは鏡台の上に置いてあったんだわ。彼はオーストラリアに行ったことがあって、オパールにはちょっとくわしかったの。明るいところに持っていって、それを眺めてました。きっと、そのときにポケットにすべりこませたのね。彼が帰ってから、オパールが失くなっているのに気づいたんです。それからが大騒ぎだったわ。あなた、覚えているでしょう？」

彼女はヴァイズ氏にむかって言った。

「ええ、覚えてますよ」と、ヴァイズ氏はうめくように言った。

「そのひとの部屋で、空《から》のケースが見つかったんです」と、女優はつづけた。「ひどくお金に困っていたのに、翌日には、銀行に大金を払いこんだのよ。友だちがかわりに競馬に賭けてくれたんだなんて言い訳しようとしたけど、その友だちを連れてくることはできませんでした。間違ってケースをポケットに入れたにちがいないって言ってましたけど、そんな理屈は通りませんよねえ。もうちょっとましな嘘をついてもよさそうなのに……わたしは裁判所に行って、証言しなくちゃなりませんでした。わたしの写真が新聞に出たので、劇団のプレス担当係はいい宣伝になると言ってましたけど、わたしはオパールが返ってくるほうが嬉しいわ」

彼女は悲しそうに首を振った。

「ねえ、ドライ・パイナップルをお食べ」と、ジャッド氏が言った。

ミス・ナンの顔が明るくなった。

「どこにあるの？」

「今、出してあげたよ」

ミス・ナンは前後を見て、シルク地のグレーのポシェットに目をやり、それからそばの床に置いてあった、シルク製の紫色の大きなバッグをゆっくり持ち上げた。彼女はバッグの中身を一つずつテーブルに出していったが、これはサタースウェイト氏の興味を引いた。

パウダー・パフ、口紅、小さな宝石箱、一巻きの毛糸、パウダー・パフがもう一つ、ハンカチが二枚、チョコレート菓子が一箱、七宝のペーパー・ナイフ、鏡、茶色い木の小箱、手紙が五通、クルミが一つ、モーヴ色のクレープ・デシンの小判スカーフ、リボンが一本、クロワッサンの食べ残し。最後にドライ・パイナップルのかけらが出てきた。

「ユーレカ」と、サタースウェイト氏はそっとつぶやいた。

「なんですって？」

「いや、なんでもないです」サタースウェイト氏はあわてて言った。「きれいなペーパー・ナイフですね」

「ええ、だれかにもらったのよ。だれだったか思い出せないけど」

「それはインド製の箱ですね」と、トムリンスン氏が言った。「精巧にできてるじゃないですか」

「それもだれかにもらったものだわ」と、ミス・ナンは言った。「ずっと昔に。いつも楽屋の鏡台の上に置いていたんです。でも、たいしてきれいじゃないわね」

その箱は、なんの装飾もない茶色い木でできていた。横を押すと、開くようになっている。上面に、木のつまみが二つついていて、くるくる回るようになっていた。

「きれいとは言えませんが」トムリンスン氏は含み笑いしながら言った。「でも、こんなのは見たことがないでしょう」

サタースウェイト氏は身を乗り出した。彼は興奮してきた。

「精巧にできてるとは、どういうことです？」と、彼はたずねた。

「だって、そうでしょう？」と、判事はミス・ナンに同意を求めたが、彼女はぽかんと彼を見つめた。

「ここで仕掛けを見せちゃまずいでしょう？」それでも、ミス・ナンはまだぽかんとしている。

「どんな仕掛けです？」と、ジャッド氏がたずねた。

「驚いたな。じゃ、知らないんですか？」

彼は、みんなのいぶかしげな顔を見まわした。

「なんだ、知らなかったんですか。ちょっとその箱を貸してもらえますか？　ありがとう」

彼は箱を押し開けた。

「さてと、このなかに入れるものを、だれかくれませんか——あまり大きくないものを。ああ、ここにグリュイエール・チーズのかけらがある。これでやってみましょう。これをなかに入れて、箱を閉めます」

彼は両手で箱をいじくった。

「さあ、これでよし」

彼はふたたび箱を開けた。なかは空《から》だった。

「へえ、失くなってる」と、ジャッド氏は言った。「どうやるんですか？」

「なに、簡単ですよ。箱を裏返して、左のつまみを半分まわし、それから右のつまみを引っ込めるんです。さて、チーズのかけらをふたたび取り出すためには、その逆をしなくちゃいけません。右のつまみを半分まわして、左のを引っ込め、そのまま箱を裏返す。そうすれば――ほら、どうです！」

箱が開いた。テーブルを囲んでいた全員が、はっと息を飲んだ。箱のなかには、たしかにチーズが入っていたが――それだけではなかった。虹のように七色にまたたく、丸いものが。

「わたしのオパール！」

その声は部屋じゅうに響き渡った。ロジーナ・ナンは直立し、両手を胸に抱きしめた。

「わたしのオパール！　でもどうしてそれがここに？」

ヘンリー・ジャッドが咳払いをした。

「どうやら――そのう、ロージー、おまえが自分でそれをそこに入れたんだろう」

だれかがテーブルから立ち上がり、外に飛び出していった。ネオーミ・カールトン・スミスだった。クィン氏があとを追った。

「でも、いつのこと？　まさか――」

サタースウェイト氏が見守っているあいだに、彼女はようやく真実に気づいたが、それまでに、二分以上かかった。

「去年――劇場で」

「なにしろ」ヘンリーはかばうように言った。「おまえはなんでもいじる癖があるからねえ、ロージー。ごらん、さっきのキャヴィアだって」

ミス・ナンは事の次第を必死に整理しようとした。

「知らずにそのなかに入れて、それから箱をひっくり返して、うっかりあんなふうにしたのね。でも、そうだとしたら——だとしたら——」やっと真実に気づいた。「じゃあ、アレック・ジェラードは盗んでいなかったのね。ああ！」——部屋の空気を引き裂くような、悲痛な叫び声をあげた——「なんてひどいことを！」

「でもまあ」と、ヴァイズ氏が言った。「これで間違いを正せるわけだ」

「ええ、でも彼は丸一年も刑務所に入っているのよ」それから、みんなは彼女の言葉にはっとした。彼女は公爵夫人に問いただした。「あの女の子は——さっき出ていった女の子はだれなの？」

「ミス・カールトン・スミスは」と、公爵夫人は言った。「ジェラードさんと婚約していました。あの娘は——あの事件でひどく打ちのめされたんです」

サタースウェイト氏はこっそり抜け出した。雪はやんでいた。ネオーミは石垣の上にすわっていた。彼女はスケッチブックを手にしていて、数本のクレヨンがまわりに散らばっていた。クィン氏が彼女のかたわらに立っていた。

彼女はスケッチブックをサタースウェイト氏にさしだした。それは素描だったが——非凡な才能を感じさせた。雪片が万華鏡のように渦巻いている紙面の中央に、一人の人物が描かれていた。

「じつに見事だ」と、サタースウェイト氏は言った。

クィン氏が空を見上げた。

「嵐はやみました」と、彼は言った。「道はすべるでしょうが、事故は起こらないでしょう——もう今では」

「事故は起こらないわ」と、ネオーミが言った。その言葉には、サタースウェイト氏にはわからない意味がこもっていた。彼女はふりむいて彼に微笑みかけた——まばゆいほどの晴れやかな微笑だった。

「帰りは、わたしの車にサタースウェイトさんを乗せてあげてもいいわ」

このとき彼は、彼女が今までどれほど絶望していたかを悟った。

「さて」と、クィン氏が言った。「わたしはこれで失礼します」

彼は去っていった。

「どこに行くんだろう?」彼の後ろ姿を目で追いながら、サタースウェイト氏はつぶやいた。

「もといた場所に帰るんでしょう」ネオーミが妙な声で言った。

「しかし――あそこには、なにもない」と、サタースウェイト氏は言った。クィン氏は、二人が最初に彼を見かけた、あの崖の縁にむかっていた。「あなただって、あそこはこの世の果てだと言ったでしょう」

彼はスケッチブックを返した。

「素晴らしいラフスケッチですね」と、彼は言った。「彼の特徴をよくとらえている。でも、どうして――そのう――仮装の衣装を着せて描いたんです?」

彼女はちらっと彼と目を合わせた。

「わたしには、あのひとがそんなふうに見えるんです」と、ネオーミ・カールトン・スミスは言った。

エドワード・ロビンソンは男なのだ

The Manhood of Edward Robinson

田村隆一訳

1

〝たくましい両腕にすばやく抱き上げた彼女を、ビルはその胸に抱きしめた。深いため息とともに、彼女は唇を許した。彼が夢に見たこともないほど、すばらしいキスだった――〟

　ため息とともにエドワード・ロビンソン君は『恋は王様』を下に置き、地下鉄の窓の外をながめた。電車はスタンフォード・ブルックを通過していく。エドワード・ロビンソンはビルのことを考えた。ビルは百パーセント実在する、女流小説家たちのお気に入りの、男の中の男なのだ。彼の筋肉、苦みばしった顔立ち、激しい情熱。エドワードはうらやましかった。ふたたび本を取りあげ、誇り高きイタリアの女侯爵ビアンカ（唇を許した女だ）のくだりを読んだ。彼女はうっとりするほどの美貌の持ち主で、色気たっぷり、彼女の前に出ると屈強な男どもが九柱戯（ボウリングの原型）のピンのようになすすべもなく、ころりと恋におちいってしまうほどだ。

「もちろん、こんなのはみんな作り話さ」エドワードはつぶやいた。「みんな作り話なんだ。だけどなあ、ぼくは――」

　彼はものほしそうな目つきをした。どこかにロマンスと冒険の世界みたいなものはないだろうか？　夢中になってしまうほどの美女はいないものだろうか？　炎のように身を焼きつくす恋なんてものはないだろうか？

「これが現実生活なんだ」エドワードはいった。「ぼくもほかの連中とおんなじようにやっていかなければならないんだ」

全体から見たら自分は運のいいほうだと思うべきなんだ、と彼は思った。すばらしい職業に就《つ》いているし——彼は景気のいい会社の事務員をしていた。健康だし、養わなければならないものもいないし、おまけにモードと婚約しているのだ。

だが、モードのことを考えただけで彼の顔がくもった。自分で認めるつもりは毛頭なかったが、彼はモードがこわかったのだ。彼はモードを愛していた——そう——二人が初めて出会ったときに、四シリング十一ペンスの安もののブラウスの衿元《えりもと》からのぞいていた彼女の白いうなじに見とれていたときのあの心のときめきを、彼はいまでも覚えていた。映画館で彼女の後ろの席に座っていたのだ。そして、いっしょにいた友人が彼女と知り合いだったので、紹介してくれたのだった。モードはとても上等な女だ。まちがいない。きれいだし、利口だし、とても上品だし、おまけに何をするにしてもそつがない。こういう娘はまことにすばらしい妻になる、とだれもがいう。

女侯爵ビアンカはすばらしい女房になるだろうか、とエドワードは思った。なんとなく疑わしい気がした。赤い唇、なよなよとした身体。肉感的なビアンカがたくましいビルのためにかいがいしくボタンつけをしている場面などとても想像できない。いや、ビアンカは小説の中の女なんだ。そして、これが現実生活というものなんだ。ぼくとモードはとても幸せにやっていくことになるだろう。彼女は常識をたっぷり持ちあわせているし……

とはいうものの、彼は彼女があれほどでなくてもいいとも思うのだった——そう、しっかりしすぎているのだ。〝口やかましすぎる〟きらいがある。

もちろん、それは分別と常識のせいだ。モードはとても分別のある女だった。そして、エドワードのほうもまことに分別のある男だといえる。だが、ときには——。たとえば、彼は今度のクリスマスに結婚したいと思っていた。モードはもう少し——たぶん、一年か二年待つほうがずっと賢明だと思う、といったのだ。給料は多くはなかったが、彼は高価な指輪を贈りたかった——彼女は気絶しそうなほど仰天し、もっと安いものにむりやり取りかえさせたのだった。彼女はあらゆる長所をそなえていた。だが、ときどき、エドワードは、彼女にもっと欠点があって、もっと長所が少ないといいのに、と思うことがあった。彼女の長所が彼をやけっぱちの行動に駆りたてるのだ。

たとえば——

うしろめたさで彼は赤面した。彼女に打ち明けなければ——それも近いうちに。秘密を持っているという罪の意識のせいで、すでに挙動がぎこちなくなっているのだ。明日は、クリスマス・イヴ、クリスマス、そして贈り物の日《ボクシング・ディ》とつづく三連休の第一日目だ。家に来て家族といっしょに過ごさないか、と彼女がさそってくれたのに、彼は、まちがいなく彼女に疑惑を抱かれてしまうような、いかにも不自然なばかげた態度で、彼女の申し出を断わってしまったのだった——休日は田舎にいる友人と過ごす約束をしたのだというでたらめの話を、ながながとしたのである。

田舎の友達なんて一人もいやしない。あるのは秘密を持っているという罪の意識だけだ。

三カ月前、数百人の青年とともに、エドワード・ロビンソンはある週刊誌の懸賞に応募したのだった。十二人の女の子の名前を、人気のある順に並べるという懸賞だった。エドワードにはすばらしい名案があった。自分の好みに従ったらうまくいかないことははっきりしている——似たような懸賞に何度か応募してさとったのだ。彼はまず自分の好みに合わせて十二人の名前を並べた。それから、リストの一番と十二番というふうに交互に入れ替えて書きなおした。

結果が発表され、エドワードは十二人のうちの八人を当てて一等賞の五百ポンドを獲得した。運がよかったとひとことといってしまえばすむこの結果を、エドワードはあくまでも自分があみ出した〝方式〟が端的な成果をあらわしたのだとみなしてゆずらず、手のつけようのないほど有頂天になった。

つぎは、この五百ポンドをどうするかだ。モードがなんというかは充分承知していた。投資なさいよ。将来のための貯金の種銭になるわ。そして、もちろんモードのいうとおりだ。それはわかっている。だが、懸賞で賞金を獲得する気分というのは、ほかのことで金を手にするのとはまったく違う。遺産として残された金だったら、もちろんエドワードは慎重に、利子が元金に繰り入れられる公債か、短期愛国公債に投資したろう。だが、ちょっとペンを動かしただけで、信じられない幸運によってもたらされた金というものは、子供がもらった六ペンスと同じようなものだ――〝おまえのものだよ――好きなように使いなさい〟というわけ。

そして、毎日事務所へ行く道の途中にある豪華な店の中に、信じられない夢があったのだ。車体前部が長く、ピカピカの、二人乗りの自動車だ。はっきりと見えるように、値札が乗せてあった――四百六十五ポンド。

「もしもぼくが金持ちだったら」と、エドワードは毎日毎日話しかけていたのだった。「もしもぼくが金持ちだったら、おまえを買うんだがなあ」

そしていま、彼は――たとえ金持ちではないにせよ――少なくとも夢を実現させるだけの金を持っていた。あの車が、あのピカピカのうっとりするような魅力のかたまりが、金を支払う気になりさえすれば自分のものになるのだ。

彼は金のことをモードに話すつもりでいたのだった。いったん話してしまえば、誘惑に負けるおそれはなくなるはずだった。肝をつぶすほど仰天して反対するモードの顔を見たら、自分の無茶な計画をあくまでもつらぬき通す勇気などふっとんでしまうだろう。だが思いがけないことに、この一件にけりをつけたのはモードのほうだった。彼女を映画に連れていき――彼は最上席をとった。彼女はやさしく、だが断固とした態度で、言語道断のおろかな行為であるといったのだ――大切なお金の浪費だわ――二シリング四ペンスの席でもよく見えるのに、三シリング六ペンスも払うなんて。

エドワードはむっとしておし黙ったまま、彼女の非難を聞いていた。モードは効果ありと思い、満足した。エドワードはこういう浪費をつづけていてはいけないのだ。彼女はエドワードを愛していた。だが、彼が弱い人間であることも承知していた――いつでもそばにいて、進むべき道を教えてあげるのがわたしの仕事なのだわ。彼女はすっかり満足して、彼が虫けらのように小さくなっているのをながめていた。

エドワードはまさしく虫けらだった。一寸の虫にも五分の魂がある。彼女のことばにすっかり打ちひしがれてはいたが、まさにこの瞬間、彼はあの車を買う決心をしたのだった。

「ちくしょう」エドワードは心の中でつぶやいた。「一生に一ぺんくらい、やりたいようにするんだ。モードなんかくそくらえだ！」

そして翌朝になるとすぐに、彼は厚板ガラスの宮殿に入っていき、ピカピカのエナメルときらめく金属に囲まれた壮麗な商品の中から、われながらびっくりするほど無頓着にあの車を買ったのである。車を買うなんて、いとも簡単なことではないか！

車が自分のものになってから、今日で四日目。うわべは平然と、だが内心は恍惚感にどっぷりとひたりながら、彼は車を乗り回していた。モードにはまだ一言も漏らしていない。この四日間、昼休みに、彼は愛車の扱い方を教わっていた。彼は飲みこみの早い生徒だった。

明日はクリスマス・イヴだ。彼は愛車をかって郊外へ行くつもりでいた。すでにモードには嘘をついているわけだが、もしも必要なら、また嘘をつくつもりだった。身心ともに新しい所有物のとりこになっていたのだ。彼にとってこれはロマンスであり、冒険であり、望みながらもかつて一度も手に入れたことのなかったあらゆるものに相当するものだった。明日はこの恋人といっしょに出かけるのだ。ロンドンの鼓動と焦燥とをはるかあとにして、刺すように冷たい大気の中を突っ走り——澄みきった広大な空間へ……

そのとき本人は気づいてはいなかったが、エドワードはまるで詩人のようだった。

明日——

彼は手にしている本を見おろした——『恋は王様』。彼は声をあげて笑うと、その本をポケットに押しこんだ。車、女侯爵ビアンカの赤い唇、ビルの驚くべき勇ましさ。すべてが一つに混じり合っているような感じだ。明日——

ふだんはあてはずれのあばずれ女のような天気は、エドワードに思いやりのあるところを見せてくれた。夢にまで見たその日に、きらめく霜と、淡青色の空と、サクラソウ色の太陽を贈ってくれたのだ。

というわけで、すごい冒険でも向こう見ずな悪事でもなんでもござれという気分で、エドワードはロンドンを脱出したのだが、ハイド・パーク・コーナーで車の調子がおかしくなり、とうとうパトニー・ブリッジでみじめなことにエンコしてしまった。ギヤはうまく作動せず、ブレーキはひっきりなしにきいきい音を立てる。ほかの車の運転手たちが容赦なく汚ないことばをエドワードにあびせかける。だが、新米にしてはうまく処理して、しばらくするとドライバーの胸をときめかせる快適な広びろとした道路に出た。今日は車の往来も少ない。エドワードは走りに走った。きらめく胴体を持つこの生き物を思うままにあやつることに酔いしれ、天にも昇る心地で、冷たい銀世界を突っ走った。

夢のような一日だった。昔風な店に車をとめて昼食をとり、後でもう一度お茶のために立ち寄った。それからしぶしぶ帰路についた――ふたたびロンドンへ、モードのもとへ、免れることのできない言いわけ、そしてお互いに責め合ういさかいをしに戻っていくのだ……

ため息をつきながら、彼はこうした思いを頭からふり払った。明日は明日の風が吹くさ。いまはまだ今日なんだ。それに、これ以上魅力的なことがあるだろうか？　眼前にのびる道路をヘッドライトで照らしだしながら、暗闇の中を突っ走る。おお、最高だ！

夕食をとるためにどこかに立ち寄る時間はないな、と彼は思った。暗闇の中をドライブするのはそう簡単なことではなかった。ロンドンに戻るには、思っていたより時間がかかりそうだった。ハインドヘッドを通過し、デヴィルの窪地の端にさしかかったのはちょうど八時だった。月が照っており、二日前に降った雪が消えずにまだ残っている。

車をとめ、彼は目をこらした。ロンドンへ着くのが真夜中になったとしたら、どうだというんだ？　永久に戻らなくてもいいんじゃないか？　いまあるすべてを、すぐにも振り切って行く気にはどうしてもなれなかったのだ。

車から降りると、彼は崖っぷちに近づいていった。すぐ近くに一本の小道があり、誘惑するように曲がりくねりながら下のほうへ伸びている。エドワードは魔力に屈してしまった。それから三十分間、彼は憑《つ》かれたように雪におおわれた世界をあてもなく歩き回った。かつて想像すらしたことのない世界だった。この世界は彼のもの、ほかのだれのものでもない彼自身のものであり、上の道路で忠実に待っている光り輝く恋人が贈ってくれたものだった。

ふたたび小道を登り、車に乗りこんでスタートした。この上なく散文的な人間でもたまには発見するあの純粋な美のおかげで、依然として頭が少しくらくらしていた。

しばらくすると、ため息とともにわれに返った。そして、車のポケットに手を突っこんだ。今朝、予備のマフラーを入れておいたのだ。

だが、マフラーはなかった。何も入っていなかったのだ。いや、完全に何も入っていないというわけではなかった——何かごつごつとした固いもの——小石のようなものがある。

奥のほうまで手を突っこんだとたんにエドワードは、呆然として目をみはってしまった。彼の手が握っているものは——指のあいだからぶらさがって月の光にさんぜんときらめいているのは、ダイヤモンドのネックレスだったのだ。

エドワードは穴のあくほどそれを見つめた。だが、疑いの余地はない。数千ポンドもするような（どの石も大きいのだ）ダイヤモンドのネックレスが、車のサイドポケットの中に無造作に入っていたのだ。

だが、一体だれが入れたのだろう？　ロンドンを出発したときはたしかになかった。雪の中を歩き回っているあいだにだれかがやってきて、わざとここに入れたに違いない。だが、一体なぜ？　どうしてぼくの車を選んだんだろう？　ネックレスの持ち主がまちがえたのだろうか？　あるいは——ひょっとして——このネックレスは盗品なのだろうか？

こうしたさまざまな考えがぐるぐると頭の中を駆けめぐっていたときだった。不意にエドワードはぎくりとした。全身が凍りついたようになった。これはぼくの車じゃないぞ。

たしかに非常によく似ている。真紅に——女侯爵ビアンカの唇のように——輝く色合いや、ピカピカの長い車体前部はそっくりだ。だが、エドワードには自分の車ではないことがわかった。小さな違いがいろいろあるのだ。ピカピカの新車なのにあちこちに傷があり、かすかではあるがかなり乗りまわしたことがはっきりわかる形跡があるのだ。だとすると……

ぐずぐずしてはいられない。エドワードはあわてて方向転換しようとした。これは苦手だった。ギヤをバックに入れるといつも頭が混乱してしまい、ハンドル操作をまちがえてしまうし、そればかりか、しょっちゅうアクセルとブレーキをまちがえて、悲惨な結果を招いてしまうのだ。とはいえ、とうとううまくいった。エンジンの音を立てながら、車はふたたび丘をまっすぐ登りはじめた。

ちょっと向こうにもう一台車がとまっていたのをエドワードは思い出した。さっきはとくに注意していなかったのだけれど、散歩から戻るときは窪地へ降りたときとは違う道筋を通り、てっきり自分の車だと思った車のすぐ後ろに出てしまったのだ。まちがいない。この車はあのもう一台の車なのだ。

十分ほどでさっき車をとめたところに戻った。だが、道端には車なんて一台も停まっていない。この車の持ち主がだれであれ、その人物はエドワードの車に乗っていったのにちがいない――おそらくその男も、似たような車だったのでまちがえたのだ。

エドワードは上着のポケットからダイヤモンドのネックレスを取りだし、手から手へと滑らせた。途方に暮れていた。

これからどうすればいいのだろう？　最寄りの警察署へ行こうか？　事情を説明し、ネックレスをあずけ、自分の車のナンバーを教えればいいのだ。

それはそうと、ぼくの車のナンバーは？　エドワードは考えに考えた。だがどうしても思い出せない。ひやりとした気の滅入るような感じがおそってきた。警察は自分のことをとんでもないまぬけだと思うだろう。ナンバーには8が混じっていた。思い出せるのはそれだけだった。もちろん、現実にはそんなことはどうでもいい――少なくとも……。彼は気味悪そうにダイヤモンドのネックレスを見つめた。もしかしたら警察は――いや、そんなはずはない――でも、もしかして――この車とダイヤモンドを盗んだと思われたら？　だって、正気の人間が鍵もかかっていない車のポケットに高価なダイヤモンドのネックレスをぽいと入れておくだろうか、と考えるのがふつうじゃないか？

エドワードは車を降り、後ろへ回ってみた。ナンバーはXR10061。たしかに自分の車のナンバーではない、ということ以外、何もわからなかった。それから、車のポケットを一つ残らず順番に調べていく作業にとりかかった。ダイヤモンドが出てきたポケットの中に目当てのものが見つかった――鉛筆書きの文字が書きつけてある小さな紙切れだ。ヘッドライトの光にかざして、エドワードはたやすく文面を読み取った。

〈グリーンのソルターズ・レインの角で、十時に〉

グリーンという名前には覚えがあった。今朝その名前が書いてある道標を見たのだ。すぐに心が決まった。このグリーンという村へ行き、ソルターズ・レインを見つけ出し、このメモを書いた人物に会って、事情を説明しよう。田舎の警察署でまぬけ面《づら》をさらすよりずっといい。

彼は幸せといってもいいような気分になって出発した。つまるところ、これも冒険じゃないか。ありふれたできごととはわけが違う。ダイヤモンドのネックレスのおかげで、胸おどる謎が生まれたんだ。

グリーン村を見つけるのにちょっと手間どり、ソルターズ・レインを見つけるのにはもっと手間どったが、二軒の家で道を訊いて、彼はやっと目当ての道を捜しあてた。

ソルターズ・レインが二股に分かれているところだ、といわれた場所を探して、左側を油断なく見守りながら、狭い道路を運転しはじめたときには、すでに指定の時刻を二、三分まわっていた。

角を曲がったとたん、車はまったくだしぬけにその地点に出た。車を停めるか停めないうちに、暗闇の中から一つの人影があらわれた。

「やっと来たわね！」若い女の声が叫んだ。「ずいぶんかかったじゃないの、ジェラルド！」

そういいながら、彼女はヘッドライトのまぶしい光の中にまっすぐ歩いてきた。エドワードは息をのんだ。見たこともないほどの、輝くばかりの美女だったのだ。ごく若い娘だった。夜の闇のように黒い髪、すばらしい赤い唇。厚手のコートがひるがえり、イブニング・ドレスで正装しているのが見えた――炎のような色合いの、身体にぴったり合ったドレスだ。申し分のない身体のラインが浮き立っている。首の回りにはすばらしい真珠が一列に並んでいた。

突然、彼女ははっと息をのみ、叫んだ。

「あら、ジェラルドじゃないわ」

「ええ」エドワードはあわてていった。「説明しなくちゃならないんだ」彼はポケットからダイヤモンドのネックレスを取りだし、彼女に差しだした。「ぼくはエドワードというもので――」

それ以上はいえなかった。娘が手をたたきながらしゃべりはじめたからだ。

「そうよ、エドワードだわ！　うれしいわ。でもね、おばかさんのジミーが、車でジェラルドを迎えに行かせるから、って電話でいったのよ。あなたが来てくれたなんて、ほんとに思いがけないこと。とっても会いたかったのよ。最後に会ったときわたしは六つだったんだもの。ネックレスはちゃんと受け取ってくれたのね。あなたのポケットにしまっておいてちょうだい。村のおまわりさんがやってきて、見つけるかもしれないわよ。ブルブル、ここで待っていたら、寒くて凍りつきそうになっちゃったわ！　さあ、乗せて」

エドワードが夢見心地でドアを開けると、娘は軽々と隣の座席に飛びこんできた。毛皮が彼の頬をさっとかすめ、雨の後のスミレのようなほのかな香りが鼻孔をくすぐる。

彼にはどうするつもりもなかった。はっきりした考えすらなかったのだ。意識して決意することもなく、彼は一瞬のうちに冒険に身をゆだねていた。彼女はぼくをエドワードと呼んだ――エドワード違いだとしてもどうだというんだ？　じきにばれてしまうだろう。それまではなりゆきにまかせてやれ。彼はクラッチを入れ、車は走りだした。

　しばらくすると、娘は声をあげて笑いだした。ほかのことと同様、笑い声まですばらしかった。

「車のこと、あんまりご存じじゃないみたいね。すぐにわかってよ。あっちじゃ車なんてきっと使わないのね」

〝あっち〟というのはどこのことだ？　とエドワードは思った。それから、大声で答えた。「あんまりね」

「わたしが運転したほうがよさそうね。大通りに出るまでこういう小道を抜けていくのは、あなたにはちょっとむりみたい」

　彼は喜んでハンドルをゆずった。じきに、エンジンの音をひびかせながら、車は夜の闇の中をやみくもに突っ走りだした。エドワードは内心ぞっとした。彼女が振り返って彼を見た。

「わたし、とばすのが好きなの。あなたは？　ねえ――あなたとジェラルドはちっとも似ていないのね。だれが見ても兄弟だなんて思わないでしょうね。わたしが想像していたのとも全然違うわ」

「たぶん、ぼくがひどくありふれた男だからだよ。ちがうかな？」とエドワード。

「ありふれてなんかいないわ――そんなんじゃないわ。なんていったらいいのかわからないけど。かわいそうなジミーはどんなぐあい？　すごく退屈しているんじゃない？」

「ああ、ジミーはとても元気だよ」とエドワード。

「口でいうのは簡単だけど――でも、ついてないわね、足首をくじくなんて。彼、あなたに逐一話した？」

「ひとことも。ぼくはほんとになんにも知らないんだ。教えてもらいたいね」

「あのね、夢みたいにうまくいったのよ。ジミーは女装して、玄関から入ったの。わたしは一、二分してから窓ぎわに忍び寄ってね。アグネス・ラリラのメイドが、アグネスのドレスとか、宝石類とか、いろんなものをならべていたわ。そのときよ、階下ですごい悲鳴があがって、爆竹が鳴ったの。みんな、火事だって叫びだしたわ。メイドも大あわてで飛びだしていったの。わたし、中へ忍びこんでネックレスをつかむと、目にもとまらぬ速さで部屋を出て下へ降り、窪地をぬけるあの裏道を通って脱出したってわけ。通りすがりにあの車のポケットにネックレスと会う場所を書いたメモを入れておいたの。それから、ホテルでルイーズと合流したの。もちろん雪靴は脱いではきかえてたわよ。わたしのアリバイは完璧よ。ルイーズったら、わたしが外出してたなんて夢にも思っていないわ」

「で、ジミーはどうしたんだい?」

「さあ、わたしよりあなたのほうがよく知っているんでしょ」

「あいつ、ぼくには何も話してくれないんだ」エドワードはさりげなくいった。

「騒ぎの最中に、スカートが脚にからまって、くじいちゃったのよ。みんなにあの車のところまでかついでいってもらわなくちゃならなかったの。ラリラのおかかえ運転手が家まで送っていったのよ。おかかえ運転手が偶然あのポケットに手を入れたらどうなったか、考えてもみてよ!」

エドワードはいっしょになって笑った。だが、内心は笑うどころのさわぎではなかった。どうやら事情がわかってきたのだ。ラリラという名前にはなんとなく聞き覚えがあった――富を意味する名前だ。この娘と、ジミーとかいう名前の男がぐるになってネックレスを盗み出す計画を立て、成功したらしい。足首をくじいてしまったのと、ラリラのおかかえ運転手がそばにいたせいで、ジミーは彼女に電話をかける前にあの車のポケットの中を調べることができなかったのだ――おそらく、調べてみるつもりもなかったのだろう。だが、もう一人、〝ジェラルド〟とかいう男が、チャンスがありしだいポケットの中を調べることはほぼ確実といっていい。すると、エドワードのマフラーが出てくるというわけだ！

「いい調子だわ」娘がいった。

電車がかたわらを通過した。ロンドンの郊外なのだ。車の流れをぬうようにして、彼女は突っ走っていった。エドワードの心臓は喉元までせり上がっていた。彼女の運転の腕前はじつにみごとだ。だが、乱暴すぎる！

さらに十五分ばかりして、車はとある町のいやに改まった感じのする一角にそびえ立っている建物の前にとまった。

「ここでちょっと着替えましょう」娘がいった。「リトソンの店へ行く前にね」

「リトソンの店だって？」エドワードはおそるおそる、あの有名なナイト・クラブのことか、と訊いてみた。

「そうよ、ジェラルドがそういわなかった？」

「聞いていないよ」エドワードは苦虫をかみつぶしたような顔をした。「ぼくの服はどうするんだ？」

彼女は眉をひそめた。

「あの人たち、何もいわなかったの？　なんとか間に合わせなくちゃ。最後までやり通さなくちゃならないんですもの」

威厳のある執事がドアを開け、わきに寄って二人を中へ通した。

「ジェラルド・シャンプニーズさまからお電話がございました、お嬢さま。ぜひお話ししたいとおっしゃっておられましたが、ご伝言はございませんでした」

〝そりゃぜひともお話ししたかったろうさ〟エドワードは内心思った。〝とにかく、これでぼくの姓名がわかったぞ。エドワード・シャンプニーズだ。だけど、彼女は一体だれなんだろう？　お嬢さま、と呼ばれているぞ。なんのためにネックレスを盗もうとしたんだろう？　ブリッジの借金かな？〟

彼がときどき読む新聞小説《フィユトン》だと、美しい貴族のヒロインはつねにブリッジに負けて、めちゃくちゃな行動にかりたてられるのだ。

エドワードは威厳たっぷりのその執事に案内され、人当たりのよいものごしをした従僕の手にひきわたされた。それから十五分後、ぴったり身体に合ったサヴィル・ロウ仕立ての夜会服を優雅にまとった彼は、玄関ホールでふたたび彼女といっしょになった。

まったくもう！　なんて夜だ！

二人は例の車に乗って、かの有名なるリトソンの店へ向かった。エドワードも例外ではなく、リトソンの店に関するスキャンダラスな記事を読んだことがあった。ひとかどの人物なら、遅かれ早かれリトソンの店に姿を見せるのだ。エドワードが唯一恐れていたのは、本物のエドワード・シャンプニーズを知っている者があらわれるのではないかという点だった。本物のエドワードは何年も前からイングランドにはいないことははっきりしているのだ、と思うことで気分を落ち着かせた。

壁際の小さなテーブルで、二人はカクテルを飲んだ。カクテル！　単純なエドワードにとって、カクテルとは享楽的な生活を象徴するものだった。すばらしい刺繍がほどこされたショールをまとった彼女は、無造作に口をつけている。不意に肩からショールをすべり落とすと、彼女が立ちあがった。

「踊りましょうよ」

さて、エドワードが完璧にこなせる唯一のものはダンスだった。彼とモードがダンス・フロアに出ると、ほかの連中は踊るのをやめ、じっと立ちつくしてほれぼれとながめた。

「もう少しで忘れるところだったわ」突然、娘がいった。「あのネックレスは？」

そういうと片手を差しだした。エドワードはすっかりとまどってしまい、ポケットからネックレスを引っぱり出すと、彼女に手渡した。エドワードが仰天して見守るうちに、彼女はすましてそれを首にかけ、それから、艶然と彼に微笑みかけた。

「さあ」彼女はやさしくいった。「踊りましょうよ」

二人は踊った。リトソンの店の客全部の中でも、これほど完璧なカップルは見つけられないだろう。しばらくして二人がようやくテーブルに戻ろうとすると、遊び人気取りの老紳士がエドワードの連れに声をかけてきた。

「これはこれは！　ノーリーン嬢、相変わらずダンスですか！　けっこう、けっこう。今夜はフォリオット大尉もお見えですかな？」

「ジミーは落馬しまして——足首をくじいてしまいましたの」

「まさか？　またどうしてそんなことになったのですかな？」

「くわしいことはまだ存じませんのよ」

彼女は笑って通り過ぎた。

エドワードは後を追った。頭がぐらぐらしていた。わかったのだ。ノーリーン・エリオット嬢、おそらくイギリスではだれよりもうわさの種になっている女性、かの有名なノーリーン嬢なのだ。その美しさによって、またその大胆不敵な行動によって名高い——〝輝ける若者たち〟という名前で知られているかのグループのリーダーなのだ。最近、ヴィクトリア勲章所持者で近衛騎兵隊のジェイムズ・フォリオット大尉との婚約発表があった。

だが、あのネックレスは？　彼にはまだあのネックレスのことが納得いかなかった。正体がばれる危険を冒しても、なんとしても真相を知らなければならない。

ふたたび腰をおろしたとき、彼はその話題に触れた。

「どうしてあんなことをしたんだい、ノーリーン、教えてくれないか？」

彼女は夢を見ているような微笑を浮かべた。その目は遠くを見つめている。ダンスの魔力がまだ抜け切っていないらしい。

「あなたには理解しにくいことだと思うわ。同じことばかりやっていると、うんざりしてくるのよ――いつもいつも同じだとね。宝さがしもしばらくはおもしろかったけれど、人間て、どんなことにでも慣れっこになってしまうのね。〝泥棒〟はわたしのアイディアなのよ。入会金が五十ポンドで、くじ引きをするの。今回で三度目よ。ジミーとわたしはアグネス・ラリラを引き当てたの。規則を知ってる？　三日以内に盗んできて、少なくとも一時間は公開の場で戦利品を身につけていなくちゃいけないの。さもないと賭け金没収、その上に罰金を百ポンドとられるのよ。ジミーが足首をくじいちゃったのはついてなかったけど、賭け金はちゃんと返ってくるわ」

「なるほどね」エドワードは深いため息をついた。「なるほどねえ」

ノーリーンは不意に立ちあがると、ショールをまとった。

「どこかへドライブしましょうよ。波止場でもいいわ。どこかぞっとするような、どきどきするようなところへ。ちょっと待って――」彼女は手をのばしてダイヤモンドのネックレスをはずした。「さっきみたいにあなたが持っていてくれたほうがいいわ。そのネックレスのために殺されたくないもの」

二人はそろってリトソンの店を出た。狭くて暗い路地にとめてある車のところへ向かおうと二人が角を曲がったとき、別の車が縁石のところに急停車し、一人の若者が飛びだしてきた。

「助かった、ノーリーン、やっと会えたよ」その男は叫んだ。「大変なことになったんだ。ジミーのまぬけ野郎が車をまちがえやがったんだ。あのダイヤモンドがどこにあるのか、全然わからないんだ。とんでもないことになったよ」

ノーリーン嬢は目を丸くして相手を見つめた。

「一体何をいっているのよ？　ダイヤモンドはここにあるわよ――エドワードが持ってるわ」

「エドワードだって？」

「そうよ」彼女は軽やかに自分の横にいる人物を身ぶりで示した。

〝とんでもないことになったのはぼくのほうだ〟とエドワードは思った。〝これが兄貴のジェラルドだな、まずまちがいないぞ〟

青年はじっと彼の顔を見た。

「一体何をいっているんだ」彼はゆっくりといった。「エドワードはスコットランドにいるんだぜ」

「まあ！」彼女は叫び、エドワードの顔をまじまじと見つめた。「まあ！」

彼女は顔を紅潮させ、それから蒼白になった。

「じゃあ、あなた」彼女は押し殺したような声でいった。「ほんものの泥棒なの？」

一瞬のうちにエドワードは事態を悟っていた。彼女の目には畏《おそ》れの色が浮かんでいる――これはもしかして――賞賛なのではなかろうか？　説明すべきだろうか？　そんなつまらないまねをするんじゃない！　とことん芝居をつづけるべきだ。

彼は大げさにおじぎをした。

「お礼を申しあげます、ノーリーン嬢」彼はいかにも大物の追いはぎらしい態度でそういった。「まことに楽しい夜でした」

もう一人の男がたったいま降りてきた車をすばやく一瞥する。きらめくボンネット、真紅の自動車。ぼくの車だ！

「では、ごきげんよう」

ひとっとびで車に乗りこみ、クラッチを踏みこむ。車は走りだした。ジェラルドはすくんでしまい、その場に棒立ちだったが、娘は敏捷《びんしょう》だった。走り去ろうとする車のステップにすばやく足をかけ、しがみついたのだ。

車は急に方向転換し、めくらめっぽうに角を曲がり、停車した。車に飛びついたためにまだ息を切らしているノーリーンが、エドワードの腕に手をかけた。

「返してくださらなくちゃ――ねえ、返してくださらなくちゃいけないわ。アグネス・ラリラに返さなければならないんですもの。男らしく、ね――わたしたち、楽しい夜を過ごしたわ――ダンスをして――わたしたち――共犯よ。返してくださらない？　わたしに？」

美しさで相手を恍惚とさせる女性。なるほどそういう女性は存在する……

エドワードにしたって、ネックレスを厄介払いするのにやぶさかではなかった。いまこそうるわし《ボウ・ジ》い行為《エスト》を果たす天与のチャンスだ。

「ぼくらは――共犯でしたね」彼はいった。

「ああ！」彼女の目に雲のようなものがかかった――それから、きらりと光った。

それから、彼女はいきなり顔を近づけた。一瞬、彼は彼女の身体をささえ、二人の唇が重なった……

それから、彼女は飛びおりた。深紅の車は一気にスタートした。

ロマンス！

2

クリスマス当日の十二時、お決まりの〝メリー・クリスマス〟のあいさつをしながら、エドワード・ロビンソンはクラパムにあるとある家の小さな居間にずかずかと入っていった。

ヒイラギの小枝のぐあいをなおしていたモードが冷やかにあいさつを返した。

「例のお友達と田舎で楽しくやってきたの？」彼女が訊ねた。

「ねえ、きみ」エドワードはいった。「あれは嘘だったんだ。ぼくは懸賞で——五百ポンド獲得したんだ。それで車を買ったんだよ。きみが反対するのはわかっていたから黙っていたんだ。これがまず一番目の話だ。ぼくは車を買ってしまったし、それについてはこれ以上とやかくいうことはない。二番目の話はこうだ——ぼくは何年ものろのろしているつもりはないんだ。ぼくの前途は申し分なく有望なんだから、ぼくは来月きみと結婚するつもりだ。わかったかい？」

「まあ！」モードは聞きとれないほどの声を出した。

こんな——こんなことってあるかしら——エドワードがこんなに主人風をふかせるような口のききかたをするなんて。

「どうだい？」とエドワード。「イエスかい、ノーかい？」

彼女はうっとりと彼を見つめた。その目には畏れと賞賛の色が浮かんでいる。彼女のそんな顔を見て、エドワードはうっとりとしてしまった。自分を憤慨させるあの辛抱強い母親然とした態度があとかたもなく消え失せていたのだ。

　昨夜、ノーリーン嬢もこんな目つきで自分を見つめていた。だが、ノーリーン嬢はすでに、女侯爵ビアンカと肩をならべて、はるかなるロマンスの世界へと立ち去ってしまったのだ。これは現実だ。自分の恋人なのだ。

「イエスかい、ノーかい？」彼はもう一度訊ね、一歩踏み出した。

「い――い、いいわ」モードは口ごもった。「でも、ああ、エドワード、一体どうしたの？　今日はまるで別人みたいよ」

「そうだよ」エドワードはいった。「二十四時間のうちに、虫けらが一人前の男に変身したのさ――そして、これは絶対に骨折りがいがある変身なんだ」

　あのスーパーマン・ビルならかくやと思われる態度で、彼は彼女を両腕に抱き上げた。

「ぼくを愛しているかい、モード？　ねえ、いってくれ、愛しているかい？」

「まあ、エドワードったら！」モードはあえいだ。「あなた、すてきよ……」

クリスマスの冒険

Christmas Adventure

深町眞理子訳

大きな開放式の暖炉のなかでは、太い丸太が心地よげに音をたてて燃えていた。そしてそのぱちぱちはぜる薪の山から、高く立ちのぼる六枚の炎の舌、それがたがいにせわしなくからみあっている。クリスマスのハウスパーティーに集まった若いひとたちは、いまその祝祭をぞんぶんに楽しんでいた。初老のミス・エンディコット——集まったひとたちの大半から、エミリーおばさんの名で呼ばれ、親しまれている——は、そのにぎやかなざわめきを見わたして、寛大にほほえんだ。

「きみがミンスミート・パイを六個も食べられるもんか、ジーン」

「いいえ、食べられますって」

「食べられませんって」

「食べたらきっと、きみのトライフルから出てくるのは豚になるな」

「ええそうよ。ついでに、トライフルは三回おかわりして、おまけにプラム・プディングも二回おかわりしてみせるわ」

「プディングと言えば、あれがうまくできてるといいんですけどね」ミス・エンディコットは気づかわしげに言った。「なにしろ、たった三日前にこしらえたばかりですもの。そもそもクリスマス・プディングって、クリスマスのずっと前からこしらえて、寝かせておくものなのに。あたしなんか、子供のころ、〝降臨節前主日《こうりんせつぜんしゆじつ》〟の特禱《とくとう》で、『主よ、願わくは御民の心を励まし《ステア・アップ、オー・ロード、ウイ・ビシーチ・ジー、ザ・ウィルズ・オブ・ザイ・フェイスフル・ピープル》……』っていうところ、〝かきまわせ《ステア・アップ》〟なんて言うから、てっきりクリスマス・プディングをかきまわすことと、なにか関係があると思ってたくらいですよ！」

ミス・エンディコットがしゃべっているあいだ、礼儀正しい沈黙がその場を支配した。といってもそれは、なにも若いひとたちが彼女の語る過ぎし日の思い出話に、ほんのわずかでも興味を持っていたからというわけではなく、この家の女主人の話だから、多少なりとも注意を払うのがこのさい礼儀にかなっている、そう考えたからにほかならない。やがて彼女が口をつぐむなり、ふたたびがやがやとおしゃべりが始まった。ミス・エンディコットは溜め息をつくと、客たちのうちでただひとり、自分とほぼ同年輩の人物のほうを、賛同をもとめるようにちらりと見やった。その人物とは、風変わりな卵形の頭に、ぴんと立った、仰々しい口髭をたくわえた小男だった。

じっさい、近ごろの若いひとたちときたら、むかしとはすっかり変わってしまって、とミス・エンディコットは胸のうちでひとりごちた。以前なら、こういう場ではだれもが口をつぐみ、年長者の語る珠玉のごとき知恵の精華につつしんで耳を傾けたことだろう。ところがいまは、こういう愚にもつかないおしゃべりばかり。そのほとんどは、まるきり理解できないときている。だがそうはいっても、やはりかわいい子供たちであることには変わりはないけれど。

目をなごませて、彼女はそのひとりひとりを観察していった。背がすらりと伸びた、そばかす顔のジーン。小柄なナンシー・カーデルは、浅黒い肌の、ジプシーふうの美少女。そして学校の休みで帰省している、この家の年少の息子たちふたり——ジョニーとエリック。ふたりの友人であるチャーリー・ピーズ。そしてもうひとり、金髪色白の、美しいイヴリン・ハワース……

ここまで考えて、ミス・エンディコットはふと眉を曇らせると、視線をそれとなくいちばん年嵩の甥、ロジャーへと向けた。ロジャーは一同の談笑にも加わらず、片隅にむっつり黙りこんですわったきり、ただその令嬢の北欧系の美貌、その息をのむほどの美しさに目を凝らしているばかり。

「ねえ、ねえ、すばらしい雪じゃない？」と、ジョニーが窓ぎわに歩み寄りながら叫んだ。「まさに本物のホワイト・クリスマスってやつだな。そうだ、みんなで雪合戦、やろうよ。ねえ、エミリーおばさん、ディナーまではまだだいぶ時間があるでしょ？」

「ええ、ありますよ。二時からですからね。あら、それで思いだしたわ。テーブルの用意がどうなってるか、ちょっと見てこなくっちゃ」

ミス・エンディコットは足早に部屋を出ていった。

「雪合戦より、もっといい考えがあるわ。みんなで雪だるまをつくるのよ」ジーンが声をはりあげた。「そうだ、それがいい！　あのね、だったらムッシュー・ポアロの雪だるま、つくろう。聞いてますか、ポアロさん？　偉大なる探偵エルキュール・ポアロをかたどった雪の像、そいつを六人の名だたる芸術家がこしらえるんです！」

椅子にかけた小男は、目をきらきらさせながら、挨拶がわりに軽く会釈してみせた。

「どうかとびきりハンサムにこしらえてくださいよ、お若いかたがた。ぜひともそうお願いします」とうながす。

「もォ――ちろん！」

若者の一団はつむじ風のように駆けだしてゆき、部屋の戸口で、ちょうど一通の手紙を盆に載せてはいってきた、いかめしい執事と衝突した。執事はどうにか落ち着きをとりもどすと、威儀をつくろいながらポアロのほうへ進みでた。

ポアロは手紙を受け取り、封を切った。執事は立ち去った。ポアロはその手紙を二度読みかえし、それからきちんと畳むと、ポケットにおさめた。表情は変わらず、口髭一本ふるえはしなかったが、それでも手紙の内容は、じゅうぶん驚くに足りるものだった。みみずののたくったようなたどたどしい文字で、こんな文言が綴られていたのだ――「ぜったいにプラム・プディングを食べちゃいけません」

「じつにおもしろい」と、ムッシュー・ポアロは胸のうちでつぶやいた。「おまけに、まったく予想外でもある」

彼の目が暖炉の向こうを見やった。イヴリン・ハワースは、ほかのものが出ていったあとも、ひとりその場に残っていた。暖炉の火を見つめてすわり、左手の薬指にはめた指輪を、神経質な手つきでぐるぐるまわしながら、物思いにふけっている。

「なにやら夢を見ておいでのようですな、マドモワゼル」ややあって、小男は声をかけた。「そしてその夢は、けっして楽しいものではない。そうでしょう?」

彼女ははっと顔をあげ、ためらいがちにこちらを見た。彼は励ますようにうなずいてみせた。

「物事を知るのがわたしの仕事でしてね。そう、あなたはけっして楽しんではいない。じつはわたしもそうでして、いささか憂鬱なのです。どうです、同病相憐れむで、おたがい心のうちを打ち明けてみませんか?

まずわたしのことを申しあげると、ここしばらく、たいへん寂しい思いをしておりましてね。友人が――長年の親友ですが、この男が海を渡って、遠い南米に行ってしまったんです。親しくしていたころには、この男にいらいらさせられたこともときにはありますし、あまりに頭が鈍いんで、むしゃくしゃしたことも一度や二度じゃありません。ところが、いなくなってみると、思いだすのは彼の長所ばかりなのですよ。まあ人生とはそんなものですが。

　ところでマドモワゼル、今度はあなたの番だ。あなたはなにを悩んでおいでなのですか？　あなたはわたしとちがって年寄りでもなく、ひとりぼっちでもない。あなたは若く、美しく、しかも愛する男性とは相思相愛の仲だ――ああ、いや、否定なさるには及びません。いままで半時間も、ずっとその相手のかたを観察してたんですから」

　令嬢の頰に血がのぼった。

「ロジャー・エンディコットのことをおっしゃってますの？　ああ、でしたらあなたのお見立てちがいでしてよ。わたくしの婚約相手は、ロジャーではございませんもの」

「たしかに。ご婚約の相手は、オスカー・レヴァリング氏だ。そのことならよく存じあげておりますとも。しかし、ならばどうしてレヴァリング氏と――愛する相手とはべつの男性と――婚約なんかなさったのです？」

　令嬢はポアロの言葉を不愉快に思ったようすはなかった。というよりも、彼の態度のどこかに、それを不愉快に思わせないなにかがあった、と言うべきだろう。彼の声音には思いやりがあり、加えて、逆らいがたい権威をも含んでいた。

「どうです、話してごらんなさい」ポアロはやんわりとうながした。それから、前にも使った表現をそのままに、「物事を知るのがわたしの仕事でしてね」とつけたしたが、その響きには、妙に心をなごませるものがあった。

「わたくし、とても困っておりますの、ポアロさま。それはもう、とても苦しい立場なんです。ご存じでしょうけど、以前はわたくしども、何不自由なくやっておりました。わたくしはかなりの資産の女相続人とされておりましたし、ロジャーは次男坊で、自由のきく身分でしたから。それが――それが、あのひとったら、わたくしを好いてくれてることは確かでしたのに、なぜか将来のことには一言も触れず、とつぜんオーストラリアへ行ってしまいましたの」

「いやあ、じつにへんなものですな、この国での縁談のまとめかたというのは」と、ムッシュー・ポアロは内心の思いを口に出した。「秩序もない。方式もない。なにもかも出たとこ勝負なんですから」

イヴリンは話をつづけた。

「ところがそのあとわたくしどもは、急に財産をすっかりなくしてしまいました。母とわたくしは、ほとんど無一文になりました。屋敷も処分して、ちっぽけな家に移り、それでどうにかかつかつの暮らしができるだけでした。しかも悪いことに、母が重い病にかかりました。延命のためには、大手術を受けたあと、どこか暖かい外国へでも転地して、療養に専念するしかありません。ところがわたくしども、そのお金がありませんの、ポアロさま。お金がありませんのよ！　手術ができなければ、母は死ぬしかありません。レヴァリングさんは、そのころまでに何度かわたくしに求婚なさっていましたけど、ここであらためて結婚を申しこまれ、イエスと言ってくれさえすれば、母のためにできるだけのことをしてあげよう、そうおっしゃってくださいました。わたくし、承諾しましたわ――だって、そうするよりほか、しかたありませんでしょ？　レヴァリングさんは約束を守ってくださって、手術は現代最高の専門医の手で執刀され、冬のあいだはわたくしたち、エジプトで過ごすこともできました。それが一年前のことです。そんなわけで、母はすっかり回復して、もとの体にもどりましたけど、わたくしは――わたくしは、このクリスマスが過ぎたら、レヴァリングさんと結婚式を挙げることになっている、とまあこういうわけでございますの」

「なるほど」と、ムッシュー・ポアロは言った。「そしてまたいっぽうでは、家を継ぐはずのロジャーの兄上が亡くなり、彼が呼びもどされた。そして帰国してみたら、無残にも夢が砕け散っているのを知らされた、と。しかしそうはいうものの、あなたはまだ人妻になってしまったわけじゃないでしょう、マドモワゼル」

「ハワース家のものは、けっして約束をたがえたりはしませんのよ、ポアロさん」イヴリンは胸を張り、毅然として言った。

彼女がそう言うのとほとんど同時に、いきなりドアがひらいて、赤ら顔の大柄な男が戸口に立ちはだかった。抜け目のなさそうな小さな目が光り、ひたいはてらてらと禿げあがっている。

「こんなところで、いったいなにをふさぎこんでるんだね、イヴリン？　さあ、散歩にでも行こうじゃないか」

「そうね。わかったわ、オスカー」

彼女はものうげに立ちあがった。ポアロも立ちあがり、丁重に問いかけた。

「マドモワゼル・レヴァリングのことですが、いまだにご気分がすぐれないので？」

「妹？　ああ、まだ寝こんでるよ。せっかくのクリスマスだってのに、ひきこもったきりだとは、まったく生憎なことさ」

「さよう、おっしゃるとおりですな」と、探偵はいんぎんに相槌を打った。

数分のうちに、イヴリンはスノーブーツをはき、二、三の防寒具を身につけた。そして許婚者と連れだって、一面の雪におおわれた庭園へと出ていった。寒さは凛冽《りんれつ》だが、よく晴れた、理想的なクリスマス日和だった。ハウスパーティーに集まった他のメンバーは、総出で雪だるまをつくるのに余念がなかった。レヴァリングとイヴリンとは、立ち止まってそのようすを見まもった。

「愛は若き日の夢よ、ってとこだね。やあい！」ジョニーがはやしたてて、ふたりに雪玉を投げつけた。

「ねえイヴリン、これ、どう思う？　偉大なる探偵、ムッシュー・エルキュール・ポアロよ！」ジーンが呼びかけた。

「まあお待ちよ、いまひげを生やすところなんだから」エリックが言った。「ナンシーがそのために自分の髪をちょっぴり切ってくれるんだってさ。万歳《ヴィーヴ》、勇敢なるベルギー人《ラ・ブラーヴ・ベルジュ》よ！　そォれ、じゃじゃじゃーん！」

「じっさい、おなじ家のなかに、本物の生きた探偵がいるんだからね。すごいよな」と、これはチャーリー。「いっそ殺人も起こってくれればいいのに」

「ねえ！　ねえ！　ねえ！　いいこと考えたわ！」ジーンがそこらをとびまわりながら叫んだ。「だったらいっそ、あたしたちの手で殺人を仕組んだらどう？　むろん、〝見せかけの〟ってことよ。そしてあのひとをひっぱりこむの。ねえってば！　やりましょうよ——きっとすっごくおもしろいわよ」

　たちまち五色《いついろ》の声がいっぺんにしゃべりはじめた。

「どんなふうにやったらいいかな？」

「うちじゅう大騒ぎになったりして！」

「ちがうよ、ばかだな。ここで——この、外でやるんだ」

「雪に足跡をつけるんだよ、もちろん」

「ジーンが寝間着姿で殺されてるの」

「赤いペンキを使えばいいわ」

「手にそいつを塗るんだ——でもって、その手を髪になすりつける」

「ねえ、ピストルがあれば最高なんだけどな」

「はっきり言って、親父やエムおばさんには聞こえっこないよ。ふたりとも、寝室は家の反対側だから」

「なあに、親父は気になんかするもんか。なんてったって、太っ腹だもんな」

「そうね。でも、赤いペンキって、どんなのを使うの？　エナメル塗料？」

「それなら村で買ってこられる」

「このとんま、クリスマスに店があいてるかよ」

「それよりも、水彩絵の具がいい。クリムソン・レーキさ」

「ジーンならその役にぴったりだよな」

「いいかい、ちょっぴり寒くても気にするなよ。どうせ長い時間じゃないんだから」

「その役なら、ナンシーのほうがぴったりだわ。しゃれたパジャマだって持ってるし」

「じゃあグレーヴズに訊きにいこう――どこかに使えそうな顔料があるかどうか」

一団はなだれを打って家のほうへ走りだした。

「なにをぼんやり考えこんでるのかね、え、エンディコット？」と、レヴァリングが鼻先で笑いながら言った。

ロジャーははっとして物思いからさめた。いまのいままで、周囲のやりとりはほとんど耳にはいっていなかったのだ。

「いや、なに、ちょっと不思議に思ったものだから」と、彼は物静かに答えた。

「不思議って、なにが？」

「ポアロさんだけど、そもそもここでなにをしてるのか、って」

レヴァリングは、わずかにぎくっとしたようだった。だが、ちょうどそのとき、銅鑼《どら》の音が高らかに響きわたり、全員がクリスマスの正餐の席に連なるため、うちのなかにもどっていった。食堂にはカーテンがひかれ、明かりが煌々とともされて、クラッカーやその他のデコレーションがうずたかく飾られた、長いテーブルを照らしだしていた。まさしく本物の、伝統あるクリスマス・ディナーのしつらえだった。

テーブルの首座に、赤ら顔で陽気なこの家のあるじがすわり、テーブルのもういっぽうの端には、あるじと向かいあって、その姉が座を占めた。ポアロはクリスマスに敬意を表して、真紅のチョッキを身につけていたが、その服装と、やや小肥りの体軀、それに、わずかに小首をかしげたその独特の姿勢などから、だれもが否応なしに胸の赤い駒鳥を連想した。

エンディコット氏は手ばやくターキーを切りわけ、一同はごちそうにかぶりついた。やがて、二羽のターキーの残骸が運び去られると、あとにはしばし、息を殺して待ち受けるような沈黙がひろがり、ほどなく、威儀を正した執事のグレーヴズがあらわれた。もったいぶって高々と掲げた皿には、プラム・プディングがひとつ――ぐるりと炎にとりまかれた、巨大なプディングである。一座のものからどっと歓声があがった。

「さあ早く。あらやだ！　あたしの分の炎が消えかかってる。急いで、グレーヴズ。火が消えないうちでなきゃ、願《がん》はかけられないんだから」

ムッシュー・ポアロは、自分の皿にとりわけられたプディングの一片を妙な目つきでながめていたが、だれもそれに注目するだけの余裕はなかった。彼がすばやくテーブル全体に走らせた視線、それを見てとったものも、やはりいなかった。当惑げに軽く眉をひそめながら、彼は自分のプディングを食べはじめ、ほかのみんなもそれぞれのプディングに手をつけた。しばし会話の声がとだえた。と、とつぜん、この家のあるじがあっと叫んだ。顔が紫色になり、手が口のなかをさぐった。

「ひどいじゃないですか、エミリー！」と、彼はどなった。「なんだってガラスのかけらなんかをわざわざプディングに入れさせるんです！」

「ガラスですって？」ミス・エンディコットも驚きの叫びを発した。

彼は口のなかからその不愉快なしろものをとりだした。

「あやうく歯が欠けるところだった」彼はぶつくさ言った。「でなきゃ、のみこんで、虫垂炎にでもなってたところだ」

テーブルの各自の席の前には、水を入れた小さなフィンガーボウルが置かれていた。プディングのなかにまぜこんである六ペンス貨その他、さまざまなおまじないの品を受けるための用意である。エンディコット氏は、自分のボウルにその色つきガラスのかけらをひたすと、ゆすいで、目の前にかざした。

「こりゃたまげた！」彼は大声をあげた。「こいつはクラッカーの飾り留めについてる赤い石じゃないか」

「ちょっと拝見」ムッシュー・ポアロは器用にそれをあるじの手からとりあげると、仔細に検分した。エンディコット氏の言ったとおり、それは大きな赤い石だった。色はルビーの色、指のなかでひねくりまわすたびに、多面体をなした表面から明かりが反射され、きらきらと光る。

「すげえ！」エリックが叫んだ。「ひょっとして、本物だったりして」

「ばかねえ！」ジーンが冷笑的に言った。「あれだけ大きなルビー、もし本物なら何千、何万、何十万ポンドとするわ――ねえ、ポアロさん？」

「驚いたこと――クラッカーの飾り程度のもの、よくもまあ、そんなに丹念に細工して」ミス・エンディコットがだれにともなくつぶやいた。「それにしても、なんでそんなものがプディングにまぎれこんでたのかしら」

　いうまでもなく、それこそが当面の大問題であった。ありとあらゆる推論が出尽くした。ひとりムッシュー・ポアロだけがその議論には加わらず、あたかもなにかほかのことに気をとられてでもいるように、無造作にその石をポケットにすべりこませた。

　食事が終わると、彼はキッチンを訪れた。

　料理女は、少々とまどいぎみだった。ハウスパーティーに招かれてきた、お客のひとりから質問を受けるなんて。それもあろうことか、外国人の紳士から！　とはいえ、質問には彼女もていねいに答えた。プディングはたしかに三日前にこしらえたものである――「お客さまのお越しになった、あの日でございますよ、はい」当日はだれもが入れかわり立ちかわりキッチンにあらわれ、プディング生地をかきまわしては、願い事をするという行事に参加した。古くからのしきたりだが、もしかすると、よその国にはない習慣では？　ともあれ、やがて蒸しあげられたプディングは、食品貯蔵室の棚の最上段にずらりと並べて置かれた。それぞれのプディングには、なにかほかのと区別できるような目印があったろうか？　いや、なかったと思う。ただし、きょうの正餐に出された分は、アルミの型に入れられ、ほかのは磁器の容器入りで、ちがいといえば、それぐらいである。では、きょうのは最初からクリスマスの正餐用につくられたプディングだったろうか？　いいえ、お客さまにそれを訊かれるとは不思議だ。じつをいうと、クリスマス用のは、毎年ヒイラギの葉をかたどった専用の白磁の大型容器で蒸しあげるのだが、けさ（ここのところで、料理女の赤ら顔には、腹だたしげな表情が浮かんだ）、最後に火を通すため、キッチンメードのグラディスにそれをとりおろさせたところ、あきれたことに、手をすべらせて、容器を割ってしまった。「もうそうなっては、むろん、かけらがまじっているおそれがございますから、テーブルにお出しするわけにはまいりません。そこで、かわりに、アルミの型でつくった大きなのをお出ししたんです」

ポアロは料理女に礼を述べ、キッチンを出たが、その顔には、いま得られた情報にしごく満足しているかのように、うっすらと笑みが浮かんでいた。そして右手の指はポケットのなかで、しきりになにかをもてあそんでいた。


「ポアロさん！　ポアロさんったら！　お願いです、起きてください！　たいへんなことが起こりました！」

あわただしいジョニーの声がしたのは、あくる朝、まだ早いうちだった。ポアロははね起きた。彼はナイトキャップをかぶっていたが、顔つきのいかめしさと、キャップが小粋に横っちょに傾いているあんばい、その両者の対照は、いかにも滑稽だった。けれどもジョニーは、その不釣り合いには気づかぬようだった。たいへんだと口では言いながら、それをべつにすれば、この少年がひどくおもしろがっている、なにやら笑いをこらえているかに見えるということは、だれの目にも明らかだったろう。ドアの外からも、まるでソーダ水のサイフォンが詰まっているような、ぐふぐふという奇妙な音声が聞こえてくる。

「お願いです、すぐ階下へきてください」ジョニーはわずかに声をふるわせてつづけた。「だれかが殺されたみたいなんです」言うなり彼は背を向けた。

「ほう、そいつはえらいことだ！」と、ムッシュー・ポアロ。

起きあがった彼は、とくにあわてるふうもなく、簡略に洗面と身じまいとをすませた。それから、ジョニーにつづいて階段を降りていった。庭へ出る戸口の周辺に、ハウスパーティーのメンバーが群がっていた。どの顔にも、極度に感情を押し殺した、思いつめたような表情がうかがえる。ポアロの姿を見ると、とたんにエリックが発作に襲われでもしたように、激しく咳きこんだ。

ジーンが進みでて、ムッシュー・ポアロの腕に手をかけた。

「ほら、あれ！」そう言って彼女は、芝居がかったしぐさで、ひらいたままのドアの外をさした。

「こりゃ驚いた《モン・デュー》！」ポアロは叫んだ。「まるで芝居の一場面みたいじゃないか」

その台詞は、けっして場ちがいではなかった。夜中にまた雪が降ったらしく、早朝の淡い光のなかに、一面の銀世界がひろがっている。その真っ白な広がりは、どこまでも切れ目なくつづき、なかにただ一カ所、鮮やかな真紅の絵の具を、ぱっとぶちまけたように見える部分があるだけだ。

雪の上に、身動きひとつせず横たわっているのは、ナンシー・カーデルだった。真っ赤なシルクのパジャマをまとい、小さな素足をのぞかせ、腕を大きく左右にひろげて倒れている。頭を横に向けてうつぶせになっているが、顔は豊かに波打った黒い髪の下に隠れている。死んだようにじっと動かぬその左脇腹からは、これ見よがしに短剣の柄が突きだし、いっぽう、あたりの雪の面には、いまなおじわじわとひろがってゆく大きな真紅のしみ。

ポアロは雪の庭へと歩みでた。といっても、ナンシーの体が横たわっている地点へは近づかず、庭を横切る細い散歩道から、一歩も踏みだそうとはしなかった。二本の足跡——男のと女のと——が、雪面を悲劇の現場へとつづいている。男の足跡のほうは、そこからさらに反対方向へと遠ざかっている——単独でだ。ポアロは思案げにあごをさすりながら、散歩道に立ちつくした。

そのとき、ふいにオスカー・レヴァリングが家からとびだしてきた。

「なんたることだ！　こりゃいったいどうしたわけだね？」

彼の興奮した叫び声は、相手の男の冷静さとは対照的だった。

「どうやら」と、ムッシュー・ポアロはなおも思案ありげに、「殺人のようですな、これは」

エリックがまたしても激しい咳の発作に襲われた。

「しかし、なんとか手を打たなきゃいかんだろうが」レヴァリングが高飛車に言った。「どうしたらいいんだ?」

「このさい、できることはひとつしかありません。警察を呼びにやることです」と、ムッシュー・ポアロ。

「えーっ?」ほかのものたちが異口同音に叫んだ。

ムッシュー・ポアロは問いただすような目を一同に向け、「そうですとも」と言いきった。「それしかないですな、できることは。さて、だれが通報しにいきます?」

ちょっと間があって、それからジョニーが進みでた。

「お遊びはこれまでだ」と、彼はきっぱり言った。「あのね、ポアロさん。あんまり怒らないで聞いてほしいんですけど、これ、ぜんぶジョークだったんです。ぼくらがみんなで思いついて——あなたをかついでやろう、って。ナンシーは死んだふりをしてるだけなんですよ」

じっと彼を見つめるムッシュー・ポアロのようすには、これといった感情の動きは見えなかった。ただ、ほんの一瞬、目がきらりと光っただけだ。

「すると、ちょっとわたしをからかってみたと、そういうことなんだね?」彼は落ち着きはらって言った。

「いや、その、ほんとにすまないことをしました。申し訳ありません。冗談にしても、趣味が悪いですよね。謝ります、このとおり」

「いやいや、謝るには及ばないがね」ポアロはなにやら妙な声音で答えた。

ジョニーは向こうを向くと、「ねえ、ナンシー、もう起きてもいいよ。一日じゅうそんなとこに寝てるつもりじゃないだろ?」と呼びかけた。

ところが、雪の上に横たわった体は、ぴくりとも動かない。

「ナンシー、起きろったら」ジョニーがくりかえし呼びかけた。

それでもナンシーは微動だにせず、それと見てとった少年の面には、にわかに名状しがたい恐怖の色が浮かびでた。彼はポアロのほうに向きなおった。

「いったい——いったいどうしたんでしょう? なんで彼女は起きないんです?」

「まあわたしについておいで」ポアロはぶっきらぼうに言った。

雪の上を大股に歩きだしながら、彼は手をふって一同をさがらせ、自分は雪面の足跡を乱さないように注意して進んだ。おびえつつも、ジョニーは半信半疑の表情であとを追った。ポアロはナンシーのそばにひざまずき、それから手真似でジョニーに合図した。

「手にさわってごらん。脈搏も触れてみるといい」

おずおずと少年はかがみこんだが、すぐに、あっと叫んでのけぞった。手も、腕も、氷のように冷たくこわばり、脈搏はこれっぽっちも感じとれない。

「死んでる!」ジョニーはあえぐように言った。「でも、どうして死んだんだろう? なぜ?」

質問の前半を、ムッシュー・ポアロは聞き流した。

「そう、なぜだろうね。それが問題だ」と、思慮ぶかげに言う。

それから、いきなり死んだ娘の体ごしにかがみこむと、彼女のもういっぽうの手をとり、なにかをかたく握りしめているその指をひらかせた。彼の口から、そしてかたわらの少年の口からも、異口同音に叫びが漏れた。ナンシーの手のひらに、赤い石がひとつ握られていて、それがきらきらと火の色にきらめいている。

「ほう！」ムッシュー・ポアロは叫んだ。と同時に、電光石火のすばやさで、その手がポケットへと動き、すぐまたなにも持たずにあらわれた。

「クラッカーの飾り石だ」ジョニーが不思議そうに言った。それから、しゃがみこんで短剣の柄を調べたり、赤く染まった雪を検分したりしているポアロにむかい、後ろから大声で呼びかけた。「それは血なんかじゃありませんよ、ポアロさん。それ、絵の具なんです。ただの顔料なんです」

ポアロは身を起こすと、「そうだね」と、穏やかに言った。「きみの言うとおりだ。ただの顔料だよ」

「だったら、どうして……」言いさして、少年は言葉をとぎらせた。ポアロがあとをひきとった。

「どうして彼女は殺されたのか。それだよ、われわれがつきとめるべき問題は。ところで彼女だが、けさ、なにかを食べたか飲んだかしたかな？」

しゃべりながらポアロは、いま自分のつけた足跡をあとずさりにひきかえし、ほかのものたちの待っている散歩道へもどった。ジョニーもすぐあとにつづいた。

「お茶を一杯飲みましたよ」と、少年は言った。「レヴァリングさんが淹れてくれたんです。部屋にアルコールランプを持ちこんでらっしゃるので」

ジョニーの声は大きく、明瞭だった。レヴァリングもその言葉を聞きつけたらしい。

「いつでもアルコールランプだけは携行することにしてるんだ」彼は言った。「世のなかにこれほど便利なものはないよ。ここへきてからも、妹はおおいに重宝している――そうたびたびこの家の使用人に迷惑はかけられないからね」

ムッシュー・ポアロは目を伏せ、どこか申し訳なさそうにさえ見える目つきで、レヴァリング氏の足もとを見やった。その足に履かれているのは、絨毯地でできた室内履きだった。

「ほう、靴を履きかえられましたな」彼は小声でつぶやいた。

レヴァリングはまじまじと彼を見つめた。

「それはそうと、ねえポアロさん」だしぬけにジーンが声をはりあげた。「あたしたち、いったいどうしたらいいんでしょう」

「さっきも言ったように、できることはひとつしかないね、マドモワゼル。警察を呼びにやることだ」

「じゃあわたしが行こう」レヴァリングが声をあげた。「ブーツに履きかえるのには、ほんの一分とかからんからね。あんたたちも、もう家のなかにはいったほうがいい。外は寒いから」

彼は屋内に姿を消した。

「いや、じつに思いやりがおありだ、あのレヴァリング氏という御仁は」ポアロがそっとつぶやいた。

「では諸君、われわれもせっかくのお勧めにしたがうとしますか」

「ところで、父やほかのみんなはどうしましょう？──起こしてきますか？」

「いや」ムッシュー・ポアロは強い調子で言った。「それはまったく無用だ。いずれにせよ、警察が到着するまでは、なにひとつ手を触れるわけにはいかないんだから。さあ、それではなかにはいりますか。書斎へでも？　諸君にお聞かせしたいささやかな物語がある。この悲しむべき出来事から、気をまぎらすのに役だってくれるかもしれない」

彼は先に立って歩きだし、一同もそのあとにつづいた。

快適な肘かけ椅子におさまったところで、ムッシュー・ポアロはおもむろに口を切った。「これは、あるとびきり有名なルビーの話です。持ち主は、これもきわめて著名な人物ですが、ここでは名は出しますまい。ただ、世界でも指折りの名家の御曹司とだけ言っておきましょう。さて《エ・ピアン》、その要人がロンドンへやってきた——おしのびでね。ところが、要人とはいいながら、なにぶんまだ若いし、思慮にも欠けるので、さる美貌の若いご婦人の手管にひっかかり、抜き差しならない仲になってしまった。あいにく、その若く美しいご婦人のほうは、彼という人間よりも、むしろ彼の財産、富を愛していただけでね。でまあ、いろいろあって、ある日のこと彼女は、彼の家に代々伝わる家宝の宝石——由緒あるルビーを持ちだして、姿をくらましてしまった。

　気の毒なその御曹司は、たいへんな苦境に陥ったわけです。近々彼は、ある高貴な姫君と華燭の典を挙げることになっていて、いまスキャンダルに巻きこまれるのは、まことにまずい。もとより、警察に届けるわけにもいかない。そこで、かわりにこのわたし、エルキュール・ポアロに相談が持ちかけられた。どうか自分のために家宝のルビーを見つけだしてもらいたい、そう言われる。ところで《エ・ピアン》、その若いご婦人のことなら、わたしも多少知っていることがある。兄がひとりいて、これまでにも再三その兄と共謀して、巧妙な離れ業を演じているのです。

　その兄妹がこのクリスマスにどこに滞在しているか、たまたまわたしは知るにいたった。そこで、かねて面識のあるエンディコット氏にお願いして、客の顔ぶれに加えていただく。ところが、わたしがくることを耳にしたその若いご婦人は、非常な不安に襲われる。聡明な女性ですから、すぐにわたしの狙いはルビーだとさとったわけです。さあ、急いでそれをどこか安全なところに隠さねばならない。そうして彼女が思いついた隠し場所というのが——どこだと思います？　プラム・プディングのなか！　いや、むしろこう言ったほうがいいかな——彼女はほかのみんなといっしょにプディングをかきまわすふりをして、ついでにその容器のひとつにルビーをほうりこんだ、と。そのプディングは、ほかのものとはちがうアルミの型にはいったやつなんですが、それがある奇妙なめぐりあわせから、クリスマスの正餐用のプディングとしてテーブルに出された」

　当面の悲劇のことはしばし忘れて、一同はあんぐり口をあけたまま彼を見つめていた。

「そしてそのあと、彼女は病気と称して部屋にひきこもってしまった」と、小柄な探偵は話をしめくくった。それから、やおら懐中から時計をとりだし、ちらりとながめた。「使用人たちが騒いでいますな。それにしても、レヴァリング氏は遅い。警察を呼ぶだけのことなのに、えらく時間がかかっている。さだめし、妹さんもいっしょに出ていったことでしょう」

　イヴリンがいきなり叫び声をあげて立ちあがった。目はポアロに釘づけになっている。

「ついでに言えば、たぶんふたりとも、これきりもどってはきますまい。オスカー・レヴァリングは、長らくあぶない橋を渡ってきたが、それもきょうでおしまい。今後は兄妹そろってしばらく国外で時を稼ぎ、またべつの名で悪行に精を出すつもりでしょう。わたしはね、けさ、彼に罠をかけておびきよせるのと、彼をおびえさせて追っぱらうのと、両方をかわるがわるやってみせた。つまり彼としては、ここらであらゆる見せかけをかなぐり捨て、警察を呼んでくるとの口実のもとに、われわれを家のなかで待たせておいて、その隙にルビーを持ち逃げすることもできた。ただしこれは、いわば背水の陣であって、二度と逆もどりは利かない。さりとてこのままでは、彼にたいする殺人の疑いが、いよいよ濃くなるばかり。となれば、どう考えても、逃亡という道しかない、とまあこれは自明の理でしょうな」

「あのひとがナンシーを殺したんですか？」ジーンがかすれた声音で言った。

　ポアロは立ちあがった。

「なんなら諸君、もう一度殺人現場にもどってみますか？」

うながした彼は、先に立って歩きだし、一同はあとからついていった。ところが、家の外に一歩出たとたん、彼らはそろって息をのんだ。そこには悲劇の痕跡はあとかたもなかった。乱された跡もない真っ白な雪が、どこまでも平坦にひろがっているばかり。

「たまげたな、こりゃ！」エリックが言って、へたへたと上がり口の階段にすわりこんだ。「まさかあれが、ぜんぶ夢だった、なんてことはないですよね？」

「すこぶる驚くべき出来事だね。〈消えた死体の謎〉というわけだ」ポアロが言った。目が穏やかにきらめいた。

と、ふいに、ジーンが不信の色もあらわに彼に詰め寄った。

「ポアロさん、まさかこれって――あなたが――その、最初からあたしたちをかついでた、なんていうんじゃないでしょうね？　いいえ、そうだわ！　ぜったいそうよ、そうに決まってるわ」

「そのとおりですよ、お嬢さん。じつはね、あなたがたのたくらみのことは、すっかりわかってたんです。そこで、お返しにちょっとした悪戯を仕組んでみた、と。ああ、マドモワゼル・ナンシーがきましたよ――さいわい、雪にまみれてあれほどの大芝居を演じたにもかかわらず、けろりとしておいでのようだ」

それはまさしく生きかえったナンシー・カーデルだった。目は明るく輝き、五体は健康と活力にはちきれんばかりだ。

「風邪はひかなかったでしょうな？　お部屋に薬湯《ティザン》を届けさせておいたが、あれも飲んでくれましたね？」ポアロは容赦のない口調で問いつめた。

「一口飲んだけど、一口でもうたくさん！　このとおり元気いっぱいですもの。ねえポアロさん、わたし、うまくやったでしょう？　あんな止血帯なんかはめさせられたせいで、まだ腕が痛むけど！」

「いやあ、あなたはすばらしかったですよ、お嬢さん《プティット》」。しかし、ここらでほかのひとたちにも説明してあげるとしますか。いまだになにがなんだか五里霧中といったようすだから。じつはね諸君《メ・ザンファン》、ゆうべわたしはマドモワゼル・ナンシーのお部屋を訪ねたんです。あなたがたのちょっとした陰謀《コンプロ》のことは、すっかり承知している、そう話して、わたしのために一役演じてくれないかと頼んだわけです。ナンシーさんはそれを、じつにみごとにやりとげてくれましたよ。レヴァリング氏をたぶらかして、お茶を一杯淹れさせたうえ、まんまと彼を連れだして、彼の足跡だけが雪の上に残るようにした。それだから、やがて時機が到来し、彼女がほんとうになんらかの不慮の死を遂げた、そう彼が思いこむころには、こちらには彼をおびえさせてやれるだけの材料が、すっかりそろっていたんです。で、われわれが家のなかにはいったあと、なにがありましたか、マドモワゼル？」

「あの男が妹をつれてわたしの倒れてるところへやってくると、わたしの手からルビーをひったくり、ふたりして大あわてで出ていきました」

「ですけどね、ポアロさん、だったらルビーのことはどうなるんです？」エリックがたまりかねて叫んだ。「まさか、みすみすあいつが持ち逃げするのを許した、なんていうんじゃないでしょうね？」

　一同のとがめるようなまなざしに出あって、ポアロの顔に気落ちした表情が浮かんだ。

「なに、まだとりかえせますがね」と、彼は弱々しく言ったが、それでも、一同の自分にたいする評価が、いちじるしく下落したことははっきり感じとれた。

「なんてこった、そんなばかなことってあるもんか。むざむざあいつにルビーを持ち逃げさせるなんて――」ジョニーが言いだした。

　けれどもジーンはもっと血のめぐりが速かった。

「このひと、またあたしたちをかついでるのよ。ねえ、そうでしょう、ポアロさん？」彼女は大声で言った。

「まあまあマドモワゼル、ちょっとわたしの左のポケットをさぐってごらん」

ジーンはとびつくように手をつっこんだが、すぐまた勝利の歓声をあげて、その手を抜きだした。彼女が掲げてみせたもの、それは真紅に輝く巨大なルビーだった。

「これでわかったでしょう」ポアロは言った。「さっきのは、あらかじめわたしがロンドンから持ってきておいた、ガラスのまがいものですよ」

「やっぱりね、なんて頭がいいのかしら」ジーンは有頂天でそう叫んだ。

「でも、まだひとつだけ、説明してもらっていないことがありますよ」だしぬけにジョニーが言った。「いったいどうやってぼくらの計略のことを知ったんです？　ナンシーが話したんですか？」

ポアロはかぶりをふった。

「じゃあ、どうしてわかったんです？」

「物事を知るのがわたしの仕事だからね」ポアロはかすかにほほえみながら答えた。答えながら彼の目は、イヴリン・ハワースとロジャー・エンディコットとが、連れだって散歩道を歩み去るのを見送っていた。

「そりゃそうだけど、でも話してくださいよ。ねえ、どうかお願いします！　偉大なるムッシュー・ポアロ、どうか聞かせてくださいったら！」

熱っぽく紅潮した顔の輪がポアロをとりかこんだ。

「きみたち、ほんとにわたしにこの謎を解いてほしいのかね？」

「ほしいですとも」

「だがわたしは話す気になれそうもない」

「なぜだめなんです？」

「いや、まあ、それはね、きっとがっかりさせることになるからさ」

「ねえ、どうかそう言わずに！　いったいどうしてわかったんですか？」

「じつはね、その、あのときわたしは書斎にいたんだ――」

「それで？」

「すると、きみたちがすぐ外で計略のことを話しあってる――そして書斎の窓はひらいていた」

「えっ、たったそれだけのことですか？　なんて単純なんだ！」エリックががっくりして言った。

「そうさ、単純なことだろう？」ムッシュー・ポアロもほほえみながら言った。

「まあいずれにせよ、これでわたしたち、なにもかもわかったわけだわ」ジーンが満足げな声音で言った。

「さて、そうかな？」と、ムッシュー・ポアロは家のなかにひきかえしながら、胸のうちでそうつぶやいた。「みんなはそうかもしれないが、わたしはちがうぞ。物事を知ることを仕事にしている、このわたしだけは」

そして、これでもう二十回めぐらいだろうか、ポケットから一枚の薄汚れた紙片をとりだした。

「ぜったいにプラム・プディングを食べちゃいけません――」

当惑の面持ちで、ムッシュー・ポアロは首をふった。と、そのとき、ふと足もとで奇妙なあえぎが聞こえた。見おろした彼は、そこにプリントのドレスを着た小柄な人影を認めた。左手に塵取りを、右手に箒を持った娘だ。

「おや、娘さん《モン・アンファン》、あんた、だれだね？」ムッシュー・ポアロはたずねた。

「アニー・イックスと申します、へえ。仲働きのメードでして」

ここでふと思いあたることがあり、ムッシュー・ポアロは手にした紙片を彼女にさしだした。

「アニー、あんたがこれを書いたのかね？」

「へえ、なにも悪気があってしたことではございませんので」

彼は彼女にほほえみかけた。「むろんそんなことはわかってるさ。なんなら、すっかりわたしに話してくれる気はないか？」

「じつはあのふたりのことでございまして、へえ。レヴァリングさんと妹さんのことです。あたしども使用人は、みんなあのふたりのことは腹に据えかねてました。おまけにあの妹さんというひと、あれはぜんぜん病気なんかじゃありませんでしたよ。みんなそれに気がついてました。それであたし、なにか妙なことが起こりかけてる、そう思いまして、でまあ正直に申しあげますと、あのひとの部屋の外で聞き耳をたててましたんです。すると、兄さんのほうがしゃべってるのがはっきり聞こえました。『あのポアロというやつだが、なるべく早くあいつをかたづけなきゃならん』そう言ってるんです。それから、なにやら意味ありげに、『あれはどこに入れた？』って妹さんに訊くと、『プディングのなかよ』という返事。だもんであたし、あのふたりがクリスマス・プディングに毒を入れて、あなたさまを毒殺するつもりなんだと思いました。でも、さて、だったらどうしたらいいのか、さっぱり見当もつきません。料理女は、あたしごときがなにを言ったって、どうせ耳も貸しちゃくれませんし。そこでやっと、警告の手紙を書いて、ホールに置いとくことを思いついたんです。そうすれば、グレーヴズさんが見つけて、あなたさまに届けてくれるだろうと思いましたんで」

そこまで一気にまくしたてて、アニーは息をはずませながら口をつぐんだ。

ポアロはしばらく重々しい表情で彼女の顔を見つめていたが、ややあって、言った。「アニー、あんたね、通俗小説の読みすぎだよ。しかしまあ、あんたが善良な心根の持ち主だということはよくわかった。それに、なかなか賢いということもな。いずれロンドンに帰ったら、あんたに家事《ル・メナージュ》のことを書いたすばらしい本を送ってあげよう。それと、聖人たちの伝記と、女性の経済的な地位について書いたものを」

アニーはまた息をはずませた。そんな彼女を残して、ムッシュー・ポアロは背を向けると、ホールを横切っていった。書斎へ行くつもりだったが、ひらいたままの戸口から、黒髪の頭と金髪の頭とが近々と寄り添っているのを見てとると、ためらって、その場に立ちつくした。と、だしぬけに、一対の腕が彼の首に巻きついてきた。

「そら、そのままじっと、ヤドリギの下に立っててらしてくださいな――」ジーンが言った。

「わたしも」つづいてナンシーが言った。

ムッシュー・ポアロは、そのすべてを楽しんだ――そう、ぞんぶんにその楽しみを味わったのだった。

解説

ミステリ書評家
霜月　蒼

〝A Christie for Christmas――クリスマスにクリスティーを〟。

という有名なフレーズは、イギリスの出版社〈ウィリアム・コリンズ、サンズ〉社が考案したものとされています。同社は一九二六年の『アクロイド殺し』から、クリスティーの生前最後に刊行された長篇『スリーピング・マーダー』（一九七六年）まで、クリスティーのミステリ作品をずっと出版しつづけた版元でした。このキャッチフレーズは、単に「クリスティーをクリスマスに読もう！」というだけでなく、不定冠詞の「a」がついていることもあり、「クリスマス・プレゼントにクリスティーを一冊いかが？」というニュアンスもこめられています。

さてクリスティーとプレゼントといえば「三匹の盲目のねずみ」の逸話が有名です。一九四七年、当時のイギリス国王ジョージ五世の妃メアリーの八十歳の誕生日を祝うラジオ番組をＢＢＣが企画、クリスティーの大ファンであったメアリー妃の望みで、クリスティーはラジオドラマ *Three Blind Mice* を書き下ろしたのでした。同作は短篇「三匹の盲目のねずみ」（『愛の探偵たち』所収）として小説化、クリスティー自身の脚色で、現在もなおロングランをつづける演劇『ねずみとり（*The Mousetrap*）』となりました。つまりクリスティーの有名作のひとつは、英国王室御用達の贈答品として生まれたのです。

本書『クリスマスの殺人』は、アガサ・クリスティーの全作品を〈クリスティー文庫〉という叢書に収めている早川書房が、短篇をよりすぐり、クリスマス・プレゼントにふさわしい美麗な函入りで仕上げた一冊です。以下、収録作品をひとつずつ見ていきましょう。


「序」

冒頭を飾るのは『アガサ・クリスティー自伝』からの抜粋。独立したエッセイのように楽しく完成された一篇となっています。クリスティーの自伝は、邦訳にして上下各五百ページ超の大作で、とくに作家になるまでを描くパートが充実。クリスティーが育ったイギリスの豊かな家での日々の暮らしをカラフルな筆致で垣間見ることができます。


「チョコレートの箱」

まずは名探偵エルキュール・ポアロと、相棒アーサー・ヘイスティングズのコンビの登場です。ポアロは元ベルギーの名刑事（フランス人ではない）で、引退後にイギリスで探偵になりました。その活躍を語るのがヘイスティングズで、これはクリスティーが大好きだったシャーロック・ホームズ物語におけるワトスンへのオマージュ。ワトスンより快活で気のいいヘイスティングズの語りは実に魅力的なのですが、彼は『ゴルフ場殺人事件』ののちに結婚して南米に渡り、徐々に登場しなくなっていってしまいました。彼の不在と引き換えに、かの名作『アクロイド殺し』（田舎でカボチャを育てるポアロが見られます）が生まれたわけではありますが。

本作は、ポアロがベルギー時代の失敗の顚末を語る異色作。蓋と本体が色違いのチョコレート箱や事件現場の屋敷の雰囲気など、英国ミステリらしいチャーミングさが光る小品です。

「クリスマスの悲劇」

お次はポアロに並ぶ名探偵ミス・マープル。ミス・ジェーン・マープルはセント・メアリ・ミード村に住む老境の女性で、ひとり住まいですが、作家で甥のレイモンド・ウェストがときどき顔を出します。村の牧師や画家などを集めて謎の体験を各自が話す「火曜クラブ」も起《た》ち上げたのがレイモンドでした。短篇集『火曜クラブ』の前半は、この会合で開陳された謎の物語をミス・マープルが解明する安楽椅子探偵もの。ミス・マープルのイメージを決定づけたのは、この『火曜クラブ』でした。「クリスマスの悲劇」は『火曜クラブ』の後半に収録。実は『火曜クラブ』、後半と前半で趣が違って、後半では謎の物語を語る顔ぶれが入れ替わり、レイモンドも登場しません。こちらのほうが描写が密で、前半のシンプルな探偵小説らしさと対照を成します。

本作に登場するバントリー夫妻は、傑作長篇『書斎の死体』でも事件に巻き込まれます。

「クィン氏登場」

『謎のクィン氏』はクリスティーの短篇集で屈指の傑作で、この「クィン氏登場」は、謎の男ハーリ・クィン氏が主人公サタースウェイト氏の前にはじめて姿をあらわす作品です。パーティに招かれたサタースウェイト氏らが、その屋敷でかつて起きた自殺にまつわる話を聞かされて不安と恐慌を募らせはじめたとき、嵐の不穏な風音とともに異国風の怪人物ハーリ・クィンが突如、現れるのです。クリスティーは怪奇幻想小説の才能にも秀でていて（短篇集『死の猟犬』などを参照）、そのことはクィン氏ものを読めば納得いただけるかと思います。

クィン氏自身は推理をしないのが本シリーズの特徴で、人間観察が趣味であるサタースウェイト氏の記憶をクィン氏が刺激して、真相の発見をうながすという趣向になっています。なおサタースウェイト氏はポアロものの野心作『三幕の殺人』でも主役を張っています。

「バグダッドの大櫃の謎」

ふたたびポアロ&ヘイスティングズ。パーティのさなかに男がバグダッド製の大きな櫃《チエスト》のなかで刺殺体で見つかる。美しく天然な女性をめぐる、だまし絵のような人間関係図をベースに意外な犯人を演出するクリスティー・ミステリの典型というべき一作です。

のちに「スペイン櫃の秘密」(『クリスマス・プディングの冒険』所収)という中篇に書きあらためられています。

「牧師の娘」

おしどり探偵トミーとタペンス登場。デビュー作『秘密機関』で「二人合わせても四十五歳にも満たない」という若さの陽気で快活な男女トミーとタペンスは、大冒険ののちに結婚、探偵事務所を開きます。本作を収録した『おしどり探偵』は、同時代の有名な名探偵たちにオマージュを捧げる趣向の短篇を収めた短篇集で、「牧師の娘」でタペンスが演じようとするのは、諧謔に満ちた本格ミステリで知られるアントニイ・バークリーの迷探偵ロジャー・シェリンガム。

パロディとしてうまく行っているかどうかはともかく、トミー&タペンスの朗らかさと、いかにもクリスマス・ストーリーらしい着地には、どんな読者でも笑顔になってしまうのでは。ふたりの活躍をもっと読みたい方は、大傑作『NかMか』をまずどうぞ。

「**プリマス行き急行列車**」

ポアロ&ヘイスティングズもの。列車の座席の下から若い女性の刺殺体が発見された事件の謎をポアロが追います。事件の真相や幕切れのセリフなどに、「アメリカ風の犯罪小説をやってみました」という楽しげな気配も。初期ポアロ作品の常連、ジャップ警部が登場するのもうれしい。

「**ポリェンサ海岸の事件**」

クリスティーの生んだキャラのうち、もっとも破格なのがパーカー・パイン氏です。《あなたは幸せ？　でないならば、パーカー・パイン氏に相談を》という広告で依頼人をつのり、彼らの「不幸」を解決するのが仕事です。悩みを克服するための舞台をつくりあげ、そこに依頼人を放り込むことで彼らの不幸を解消する、というミステリ史上でもあまり例のないキャラ。気になった方はぜひ『パーカー・パイン登場』を。さてスペインが舞台の本篇でパイン氏は――いや、この短篇は行先不明の展開がキモなのでやめておきましょう。人物配置などに傑作『死との約束』との共通性もあります。

「**教会で死んだ男**」

ミス・マープルもの。ミス・マープルには『書斎の死体』『動く指』など、快活なユーモア系ミステリがありますが、本作もその系統です。主役である元気なバンチ夫人がとにかく楽しい。脇役のクラドック警部はミス・マープルものの常連で、地味なのに誠実そうで忘れがたい好キャラ。クリスティーも愛着があったのか、彼に最強の結婚相手を用意していたことを示唆するメモが残っています。詳細は『アガサ・クリスティーの秘密ノート』（クリスティー文庫）をどうぞ。

「狩人荘の怪事件」

インフルエンザで臥せってしまったポアロの代わりに、ヘイスティングズが単身出張して殺人事件に挑む。いささかトリックがごちゃついているのはご愛敬で、楽しむべきはヘイスティングズが調査結果を報告するたびにポアロがよこす電文の可笑しみでしょう。ヘイスティングズのぼやきも楽しい。

「世界の果て」

クィン氏もの。コルシカ島に旅をしたサタースウェイト氏らが〝世界の果て〟と呼ばれる山上の絶景ポイントにやってくると、クィン氏がそこに姿を現わす。秘められた罪をめぐる緊迫した心理劇の趣です。ちなみに謎のハーリ・クィン氏は、クリスティーが少女時代に着想したものだといいます。

「エドワード・ロビンソンは男なのだ」

一度聞いたら忘れられない邦題（創元推理文庫版も「エドワード・ロビンソンは男でござる」）も奮《ふる》っていますが、内容もそれに負けません。「ロマンティックな冒険としての犯罪」というテーマは、クリスティーがトミー&タペンスものや、『茶色い服の男』『なぜ、エヴァンズに頼まなかったのか?』などで追究していたものでした。本作に横溢するのもそうした楽しさ、軽妙さ、キュートさです。「ロマンス!」「冒険!」というド直球のフレーズ（しかも「!」つき）がイイですよね。

「クリスマスの冒険」

さてラストを飾るのはまさに真打ち、クリスマス直前の屋敷を舞台とした傑作です。

「ぜったいにプラム・プディングを食べちゃいけません」というメッセージがポアロに届く、という幕開けから、雪を朱に染めて倒れた少女の発見、そしてポアロによる快刀乱麻の解決と、一気呵成の展開。いくつもの謎と二重三重の仕掛けが施された手の込んだ造りなのに読み心地は明朗軽快、「謎の解決」によって読む者を楽しい気分にさせてくれる快作。短篇クリスマス・ミステリのオールタイム・ベストかもしれません。本作はのちに全面的に改稿されて、『クリスマス・プディングの冒険』の表題作として収録されました。こちらもクリスティーを代表する短篇の傑作です。

本作で重要な役割を演じる「クリスマス・プディング」は、イギリスのクリスマスには欠かせないお菓子です。日本でいうとみっしりした茶色系のフルーツケーキ（洋酒たっぷりの）、あれを想像いただけばよいでしょう。ポアロが聞かされるプディング講義にあるように、早めにつくって寝かせ、食べる前に蒸して、やはり本作で描かれているようにブランデーでフランベして供するのが正統です。秋にロンドンに行くと大小さまざまなクリスマス・プディングが山をなして売られていて、この時期の風物詩になっています。かつてはきっと、クリスマス・プディングが〈フォートナム＆メイソン〉に並ぶ頃に書店にはクリスティーの新刊が並んで、クリスマス気分を盛り上げていたのでしょう。

以上、「序」を含め十三篇。クリスティーの全シリーズ・キャラを網羅、いずれもクリスマス気分にふさわしい楽しいミステリが選ばれています。クリスティー・ファンはもちろん、クリスティー未体験の読者も「ミステリの女王」の素晴らしさを実感できる一冊となっています。

どうぞクリスマスにクリスティーを。英国王室御用達の逸品です。

二〇二二年十月

書誌情報（編集部訳）

アガサ・クリスティーの短篇のほとんどが雑誌から短篇集に収録されているが、イギリスとアメリカでは別の短篇集に収録されることが多い。このリストでは、それぞれの初出と収録短篇集、タイトルの違いを記した。

序（Chrismas at Abney Hall）

An Autbiogaphy（1977年）より抜粋。日本語訳も同じく『アガサ・クリスティー自伝』より抜粋。

チョコレートの箱（The Chocolate Box）

“The Clue of the Chocolate Box” の題名でイギリスの *The Sketch*（No.1582、1924年5月23日）に掲載されたものが初出。アメリカでは *Blue Book Magazine*（Vol.40、No.4、1925年2月）に掲載された。収録短篇集は *Poirot Investigates*（アメリカ、1925年）と *Poirot's Early Cases*（イギリス、1974年)。また、日本語訳は『ポアロ登場』収録のものを用いた。

クリスマスの悲劇（A Christmas Tragedy）

“The Hat and the Alibi” の題名でイギリスの *Storyteller*（Vol.46、No.273、1930年）に掲載されたものが初出。収録短篇集は *The Thirteen Problems*（イギリス、1932年）と、*The Tuesday Club Murders*（アメリカ、1933年)。また、日本語訳は『火曜クラブ』収録のものを用いた。

クィン氏登場（The Coming of Mr Quin）

“The Passing of Mr Quinn” の題名でイギリスの *The Grand Magazine*（No.229、1924年3月）に掲載されたものが初出。アメリカでは “Mr Quinn Passes By” の題名で *Munsey's Magazine*（Vol.84、No.2、1925年3月）に掲載された。収録短篇集は *The Mysterious Mr Quin*（1930年)。また、日本語訳は『謎のクィン氏』収録のものを用いた。

バグダッドの大櫃の謎（The Mystery of The Baghdad Chest）

イギリスの *Strand Magazine*（No.493、1932年1月）に掲載されたものと、アメリカの *Ladies' Home Journal*（Vol.49、No.1、1932年1月）に掲載されたものが初出。収録短篇集は *The Regatta Mystery and Other Stories*（アメリカ、1939年）と *While the Light Lasts and Other Stories*（イギリス、1997年）。また、日本語訳は『マン島の黄金』収録のものを用いた。

牧師の娘（The Clergyman's Daughter）

"The First Wish" の題名でイギリスの *The Grand Magazine*（No.226、1923年12月）に掲載されたものが初出。収録短篇集は *Partners in Crime*（1929年）。日本語訳は『おしどり探偵』収録のものを用いた。

プリマス行き急行列車（The Plymouth Express）

"The Mystery of the Plymouth Express" の題名でイギリスの *The Sketch*（No.1575、1923年4月4日）に掲載されたものが初出。アメリカでは "The Plymouth Express Affair" の題名で *Blue Book Magazine*（Vol.38、No.3、1924年1月）に掲載された。収録短篇集は *The Under Dog and Other Stories*（アメリカ、1951年）と *Poirot's Early Cases*（イギリス、1974年）。また、日本語訳は『教会で死んだ男』収録のものを用いた。

ポリェンサ海岸の事件（Problem at Pollensa Bay）

イギリスの *Strand Magazine*（No.539、1935年11月）に掲載されたものが初出。アメリカでは "Siren Business" の題名で *Liberty*（1936年9月5日）に掲載された。収録短篇集は *The Regatta Mystery and Other Stories*（アメリカ、1939年）、*Problem at Pollensa Bay and Other Stories*（イギリス、1991年）。また、日本語訳は『黄色いアイリス』収録のものを用いた。

教会で死んだ男（Sanctuary）

"Murder at the Vicarage" の題名でアメリカの *This Week*（1954年9月）に掲載されたものが初出。イギリスでは *Woman's Journal*（1954年10月）に掲載された。収録短篇集は *Double Sin and Other Stories*（アメリカ、

1961年)、*Miss Marple's Final Cases and Two Other Stories*（イギリス、1979年)。また、日本語訳は『教会で死んだ男』収録のものを用いた。

狩人荘の怪事件

イギリスの*The Sketch*（No.1581、1923年5月16日）に掲載されたものが初出。アメリカでは“The Hunter's Lodge Case”の題で*Blue Book Magazine*（Vol.39、No.2、1924年6月）に掲載された。収録短篇集は*Poirot Investigates*（イギリス、1924年。アメリカ、1925年)。日本語訳は『ポアロ登場』収録のものを用いた。

世界の果て（The World's End）

アメリカの*Flynn's Weekly*（Vol.19、No.6、1926年11月20日）に掲載されたものが初出。イギリスでは*Storyteller*（No.238、1927年2月）に掲載された。収録短篇集は*The Mysterious Mr Quin*（1930年)。また、日本語訳は『謎のクィン氏』収録のものを用いた。

エドワード・ロビンソンは男なのだ（The Manhood of Edward Robinson）

“The Day of His Dreams”の題名でイギリスの*The Grand Magazine*（No.238、1924年12月）に掲載されたものが初出。収録短篇集は*The Listerdale Mystery and Other Stories*（イギリス、1934年)、*The Golden Ball and Other Stories*（アメリカ、1971年)。また、日本語訳は『リスタデール卿の謎』収録のものを用いた。

クリスマスの冒険（Christmas Adventure）

“The Adventure of the Christmas Pudding”の題名で*The Sketch*（No.1611、1923年12月）に掲載されたものが初出。収録短篇集は*While the Light Lasts and Other Stories*（イギリス、1997年)。アメリカでは*Midwinter Murder*（本書）が初めての収録短篇集となる。また、日本語訳は『マン島の黄金』（以上、すべてハヤカワ文庫）収録のものを用いた。

本書は二〇二一年十一月に早川書房より刊行された『クリスマスの殺人
クリスティー傑作選』に巻末解説を加えた二〇二三年版です。

クリスマスの殺人《さつじん》　クリスティー傑作選《けつさくせん》
2022年版

2022年11月20日　初版印刷
2022年11月25日　初版発行

著者　アガサ・クリスティー

訳者　深町眞理子《ふかまちまりこ》・他

発行者　早川　浩

発行所　株式会社早川書房
東京都千代田区神田多町2－2
電話　03－3252－3111
振替　00160－3－47799
https://www.hayakawa-online.co.jp

印刷所　株式会社精興社

製本所　大口製本印刷株式会社

Printed and bound in Japan

ISBN978-4-15-210189-1 C0097

乱丁・落丁本は小社制作部宛お送り下さい。
送料小社負担にてお取りかえいたします。